Inhalt

Vorbemerkung des Autors

Die in diesem Buch nachlesbare Geschichte der Angela O. hat sich im Wesentlichen so abgespielt, wie sie aufgeschrieben ist. Ihre ersten Lebensjahre hat die Protagonistin bei Verwandten und Bekannten nachrecherchiert, die diese Zeit miterlebt haben. An alles Spätere hat sie sich selbst erinnert. Sie hat dabei vieles für sich notiert und mir als Autor anvertraut. Darüber hinaus hat sie es in vielen Gesprächen mündlich ergänzt mit dem Wunsch, ihr Leben öffentlich zu machen. Freunde und Bekannte haben sie in diesem Anliegen bestärkt.

Auf Wunsch der Protagonistin sollte ihre wahre Identität in der Romanbiografie allerdings verborgen bleiben. Aus diesem Grund wurden ihr Name und der von weiteren handelnden Personen geändert. Lediglich „Björn" – der Name entstammt den skandinavischen Sprachen und bedeutet „der Bär" – ist auf Wunsch seiner Mutter „Björn" geblieben. Aus demselben Grund wurde das Leben der Angela O. in Regionen und Orte verlegt, die dem Charakter der wahren Landschaften und Orte und auch den dort lebenden Menschen ähnlich sind. Das Anliegen dieser Romanbiografie, die das Leben von Angela O. als Kind, Frau und Mutter beschreibt, wird dadurch nicht beeinträchtigt und sollte die Leserschaft erreichen, wie es sich die Hauptperson erhofft.

Ihr eigener Wunsch für die Veröffentlichung ihrer Geschichte sei hier wiedergegeben: „Mögen alle, die dieses Buch lesen, ermutigt und gesegnet werden."

1. Ankunft im Leben

„Willkommen, lieber schöner Mai, dir tönt der Engel Lobgeschrei …" – Hebamme und Säuglingsschwester Benedikta betrat beschwingten Schrittes, dabei fröhlich lächelnd und leise singend das Wöchnerinnenzimmer des St.-Anna-Stifts in dem südwestfälischen Städtchen Dohlbrück. In den Armen hielt sie ein kleines gebündeltes Menschlein, erst wenige Stunden alt, von dem nur ein winziges rotes, noch ein wenig schrumpeliges Gesichtchen zu sehen war, das kleine Mündchen zugekniffen, die Augen fest geschlossen. „Das war ein etwas veränderter Text auf eine Schubert-Melodie, liebe Frau Sperling", erklärte sie beinahe flüsternd – wohl um das Kind nicht zu wecken. „Darf ich Ihnen Ihren kleinen Engel in den Arm legen?"

„Geben Sie das Bündel schon her, Schwester", gab die junge Mutter aus ihrem Kissen zurück, wobei sie keine besondere Rücksicht auf den schlafenden Säugling nahm. „Das muss ja jetzt wohl sein." Dabei klang ihre Stimme spröde und ihr Gesicht spiegelte keine besonders beglückte Gemütsregung. Marie Sperling machte nicht den Eindruck wie die meisten Frauen, die gerade ein Kind zur Welt gebracht hatten: glücklich, erfreut, erleichtert, dankbar. Freute sie sich etwa nicht über ihr Erstgeborenes? Oder war sie von den Strapazen der Geburt noch zu erschöpft, um große Gefühle zu zeigen? Die Geburt war doch eigentlich sehr normal und leicht verlaufen.

Marie Sperling, vierundzwanzig Jahre alt und seit einem guten Jahr mit Henner verheiratet, nahm der fröhlichen Schwester den Säugling ab und interessierte sich allerdings zunächst nur für den Text, den Sr. Benedikta gesungen hatte: „Und wie heißt das Lied richtig, wenn Sie es verfälscht haben?"

Komisch, hat die Mutter nichts anderes zu fragen als nach meinem veränderten Liedtext, ging es der Ordensfrau im weißen Kleid mit Schürze und Tuchhaube durch den Kopf. Natürlich gab sie zunächst einmal die gewünschte Auskunft: „Im Original von Ludwig Hölty heißt es: ‚Willkommen, lieber schöner Mai, dir tönt der Vögel Lobgesang.' Der ist allerdings hier im Zimmer kaum zu hören. Die beiden Melodiestücke gehören zu einem Kanon von Franz Schubert."[1]

„Die kenne ich beide nicht", kam es wieder spröde aus dem Kissen. Dann fragte sie weiter: „Ist an dem Kind alles dran?"

Also doch auch Interesse an dem Kind, registrierte die Schwester erfreut und antwortete: „Liebe Frau Sperling, an Ihrem kleinen Spatz ist alles dran, auch da, wo Sie es jetzt in der Verpackung nicht sehen können. Gott, der Herr und Schöpfer allen Lebens, hat seine Sache wieder einmal sehr gut gemacht! Er hat einen gesunden kleinen vollständigen Menschen werden lassen und Mutter und Kind bei der Geburt bewahrt. Ihm gebührt großes Lob!"

„Amen!", kam es trocken aus dem Bett zurück, wobei die junge Mutter ihrem Kind mit dem rechten Zeigefinger vorsichtig über seine kleine Nase strich. „Wann muss ich das Kind anlegen?"

Sr. Benedikta holte einmal tief Luft. Auch diese Frage klang sehr förmlich und verriet wenig Empfindung. „Ihr Töchterchen ist noch nicht so weit und Sie selbst auch nicht. Wir werden schon den rechten Moment finden. Sie beide brauchen zunächst noch ein wenig Ruhe."

---

1 Aus: „Unser fröhlicher Gesell", S. 259, Möseler, Wolfenbüttel o. J.

„Dann nehmen Sie die Kleine auch wieder mit", gab Marie Sperling zurück und reichte Sr. Benedikta das Bündel schon wieder entgegen. „Ich brauche tatsächlich noch meine Ruhe. Die nächste Zeit wird noch unruhig genug."

„Schade", gab Sr. Benedikta ein wenig traurig zurück. „Ich hatte angenommen, Sie würden die Kleine ..."

„Nehmen Sie sie mit und lassen Sie mich einfach allein", unterbrach die Wöchnerin deutlich bestimmt, als hätte sie hier etwas zu sagen. „Bringen Sie das Kind wieder, wenn es nötig ist."

Die Säuglingsschwester nahm das Neugeborene wieder auf ihre Arme und verließ kopfschüttelnd den Raum. Dabei gingen ihr merkwürdige Fragen durch den Kopf: Was war das für eine Frau und Mutter, der die eigene Ruhe jetzt wichtiger war als die Nähe zu ihrem Kind? Würde diese Frau jemals eine gute und liebevolle Mutter sein? War sie den kommenden unruhigen Zeiten gewachsen?

Sr. Benedikta legte das Neugeborene im schlichten Säuglingszimmer in sein Bettchen zurück – hier gab es zurzeit nur dies eine Mädchen, das noch nicht einmal einen Namen hatte: „Gott behüte dich, kleines Wesen, und er schenke deiner Mutter die Liebe, die ihr mal noch zu fehlen scheint. Und hoffentlich hast du auch einen liebevollen Vater, der dich bald begrüßen kommt." Dann streichelte sie der Kleinen sanft die Wangen und wiegte sie mit einem Lied in den Schlaf. Schließlich übergab sie den schlafenden Säugling der Obhut ihrer Schwesternschülerin Gisela und wandte sich Arbeiten zu, die es in anderen Bereichen der Klinik für sie noch zu tun gab. Wenn der Säugling sich bemerkbar machte, würde sie wieder zur Stelle sein. Später musste sie sich dann nach dem Namen des Kindes erkundigen. Auch deswegen, um die Klinik-Unterlagen vervollständigen zu können. Und die Frage nach dem Vater musste sie noch stellen. Die irgendwie merkwürdige Szene vorhin im Wöchnerinnenzimmer hatte sie diese Notwendigkeiten völlig vergessen lassen.

Etwa zwei Stunden später betrat Sr. Benedikta wieder das Wöchnerinnenzimmer. Diesmal in Begleitung ihrer Schülerin, die das Neugeborene auf dem Arm hielt. Die Kleine war inzwischen einen guten halben Tag alt und gerade frisch gewickelt. Die Fältchen in dem kleinen Gesicht hatten sich inzwischen geglättet, wobei die rosige Farbe geblieben war. Dafür standen die winzigen Augen offen und die schmalen Lippen bewegten sich, als suchten sie den Ort, wo es etwas Gutes zu finden gab. Die kleinen Ärmchen ruderten aufgeregt herum, wohl um die Suche nach der Brust der Mutter zu unterstützen. Marie Sperling, die junge Mutter, schlief derweil offenbar einen tiefen Schlaf. Sie wachte nicht auf, als die beiden Schwestern mit dem kleinen Menschlein hereinkamen.

Und so traten die beiden Frauen in ihren unterschiedlichen Schwesterntrachten zunächst einmal ans Fenster, um in den späten Nachmittag des 8. Mai 1953 hinauszuschauen. Der machte seinem Platz im Kalender nicht gerade Ehre. Es war grau draußen und es regnete leicht. Ein heftiger Wind zauste an den zart begrünten Zweigen der Sträucher und Bäume im Park, in den das St.-Anna-Stift eigentlich recht idyllisch eingebettet lag, einer großen Villa ähnlich. Den Narzissen und den vereinzelt noch blühenden Krokussen im Rasen zwischen den Parkwegen mochte das Wetter ebenso wenig gefallen wie den Menschen, die den Park nach ihren jeweiligen Möglichkeiten häufig als Therapiehilfe benutzten. Wie sonst um diese Tageszeit war von denen heute niemand draußen an der guten Luft. Dagegen schien den Staren, Meisen und Finken und auch den gefiederten Sperlingen, die das weitläufige Gelände bevölkerten, das trübe Wetter nichts auszumachen. Sie schwirrten eifrig auf dem Gelände herum und ließen dabei ihre Stimmen hören. Vielleicht zwang sie ja ihre Brut in den Nestern, die in den Zweigen und Astgabeln zu sehen waren, und in den zahlreichen Nistkästen dazu, hin und her unterwegs zu sein und nach Futter zu suchen, um hungrige Schnäbel zu stopfen und kleine Mägen zu füllen …

„Schade, dass du kleiner Spatz noch nicht wahrnehmen kannst, wie der Schöpfergott am Werk ist bei Tier und Mensch", sagte die Ordensschwester zu der Kleinen in ihrem Kissen und streichelte ihr dabei über die Wange.

„Aber in einem Jahr kann sie es, zumindest schon ein bisschen", tröstete Gisela und fragte, ob sie die Mutter wohl wecken solle.

„Warte mal noch einen Moment", gab Sr. Benedikta zurück. „Wir wecken sie mit einer Bitte an den Mai. Du kennst das Lied und kannst es gerne mit mir singen." Gisela nickte bestätigend mit dem Kopf und sogleich gaben die beiden Frauen dem großen Salzburger Tonmeister Wolfgang Amadeus Mozart die Ehre und sangen aus voller Kehle „Komm, lieber Mai, und mache die Bäume wieder grün". Stimmlich hielten sich die beiden Sängerinnen nicht zurück, damit diese besondere Bitte an den Mai den Raum so recht füllen konnte. Der Säugling mochte das Lied schon mit mehreren Sinnen aufnehmen, denn Gisela wiegte es sanft zu der walzerähnlichen Melodie.

Die Wöchnerin wurde tatsächlich von dem Gesangsduo geweckt. Als die erste Strophe verklungen war, in der der Mai dazu ermuntert wird, die Veilchen erblühen zu lassen, um spazieren gehen zu können, tönte es vom anderen Zimmerende: „Das möchte ich auch! Geht aber in den nächsten Tagen wohl noch nicht."

„Da haben Sie recht, Frau Sperling", griff Sr. Benedikta die Bemerkung auf. „Schön, dass Sie von unserer Mai-Bitte aufgewacht sind und sich jetzt Ihrem Mädelchen widmen können. Die Kleine braucht Ihre Nähe."

„Und Sie brauchen die Nähe der Kleinen", ergänzte Gisela und fügte an: „Ich gratuliere Ihnen zu der Geburt dieses kleinen Mädchens und freue mich mit Ihnen beiden, dass alles gut verlaufen ist."

„Danke", kam es von der Mutter trocken zurück. Die junge Frau reckte und streckte sich in ihrem Bett, um wohl vollends wach zu werden. „Dann reichen Sie das Kind doch endlich her, Schwester."

„Gemach, gemach, Frau Sperling", bremste Sr. Benedikta den mütterlichen Eifer. „Gisela muss das Püppchen erst ausziehen. Es braucht Hautkontakt und sollte sich vielleicht schon einmal auf die Suche nach der Mutterbrust machen."

„Soll ich etwa schon stillen, Schwester?" Marie Sperling schien erschrocken. „Ich denke, die Muttermilch bildet sich erst übermorgen oder sogar noch später."

Sr. Benedikta und Gisela mussten über diese Bemerkung lächeln. „Sag du ihr, wie das ist", forderte die Hebamme ihre Schülerin auf. „Schließlich müsstest du das doch schon gelernt haben."

„Ja, das ist so, Frau Sperling", begann Gisela und hielt einen kleinen Vortrag über das Stillen nach der Geburt und im weiteren Wochenbett. Sie endete dann unter zustimmendem Kopfnicken ihrer Lehrerin mit dem wiederholten Hinweis: „Also richtig schöne weiße Muttermilch kommt sicher nicht vor übermorgen. Bis dahin gibt es die wertvolle Kolostralmilch, oder auch Vormilch genannt, die die Brust jetzt schon bildet und die der kleine Mensch nach seiner Geburt unbedingt braucht."

„Gut gesagt, Gisela", lobte Sr. Benedikta ihre Schülerin.

„Frau Sperling sollte das verstanden haben. Und jetzt wird die Kleine ausgezogen und der Mutter auf den Leib und an die Brust gelegt."

Als die junge Mutter zum ersten Mal bewussten Körperkontakt mit ihrer Tochter hatte, war nicht klar, ob ihr das gefiel. Marie Sperling tat sich erkennbar schwer damit. Es schien sie offenbar Überwindung zu kosten, den kleinen nackten warmen Körper auf der eigenen Haut zu spüren, und zu erleben, wie die Händchen sich an die Mutterbrust klammerten und der kleine Mund die Brustwarze tatsächlich fand.

„Ist das nicht herrlich vom Schöpfer so eingerichtet, Frau Sperling", schwärmte Gisela und strahlte über ihr jugendliches Gesicht.

„Genau so ist es", ergänzte Sr. Benedikta und fuhr fort: „Ja, *Kinder sind eine Gabe des Herrn, und Leibesfrucht ist ein Geschenk.* So singt es schon König Salomo im 127. Psalm." Damit verabschiedete sich die Hebamme für diesmal, wiederholte aber noch einmal mit deutlichem Nachdruck: „Sein Geschenk, Frau Sperling. Freuen Sie sich! Und seien Sie dankbar! Ihr Kind ist ein Geschenk unseres großen Gottes!"

„Hab ich schon mal gehört", gab die Wöchnerin ohne besondere Regung zurück, um bald danach zu fragen: „Wie lange muss ich …?"

„Noch ein paar Minuten, Frau Sperling", antwortete Gisela, die jetzt mit der Wöchnerin allein war. „Ich wickle die Kleine dann wieder in ihre Windeln und stecke sie in ihr Kissen. Und Sie haben wieder Zeit und Gelegenheit, sich auszuruhen. Aber vorher muss das kleine Wesen noch ein wenig die Hautwärme seiner Mutter fühlen und ihre liebevolle Zuwendung empfinden und zärtliche Berührung spüren."

„Hautwärme der Mutter? Zuwendung und Berührung? Was soll das? Ich habe das Kind neun Monate bei mir gehabt und gewärmt. Jetzt brauche ich Zeit, mich davon zu erholen", kam es in merkwürdigem Ton von der Mutter, die den Winzling auch schon wieder der Schülerin entgegenhielt. „Nehmen Sie das Kind und wickeln Sie es wieder ein. Es friert sonst noch."

Merkwürdiges Muttergebaren. „Es friert sonst noch", ging es der angehenden Säuglingsschwester durch den Sinn, „aber wohl nicht, weil es hier zu kalt wäre." Ob dieses Verhalten ein Vorzeichen auf die sogenannten Heultage war oder auch die eines zuweilen vorkommenden Stimmungstiefs junger Mütter im Wochenbett? Postpartale Depression nannte man so etwas. Oder hatte die Frau eine innere Abneigung gegen ihr Kind, die sie nicht verbergen konnte und es vielleicht auch nicht wollte? Warum hatte die Kleine eigentlich immer noch keinen Namen? Und von seinem Vater war bisher auch noch nicht die Rede gewesen. Diese und andere Gedanken gingen Gisela durch den Kopf. Wenigstens nach dem Namen des Kindes wollte sie jetzt einmal fragen. „Wie soll Ihr Mädchen denn eigentlich heißen, Frau Sperling?"

Die schaute ein wenig erstaunt drein und gab ihre Antwort wieder ohne besondere innere Bewegung: „Ich weiß es noch nicht. Vielleicht Regina oder Angela oder Susanna oder Magdalena oder irgendwie mit a hinten. Ich muss das erst noch mit meinem Mann besprechen, wenn er mich besuchen kommt. Der hat diese Woche Mittagsschicht. Da kann er nicht kommen. Aber wenn er Frühschicht hat und ihn jemand herbringen kann, dann wird er vorbeischauen. Außerhalb der Besuchszeiten darf hier ja keiner rein."

Auf diese Bemerkung reagierte Gisela nicht, dafür aber auf die genannten Mädchennamen: „Ihre Namensvorschläge sind alle schön", freute sie sich. „Regina – die Königliche, Angela – der Engel, natürlich der weibliche Engel, Susanna – die Lilie … Ich finde Angela am schönsten."

„Mal sehen, welcher Name es wird", wollte die Wöchnerin wohl das Gespräch beenden. „Legen Sie die Namenlose einfach schlafen, bis Sie sie wiederbringen müssen."

Schülerin Gisela hatte den Säugling inzwischen wieder eingepackt und hielt der Mutter das fertige Paketchen noch einmal hin. Sie sollte das Kind noch einmal streicheln. Aber danach stand ihr nicht der Sinn. Dafür fragte sie: „Wann gibt es denn für mich etwas zu essen?"

„Das Essen kommt, Frau Sperling, keine Bange, nur ein bisschen Geduld", antwortete Gisela ein wenig schroff. In ihrer Stimme klang deutlich ihre Missbilligung darüber, wie diese Mutter sich gegenüber ihrem Neugeborenen verhielt. Dann verließ sie mit dem Säugling das Wöchnerinnen-Zimmer. Dabei schüttelte sie innerlich den Kopf. Das Verhalten der jungen Mutter konnte sie einfach nicht deuten und schon gar nicht nachvollziehen. Ob sich das in den kommenden Tagen änderte? Vielleicht hatte der Vater ja helfenden Einfluss auf die junge Mutter, wenn er denn dann mal kam …

ꕥ

Die folgenden Tage auf der bescheidenen Säuglings- und Wöchnerinnen-Station des St.-Anna-Stifts verliefen ohne besondere Vorkommnisse. Die Zahl der Geburten in dieser kleinen katholisch geführten Klinik im überwiegend evangelisch geprägten Umland, deren Träger die Ordensgemeinschaft der Franziskanerinnen war, hielt sich ja auch in Grenzen. Folglich konnten sich die Mitarbeiterinnen auf der Wöchnerinnen-Station in guter Weise und ohne Hektik um ihre kleinen und großen Schützlinge kümmern, sodass alle immer gut versorgt waren. Die Frauen in ihren Ordensgewändern und auch die „freien" Kräfte arbeiteten deutlich spürbar nach dem Leitspruch „Die Liebe ist die Seele des

Ordenslebens", der auf die Gründerin der Kommunität zurückgeht, Mutter Theresia Bonzel. Sie hatte ihn in den Sechzigerjahren des neunzehnten Jahrhunderts so formuliert. Ein anderer ihrer Leitsprüche war: „Alles wird leicht, wenn wir es mit und für Gott tun." Deshalb also die gute Atmosphäre auf der Station und in der gesamten Klinik, deshalb die Geduld, Freundlichkeit und liebevolle Zuwendung jedem Menschen gegenüber, der die Hilfe dieses Hauses in Anspruch nahm. Deshalb auch die Freude am Singen, nicht nur bei Sr. Benedikta.

Freilich machten es die Neugeborenen und ihre Mütter der Hebamme und Chefschwester und ihrer Schülerin Gisela und den anderen Mitarbeiterinnen nicht immer leicht. Mitunter gab es auch mal laute Töne und Ärger. Manche auftretenden Schwierigkeiten waren naturgegeben und relativ normale Begleiterscheinungen des Lebens und Arbeitens auf einer Station wie dieser, manche waren allerdings auch von Menschen gemacht, die aus den unterschiedlichsten Gründen mit ihrer derzeitigen Situation nicht zurechtkamen.

Der Aufstand, den Marie Sperling gegen Ende der ersten Woche ihres Aufenthaltes in diesem Haus machte, war dann auch schon besonders und forderte einen ganz speziellen Einsatz von Sr. Benedikta und einigen anderen aus der Klinik. Was war nur los mit dieser Frau, die aus dem bäuerlichen Ort Eckertshofen kam. Irgendetwas Merkwürdiges und Unerklärliches trieb diese Ehefrau und Mutter um. Mit ihrem Säugling kam sie auch nach mehreren Tagen kaum zurecht, obwohl die Schwestern sie im Umgang mit dem kleinen Wurm geduldig anleiteten. Liebevolle Hinweise kamen bei ihr kaum an, Ratschläge, Mahnungen und Belehrungen schon gar nicht. Marie Sperling sperrte sich einfach in vielen Dingen gegen ihre neue Rolle als Mutter. Dann forderte sie plötzlich wie aus heiterem Himmel sehr bestimmend, ihr Kind müsse so schnell wie möglich getauft werden. Dafür gab es aber keinen erkennbaren Grund.

„Das kann doch warten, bis Sie mit der Kleinen zu Hause sind, Frau Sperling", versuchte Sr. Benedikta die Mutter umzustimmen. „Auf die eine Woche kommt es sicher nicht an. Das Mädelchen ist doch nicht krank, dass wir hier Hals über Kopf eine Nottaufe organisieren müssten."

„Aber ich bin krank, und wer weiß, was nach der entsetzlichen Brustentzündung noch kommt. Deshalb will ich, dass das Kind umgehend getauft wird!", bestand Marie Sperling auf ihrer Forderung. „Weiß ich denn heute, was in den nächsten Tagen mit mir und mit dem Kind noch alles passieren kann? Es trinkt ja jetzt schon nicht richtig und hat immer Durchfall und entwickelt sich zunehmend zum Schreihals. Und ich werde von Brustschmerzen gequält." Die Wöchnerin redete sich – wieder einmal – in Rage. „Leiten Sie das in die Wege, Schwester Benedikta! Ich will das so – und mein Mann auch!"

„Frau Sperling …!", versuchte die Schwester die Mutter zu unterbrechen. Aber es gelang ihr nicht, denn die Frau in ihrem Bett setzte sofort neu an: „Irgendjemand hat vorhin lauthals vom plötzlichen Kindstod geredet, den es immer wieder gibt, und ich will nicht, dass das Kind ungetauft ..."

Bei diesen Worten platzte Sr. Benedikta dann doch der Kragen und sie wurde so laut, wie sie es normalerweise nie wurde: „Jetzt hören Sie aber auf mit Ihrem dummen Gerede, Frau Sperling. Das ist ja nicht zum Aushalten! Haben Sie denn überhaupt kein Gottvertrauen? Ihr eigenes Problem ist nicht dramatisch und Ihr Kind ist gesund! Ihm fehlt nichts! Was Sie als Mängel aufzählen, sind ganz normale Erscheinungen bei einem Säugling, der noch nicht einmal eine Woche alt ist."

„Das sehe ich anders", beharrte die Mutter und wiederholte sehr bestimmt: „Wenn ich will, dass das Kind getauft wird, dann wird es getauft! Punkt! Und Sie leiten das bitte in die Wege." Marie Sperling sprach's, legte den Kopf auf die Seite und signalisierte damit, dass das Gespräch für sie beendet war.

Sr. Benedikta seufzte einmal deutlich auf: „Wenn Sie denn meinen, Nottaufe sei geboten, dann muss ich wohl mit unserem Pater reden."

„Warum das denn, Schwester!", fragte die Wöchnerin scharf nach. „Bis der kommt, vergeht viel zu viel Zeit. Eine Nottaufe können Sie auch machen."

„Kann ich, Frau Sperling", bestätigte Sr. Benedikta. „Und ich würde das auch machen, wenn wirklich eine Notlage vorläge. Dem ist aber nicht so, daher mache ich das auch nicht! Ich frage unseren zuständigen Pater Ludgerus."

„Dann sagen Sie ihm, dass er heute noch …", beharrte die Mutter mit deutlichem Nachdruck.

„Aber Ihr Mann hat doch Mittagschicht, wenn ich das richtig in Erinnerung habe", wandte die Schwester ein.

„Ja, das ist richtig", bestätigte Marie Sperling. „Er muss ja nicht dabei sein. Hauptsache, das Kind wird getauft. Punkt!" Nach einem Moment des Zögerns fügte die Frau an und wechselte dabei plötzlich ihren Ton: „Sie singen doch so gerne, Schwester. Und da möchte ich ein Lied gesungen haben."

„Uns hier unter Druck setzen und dann noch Wünsche haben", gab die Hebamme deutlich ungehalten zurück, fragte dann aber doch auch wieder in freundlicherem Ton: „Welches Lied soll es denn sein?"

„Der Muttersegen von Cordula Wöhler ‚*Segne du, Maria*'. Das geht doch wohl?"

„Wir werden sehen. Ich habe den Wunsch jedenfalls registriert, wobei es mich wundert, dass Sie das Lied überhaupt kennen." Die Schwester seufzte noch einmal laut vernehmlich und verließ dann kopfschüttelnd das Zimmer. Dabei ging ihr durch den Kopf, ob die Mutter wohl eine Tauffeier zu Hause vermeiden wollte, um keine Arbeit damit zu haben. Oder gab es irgendwelche anderen Gründe, die sie nicht nennen wollte? Auf dem Dorf wurde eine Taufe nämlich zuweilen zu einer größeren und recht aufwendigen Veranstaltung, die Zeit und Kraft und Mittel kostete. Wie auch immer. Des Menschen Wille ist sein Himmelreich und hier hatte ein Mensch seinen Willen deutlich kundgetan. Um des Stationsfriedens und der gebotenen Liebe willen sollte es dann so sein. Hoffentlich war Pater Ludgerus zu erreichen und für den Dienst frei.

Der Geistliche signalisierte seine Bereitschaft, die Taufe des Säuglings Sperling noch am selben Tag zu vollziehen. Und so kam der Ordensbruder gegen Abend mit seinem Utensilien-Koffer auf die Wöchnerinnen-Station, um seines Amtes zu walten. Der kleine Tisch im Zimmer, das inzwischen drei Wöchnerinnen beherbergte, wurde zum Altar erklärt und mit einem Kruzifix bestückt, das von zwei weißen Kerzen eingerahmt war. Dazu standen auf dem Tisch ein Silberkrug mit geweihtem Wasser, eine Silberschale, die das Taufwasser aufnehmen sollte, und eine schlanke Taufkerze, die mit einem schlichten Christusmonogramm versehen war, den beiden ineinandergefügten griechischen Buchstaben Chi und Rho. Eine kleine Taufgemeinde gab es schon dadurch, dass die anderen Wöchnerinnen im Zimmer blieben und auch Sr.

Benedikta und Schülerin Gisela an der geistlichen Handlung teilnahmen.

Pater Ludgerus gestaltete die Taufe sehr feierlich. Dabei hielt er sich allerdings nur in den Hauptschritten an den üblicherweise vorgegebenen liturgischen Rahmen. Es ging hier ja auch nur um eine Nottaufe, bei der der Vater des Täuflings noch nicht einmal anwesend war. Schon merkwürdig! So musste also die Mutter die Frage allein beantworten, ob das Kind wirklich getauft werden sollte. Blöde Frage, mochte Marie Sperling im Kopf haben, als sie mit einem kurzen „Ja, ich will, dass das Kind getauft wird" antwortete. „Es soll damit in die katholische Kirche aufgenommen werden." Das Glaubensbekenntnis sprach die Mutter dann aber nicht mit. Dafür beantwortete sie die Frage nach dem Namen des Kindes laut und deutlich: „Das Mädchen soll Angela heißen."

Daraufhin konnte Pater Ludgerus den eigentlichen Taufakt vollziehen. Er zündete die Taufkerze an und bat Lernschwester Gisela, die sich als Taufpatin angeboten hatte, den Säugling über die Silberschüssel zu halten. Der Geistliche goss dem Kind, dem er zuvor anstelle des fehlenden Taufkleides ein weißes Tuch aufgelegt hatte, dreimal ein wenig von dem geweihten Wasser über das Köpfchen und sprach dabei die Taufformel: „Angela Sperling, ich taufe dich im Namen des Vaters und des Sohnes und des Heiligen Geistes. Amen!"

Nach dem gemeinsam gesprochenen Vaterunser, das auch Marie Sperling mitsprach, griff Sr. Benedikta zu ihrer Gitarre, die sie für diesen besonderen Moment mitgebracht hatte. Sie erfüllte der Kindesmutter ihren Wunsch und sang mit ihrer schönen Sopranstimme das erbetene Lied von Cordula Wöhler, das diese Frau am 31. Mai 1870 gedichtet hatte, just an dem Tag, als sie ihr Elternhaus verlassen musste, weil sie vom evangelischen zum katholischen Glauben konvertiert war:

Segne du, Maria, segne mich, dein Kind,
Dass ich hier den Frieden, dort den Himmel find!
Segne all mein Denken, segne all mein Tun,
Lass in deinem Segen Tag und Nacht mich ruhn!

Segne du, Maria, alle die mir lieb,
Deinen Muttersegen ihnen täglich gib!
Deine Mutterhände breit auf alle aus,
Segne alle Herzen, segne jedes Haus!

Segne du, Maria, alle die voll Schmerz,
Gieße Trost und Frieden in ihr wundes Herz.
Sei mit deiner Hilfe nimmer ihnen fern;
Sei durch Nacht und Dunkel stets ein lichter Stern!

Segne du, Maria, unsre letzte Stund!
Süße Trostesworte flüstre dann dein Mund.
Deine Hand, die linde, drück das Aug uns zu.
Bleib im Tod und Leben unser Segen du!"[2]

Danach sprach Pater Ludgerus den aaronitischen Segen über der kleinen Angela, ihrer Mutter und der Taufgemeinde. Schließlich packte er seine Utensilien ein, verabschiedete sich mit einer Verbeugung in die Runde der Anwesenden und verließ den Raum wieder. Die Taufgemeinde löste sich auf, wobei auch die beiden anderen Wöchnerinnen nach draußen gingen. Zurück blieben Sr. Benedikta und Lernschwester Gisela, die immer noch den Täufling auf ihren Armen hielt. Sie legte ihr Patenkind dann aber doch der Mutter ins Bett: „Herzliche Segenswünsche für die ganze Familie und besonders für den kleinen Engel. Möge sein Taufspruch aus

---

2 Text: Cordula Wöhler, 1870.

Psalm 139,5 ihm wichtig werden: *Von allen Seiten umgibst du mich und hältst deine Hand über mir.*" Dann verließ auch sie den Raum, um an ihre eigentliche Arbeit zu gehen.

Sr. Benedikta blieb noch für einen kurzen Moment am Bett stehen und reichte der Kindsmutter noch einmal die Hand: „Der himmlische Vater möge Sie und Angela, Ihren kleinen Engel, segnen, und Maria, die ewig gebenedeite Mutter Gottes, möge Sie und die Kleine und auch Ihren Mann allezeit begleiten und umgeben, wie ich es Ihnen gesungen habe. Vergessen Sie später nicht, die Taufkerze mit nach Hause zu nehmen. Sie ist ein Erinnerungsstück an Angelas Taufe. Später zu ihrer Erstkommunion wird sie sie gebrauchen. So, nun bleibt das Kind noch eine Weile bei Ihnen. Schwester Gisela wird es später wieder abholen. Übrigens, Frau Sperling, halten Sie auch künftig Kontakt zu Gisela. Sie ist die Taufpatin Ihres Kindes und sollte ihrer Verantwortung nachkommen können. Und noch eins: Demnächst darf Ihr Mann Sie und Angela nach Hause abholen. Sie sind dann mehr als drei Wochen hier und Ihre Brustentzündung ist sehr gut abgeklungen. Mutter und Kind sind jetzt in der Lage, das Leben im eigenen Zuhause zu meistern. Wir benachrichtigen Ihren Mann rechtzeitig."

„Jetzt ist es so weit, Frau Sperling, es geht nach Hause!" Mit schwungvollen Schritten kam Sr. Benedikta ins Zimmer und zog die Gardinen auf, um die Morgensonne des drittletzten Maitages hereinzulassen. Dabei stimmte sie wieder ein fröhliches Lied an, mit dem sie der jungen Mutter den Segen Gottes zusang.

„Mai, Mai, Sommergrün,
die Engel singen im Himmel schön,
sie singen über die Maßen,
Gott wird euch nicht verlassen!"[3]

Als ihr Lied verklungen war, wandte sie sich an Frau Sperling und wurde noch einmal ernst: „Leben Sie wohl, junge Frau, empfangen Sie immer wieder den Muttersegen, den ich Ihnen gesungen habe, und schenken Sie Ihrem kleinen Engel die Liebe, die er braucht, um ein guter, zufriedener und dankbarer Mensch zu werden. Denken Sie daran: Gott wird Sie nicht verlassen. Übrigens, Ihr Mann wartet schon unten an der Pforte auf Sie."

Wenig später verließen die Eltern Sperling mit Angela, ihrem neugeborenen Töchterchen, das St.-Anna-Stift, um die Heimfahrt nach Eckertshofen anzutreten. Nach kurzer Überlandfahrt kamen sie dort an und bezogen als nunmehr richtige Familie ihre Wohnung in der Straße „Vorm Wald", die am oberen Ortsrand lag. Nun begann ein völlig veränderter Abschnitt ihres gemeinsamen Lebens.

3 Aus Gottfried Wolters „Das singende Jahr", Möseler, Wolfenbüttel o. J.

2. Frühe Kindheit

Eckertshofen, ein überschaubares 800-Seelen-Dorf am kleinen Flüsschen Dreisbach gelegen, abseits von den Hauptlinien des Verkehrs am südwestlichen Rand der Ausläufer des Rothaargebirges, wurde nun zur Heimat der kleinen Angela Sperling. Der Ort hatte eine bescheidene katholische Kirche – St. Josef –, eine Schule, einen Kindergarten und ein paar Geschäfte, wo die wichtigsten Notwendigkeiten des täglichen Bedarfs erworben werden konnten. Und natürlich auch ein paar Gasthäuser. Es gab einige Landwirte im Dorf, die von ihrer Arbeit lebten. Dazu gab es bäuerliche Nebenerwerbsbetriebe, die zumeist von den Frauen bewirtschaftet wurden, deren Männer tagsüber und wenn nötig auch nachts in Betrieben in und um die Kreisstadt Siegen ihrer Arbeit nachgingen. Schließlich gab es ein paar kleine Handwerksbetriebe, deren Angebot dafür sorgte, dass Haushalts- und Gebäudetechnik im Dorf funktionierten.

Auch Angelas Vater Henner Sperling fuhr von Eckertshofen aus täglich mit dem Werksbus ins sogenannte Hüttental, wo er seinen Arbeitsplatz in der Eisengewinnung am Hochofen eines Großbetriebs hatte. Harte und schwere Arbeit im Wechsel von Früh-, Mittags- und Nachtschicht. Marie Sperling ging keinem Beruf nach und war eben Hausfrau und jetzt auch Mutter. Ihre Aufgabe war es, für den Mann zu sorgen und sich um ihr Kind zu kümmern. Dass dieses Kind sie sehr stark ans Haus und an die Wohnung band, gefiel ihr wenig. Die junge Frau war viel lieber in der näheren und weiteren Nachbarschaft des Ortes unterwegs, um Leute zu treffen und den neuesten Dorftratsch zu erfahren, zu kommentieren und zu verbreiten. Mit der kleinen Angela im Kinder- und später dann im Sportwagen war das immer wieder möglich. Als das Mädchen dann aber die eigenen Beinchen zum Laufen benutzen konnte und sich auch auf den kleinen Füßchen bewegen wollte, wurde das zunehmend schwieriger. Angela forderte jetzt viel mehr Aufmerksamkeit und Zuwendung, als das in den ersten Lebensmonaten der Kleinen erforderlich gewesen war.

Für die Mutter wurde die Teilnahme am Dorftratsch also schwieriger. Aber sie wusste sich zu helfen. Es gab ja den alten Hochstuhl mit dem eingebauten Töpfchen im Sitz. Aus diesem Möbelstück konnte das Kind nicht herausfallen und auch nicht aussteigen, wenn es einmal drinsaß und zu seiner Sicherheit angeschnallt war. Also wurde es meist mit nacktem Po auf das Töpfchen in den Stuhl gesetzt und in diesem Gestell immer wieder sich selbst überlassen. Das hatte zudem den Vorteil, dass die Windeln und Hoschen sauber blieben. So schuf sich die Mutter Freiraum, um für ein, zwei Stunden im Dorf zu sein und hier und da ihren „Schwatt" zu halten. Auf diese Weise entzog sie sich immer wieder ihren häuslichen Pflichten. Das ging freilich nur dann, wenn Henner auf Schicht war oder wenn er nach der Nachtschicht vormittags seinen Schlaf brauchte. Dass während solcher Zeiten ihr Kind mehr oder weniger lange auf dem gefüllten und duftenden Töpfchen ausharren musste, kümmerte die Mutter wenig.

Es musste sie dann aber doch kümmern, als die ersten Anfragen, Hinweise und Beschwerden aus dem Haus und der näheren Nachbarschaft kamen, ob mit der Kleinen irgendetwas nicht in Ordnung sei. Die mache ja zeitweilig ein Mordsgeschrei, als sei sonst was los in der Sperling'schen Wohnung. Als dann auch noch Henner nach der Nachtschicht seinen Vormittagsschlaf nicht mehr fand, weil seine

Tochter in ihrem Hochstuhl ihren Protest gegen die merkwürdige Gefangenschaft lauthals kundtat, musste Marie ihre Ausflüge stark einschränken. Das gefiel ihr gar nicht, aber es war eben nicht zu ändern. Ihren Unmut und Ärger darüber ließ sie dann immer wieder an ihrem Kind aus. Dieses kleine Menschlein musste schon früh erfahren, dass Mutterhände nicht nur streicheln und liebkosen, sondern auch wehtun können. Zuweilen griffen sie auch zu Hilfsmitteln, die sonst als einfaches Spielzeug dienten. Mit dem hölzernen Kochlöffel geräuschvoll auf Töpfe und Schüsseln oder sonstige Gegenstände schlagen zu können, machte Spaß. Denselben Gegenstand aber auf dem eigenen kleinen Hintern oder gar auf dem Rücken zu spüren, tat weh. Schlimm! Es gelang dieser jungen Mutter einfach nicht, eine gute Mutter zu sein, wie sie eigentlich eine hätte sein sollen …

Ihrem Mann wurde die Sache irgendwann dann doch zu bunt und zu widerlich. Er sann auf Abhilfe und Veränderung. Im Herbst 1955 fand er einen Weg, wie die familiären Bedingungen verändert und verbessert werden konnten. Eines Nachmittags im September kam er mit Angela an der Hand von einem Besuch bei seinen Eltern in der Dorfmitte unten am Bach zurück: „Wir ziehen demnächst um, Marie, dass du's schon mal weißt."

„Wir ziehen um? Wohin denn?", fragte die Frau ungläubig zurück. „Gefällt dir unsere Wohnung hier oben am Wald nicht mehr?"

„Doch, sie gefällt mir schon noch, Marie", gab der Mann zurück, „aber mir gefällt nicht, dass Angela so häufig sich selbst überlassen ist, weil du auf deine Tratschtouren gehst und die Kleine ohne Aufsicht lässt. Die Leute zerreißen sich darüber schon das Maul und sagen hinter vorgehaltener Hand, du seist eine Rabenmutter."

Marie schaute ihren Mann immer noch ungläubig an, als

könne sie seine deutliche Kritik an der Mutter-Kind-Beziehung nicht nachvollziehen. „Wegen meiner Tratschtouren, wie du das nennst, sollen wir umziehen? Weil sich die Leute das Maul zerreißen? Ich, eine Rabenmutter? Da kann ich ja nur lachen! Was gehen uns denn die Leute an?“ Dann fragte sie aber doch weiter: „Wohin sollen wir denn bitte schön umziehen?“

„Zu meinen Eltern nach unten in die Enke. Die machen Platz für uns, zunächst zwei Zimmer in der oberen Etage; später mag sich mehr Platz ergeben“, informierte Henner sie. Dabei war seine Mitteilung auch im Ton so eindeutig, dass sie keinen Widerspruch zuließ. Dann ergänzte er noch: „Meine Eltern werden dir deine Arbeit mit Angela erleichtern. Sie freuen sich darauf, die Enkelin im eigenen Haus zu haben. Und sie freuen sich, wenn du ab und zu auf dem Hof bei der Arbeit mithilfst. Wir müssen nur das Treppenhaus und die beiden oberen Zimmer renovieren. Das ist für uns als Nächstes dran. Ich werde die Wohnung hier zum 15. Oktober kündigen. Stell dich drauf ein, Marie.“

„Ich soll helfen beim Renovieren? Henner, und dann auch noch in der Landwirtschaft? Du vergisst wohl, dass ich im sechsten Monat schwanger bin“, versuchte die Frau, Protest einzulegen. Das gelang ihr freilich nicht. Henner konterte: „Wer im Dorf mit Babybauch tratschen kann, der kann auch Pinsel bewegen, Tapeten anreichen, Umzugskisten packen und Hühner und Schweine füttern. Und jetzt nimm es einfach an! Klar?“

„Klar, Mann. Ich stell mich darauf ein, auch wenn deine Eltern mich nicht mögen, wie du selbst weißt“, gestand die Frau ein wenig kleinlaut zu. „Ziehen wir also zu Angelas Großeltern und werden ihre Hofgehilfen.“ Eher für sich selbst fügte sie an: „Ich habe so meine Zweifel, ob das da unten gut geht.“

Henner, der diese Bemerkung doch gehört hatte, war es dann, der das Gespräch um die Sache beendete: „Das beruht wohl leider auf Gegenseitigkeit, meine Liebe. Aber du bist die Jüngere, und du wirst dich zusammenreißen, damit es klappt."

Marie Sperling riss sich zusammen unter dem gemeinsamen Dach mit den Schwiegereltern, so gut sie es vermochte. Sie vermied allerdings die direkte Begegnung mit den alten Sperlings und den Aufenthalt in der unteren Etage des Hauses „In der Enke", wenn es ihr eben möglich war. Die Hilfe auf dem Hof verweigerte sie mit dem Hinweis auf ihre Schwangerschaft. Dass die kleine Angela häufig „unten" im Haus war, störte sie nicht. Im Gegenteil, sie fühlte sich entlastet, wenn ihre Große nicht in der eigenen kleinen Zweizimmerwohnung war, wo doch im Januar 1956 Angelas Brüderchen Heinz-Jochen geboren worden war und als Säugling seine Mutter mehr beanspruchte, als seine „große" Schwester das tat. Die freute sich ohnehin immer, wenn sie die Treppe nach unten gehen und bei Oma Ruth und Opa Josef spielen durfte. Hier konnte sie sich in der Stube bewegen, ohne ständig zum Leisesein und Stillsitzen aufgefordert zu werden, weil die Mama ihre Ruhe haben wollte.

Oma und Opa lasen der kleinen Angela aus dem „Struwwelpeter" und der „Struwwelliese", aus der „Häschenschule" und dem „Hühnchen Sabinchen" und aus anderen Kinderbüchern vor, von denen die Großeltern Sperling von ihren eigenen Kindern noch einige besaßen. Bunte Bilder anzuschauen und lustige Kinderreime zu lernen machten dem kleinen Mädchen Freude. Dann verlangte sie „Mehr, Oma, mehr!" und „Noch mal lesen!", und sie lernte dabei schon so manchen Kinderreim auswendig, wie zum Beispiel kurze Sprüche zum Essen: *Piep, piep Mäuschen, bleib in deinem Häuschen. Wir essen unsern Teller leer, da bleibt für dich kein Krümel mehr.* Manchmal sprach Oma Ruth aber auch das Tischgebet: *Alle guten Gaben, alles, was wir haben, kommt, o Gott, von dir. Wir danken dir dafür.*

Ja, Oma Ruth war eine fromme Frau, die manchen Morgen in St. Josef in die Frühmesse ging, um den Tag mit einem guten Zuspruch des Kaplans zu beginnen. Für ihre Enkelin sollte das noch Bedeutung bekommen.

Besondere Freude machte es Angela, wenn Opa Josef sie auf den Schoß nahm und mit ihr Hoppe-hoppe-Reiter spielte. Der Opa dichtete dann immer wieder neue Strophen dazu und die beiden hatten einen Heidenspaß.

„Fällt er in die Hecken, fressen ihn die Schnecken."
„Fällt er auf die Wiese, frisst ihn die Kuh Liese."
„Fällt er auf den Herd, frisst ihn unser Pferd."
„Fällt er in das grüne Gras, macht er sich die Hose nass."
„Fällt er in das Wasser, macht er sich noch nasser."
Und: „Fällt er auf die Steine, tun ihm weh die Beine."

Draußen ließ sich die Enkelin gern von Oma oder Opa mit der Schubkarre über den Hof fahren. Dabei sang sie dann auch bald aus voller Kehle die Kinderlieder mit, die Opa und Oma ihr vorsangen.

Mühe machte es der Kleinen immer, wenn ihre Mutter sich von oben her mitten ins Vergnügen hinein meldete und ihr Kind hinaufrief. Wenn Angela dieser Weisung nicht sofort Folge leistete, bekam sie einiges zu hören und häufig auch zu spüren. Marie Sperling saß dann die Hand recht locker und auch der bereits erwähnte Holzlöffel lag meist nicht weit. Mutters Wortwahl war dann auch in der Regel nicht gerade vom Feinsten. Schließlich musste sie ja das Weinen und Klagegeschrei des Kindes übertönen.

Oma Ruth und Opa Josef hatten dann jeweils Grund zu seufzen und sich zu fragen, was für eine Frau sich ihr Sohn da geangelt hatte. Zugleich suchten die Großeltern dann auch schon wieder nach der nächsten Gelegenheit, Angela nach unten zu holen, um das Kind vor den Launen der Mutter zu schützen.

Wann immer es möglich war, nahmen die Großeltern ihre Enkelin mit nach draußen auf den Hof und in den Stall und auch zur Arbeit auf Felder und Wiesen. Die Hühner zu füttern und sie über das Gelände zu jagen, machte Angela große Freude. Wenn sie ein Federvieh am Schwanz erwischen konnte, jauchzte sie laut auf, drehte sich im Kreis und sang laut ihr „Hühnerlied“: *Ringel, Rangel, Rose, Buben tragen Hose, Mädchen tragen Röcke, das Huhn fliegt in die Ecke.* Neben dem Federvieh gab es im Sperling'schen Haus auch noch Ziegen, Schweine und kleine Ferkel.

Es hätte alles so schön sein können im Haus „In der Enke“, wenn es nicht immer zur Unzeit den scharfen Ruf der Mutter von oben gegeben hätte mit seinen oft so traurigen Begleiterscheinungen. Dann mussten in Windeseile Hühner, Schweine, Ziegen und Kühe oder auch der Sandkasten verlassen werden, den der Papa aufgestellt hatte und in dem Angela ab und zu mit dem drei Jahre älteren Nachbarsmädchen Renate spielen durfte. Auch Röckchen und Jäckchen mussten rasch abgeklopft und die Schuhe auf der Sisalmatte vor der Haustüre abgestreift werden, damit ja kein Dreck mit nach oben kam.

Mit der Zeit lernte Angela allerdings auch, wie sie geschickt ihre Ankunft in der Wohnung oben ein wenig hinausschieben konnte. Dann musste sie mal eben noch dringend auf das äußerst unbeliebte Plumpsklo beim Stall. Gerne wollte das Mädchen für eine Weile den üblen Klogeruch ertragen, wenn es dadurch Zeit schinden und erst später nach oben gehen konnte. Die Zeitungsseiten anzuschauen, die Opa zum Hinternputzen in handliche Stücke geschnitten hatte, war allemal interessanter, als oben eine Abreibung zu erfahren und anschließend auf den kleinen Bruder aufpassen zu müssen. Wenn sie Heinz-Jochen wenigstens neu gelernte Sprüche hätte aufsagen oder Fingerspiele mit ihm machen dürfte, die Oma Ruth ihr beigebracht hatte!

„Das ist der Daumen,
der schüttelt die Pflaumen,
der liest sie auf,
der trägt sie nach Haus,
und der Kleine isst sie alle auf."

Aber das ließ die Mutter nicht zu. Sie wollte so ein dummes Gerede nicht hören. Schließlich störte sie das beim Lesen ihrer Groschenhefte oder beim Stricken eines Kleidungsstücks für Sohn oder Tochter. Die Wiege zu schaukeln war für Angela eher angesagt, damit der kleine Bruder Ruhe hielt.

3. Kindheit

Im Herbst 1956 brachen für Angela Sperling veränderte Zeiten an, in denen es immer wieder lichte Phasen gab: Das Mädchen kam in den Kindergarten, der sich im selben Gebäude befand wie die Schule. Dort verbrachte die inzwischen Dreieinhalbjährige mehrere Stunden am Tag in einer ganz anderen Atmosphäre, als sie sie von zu Hause her gewohnt war. Kindergartentante Annemarie war eine liebe Frau mittleren Alters, eine Nonne im schlichten grauen Kleid und dunkler Tuchhaube, die ebenso zur Ordensgemeinschaft der Franziskanerinnen gehörte wie die Hebamme, die seinerzeit Angela ins Leben geholfen hatte, und wie übrigens auch die Gemeindeschwester Klara, der sie gelegentlich schon in der Wohnung von Oma Ruth und Opa Josef begegnet war. Die geistliche Frau ließ sich freilich von den Kindern nicht „Schwester", sondern „Tante" nennen, wie das auf dem Dorf üblich war. Schwester Annemarie war eben die von Groß und Klein geschätzte Kindergartentante.

Tante Annemarie hielt viel auf Ordnung und Disziplin ihres kleinen Völkchens und sie verstand es, diese auf sehr positive und zugewandte Art einzufordern und durchzusetzen – wohl auch gemäß der Vorgabe ihrer Ordensgründerin: „Die Liebe ist die Seele des Ordenslebens."

Angela fühlte sich in der Obhut dieser Frau sehr wohl. Hier wurde nicht lauthals und mit wüsten Wörtern geschimpft; hier gab es keine harten Anschnauzer oder gar Schläge; hier durfte geräuschvoll gespielt und auch einmal durch den Raum getobt werden. Die Kinder durften Kinder sein und sich entsprechend verhalten. Freilich musste ein

Kind, das nicht auf die Zeichen und Weisungen von Tante Annemarie reagierte, auch schon einmal für eine Weile allein an einem Tisch in der Ecke des Raumes sitzen. Das galt auch immer wieder einmal für Angela Sperling, wenn sie ihr Temperament nicht zügeln konnte. Aber was bedeutete eine solche Maßnahme schon im Vergleich zu dem, was sie bei ihrer Mama erfuhr? Wenn sie nicht aufs Wort gehorchte, die geforderte Ordnung nicht hielt oder den Teller nicht leer machte, bekam sie Hände und Holzlöffel zu spüren.

Die Zeit im Kindergarten gefiel Angela. Es waren schöne Stunden, die sie mit Spielen, Singen, Zuhören, Malen und Basteln verbrachte. Dabei hatte sie viel Umgang mit anderen Kindern aus dem Dorf, denen Angela bisher überhaupt nicht oder nur ganz flüchtig begegnet war und mit denen sie wenigstens für die Zeit in dieser Einrichtung Freundschaften schließen konnte. Bisher hatte sie doch nur mit Renate näheren Kontakt gehabt und das zuletzt auch nur noch sporadisch, weil die „große" Freundin bereits in die Schule ging und folglich weniger Zeit zum Spielen hatte. Andere Kontakte zu Kindern oder gar nähere Freundschaften waren ihr bisher versagt geblieben. Die Mama hatte sie nicht zugelassen, wohl aus Angst, ihre Tochter könnte Unangenehmes von zu Hause erzählen und damit die Familie in einem schlechten Licht erscheinen lassen.

Im Kindergarten machte Angela auch erste „geistliche Erfahrungen". Tante Annemarie verstand es, den ihr anvertrauten Kindern biblische Geschichten in einfacher und verständlicher Weise zu erzählen und sie mit schlichten, aber einprägsamen Bildern zu veranschaulichen. Für die meisten Kinder waren diese Geschichten neu. Sie wurden ihnen in ihren Familien nicht erzählt, denn in den wenigsten katholischen Familien gab es Bibeln, die auch gelesen wurden. Glauben zu wecken und Glauben zu fördern, das war die Aufgabe der Kirche und ihrer Mitarbeiter, also auch die Aufgabe des kirchlichen Kindergartens in dem Dorf am Dreisbach. Als treue Angehörige ihres Ordens und ihrer Kirche war das für Tante Annemarie ein selbstverständliches Anliegen.

So lernten die Kleinen unter ihrer Anleitung Gebete für den Tagesablauf, Lieder für die Jahreszeiten und einfache Bibelverse, die sich ihnen einprägen sollten, damit sie im späteren Leben zur Verfügung standen und hilfreich angewendet werden konnten. Ihre Texte entnahm die Kindertante zumeist dem gebräuchlichen Buch „Sursum corda", dem Gesang- und Gebetsbuch für das Erzbistum Paderborn, zu dem die katholische Gemeinde in Eckertshofen gehörte. Die Schwester wählte Texte aus, die die Kinder auch verstehen und aufnehmen konnten. Dabei war ihr bewusst, dass es so etwas gibt wie ein „fruchtbares Nichtverstehen", was bedeutet, dass in vielen Fällen heute Gelerntes erst später erkannt und begriffen wird.

Zu den Texten, die ihre Kinder lernten, gehörte natürlich das wohl jedem Katholiken bekannte und geläufige „Gegrüßet seist du, Maria, voll der Gnade, der Herr ist mit dir …", das auch unter der Bezeichnung „Ave-Maria" bekannt ist. Dazu gehörte auch die Liedstrophe: „O Jesu, liebster Herr und Gott, in Deine heilgen Wunden rot befehl ich heut Leib, Seel und Ehr, verlass mich nie und nimmermehr." Oder die Strophe: „Alles meinem Gott zu Ehren in der Arbeit, in der Ruh! Gottes Lob und Ehr zu mehren, ich verlang und alles tu. Meinem Gott allein will geben Leib und Seel, mein ganzes Leben; gib, o Jesu, Gnad dazu!"

Zu den schwierigen Texten gehörten selbstverständlich das Vaterunser, das Glaubensbekenntnis und der Psalm vom „Guten Hirten" – in der alten katholischen Zählung noch als Psalm 22 geführt, später auch in der „normalen" Zählung als Psalm 23 –, die die Kinder nach und nach lernten: „Der Herr ist mein Hirte, mir mangelt nichts; er weidet mich auf grüner Au, führt mich zu Wassern, wo ich ruhen kann … Geleiten mög mich deine Huld an allen Tagen meines Lebens. Im Haus des Herrn darf ich weilen die Fülle meiner Tage."

Einfacher waren da schon Bibelverse, die Tante Annemarie für ihre Kinder sprachlich vereinfachte wie: „Gott sagt: Hab keine Angst, ich bin bei dir!" (Jesaja 43,5) oder: „Gott behütet dich vor allem Bösen; er behütet dein Leben!" (Psalm 121,7) oder: „Gott schenkt dir Kraft und zeigt dir den richtigen Weg!" (2. Samuel 22,33) oder: „Gott sagt: Ruf mich, wenn du in Not bist. Ich werde dir helfen, und du sollst mich dafür loben" (Psalm 50,15) oder: „Wenn du Sorgen hast, gib sie mir ab! Ich kümmere mich darum!" (1.Petrus 5,7) oder: „Was Gott sagt, ist wie ein helles Licht auf meinem Weg." (Psalm 119,105)

Leider war die Zeit im Kindergarten für Angela Sperling mittags vorbei. Wenn die Mutter ihre Tochter aus der Einrichtung abholte, waren die Schönheit und die Heiterkeit der vergangenen Stunden zumeist schnell verflogen. Marie Sperling hielt ihr Kind bereits auf dem Heimweg fest an der Hand, um schnurstracks das Haus „In der Enke" zu erreichen. Nach rechts und links zu schauen war für Angela schier nicht möglich. Mit jemandem zu reden war verboten. Ihre Mutter selbst schaute auch nicht nach links und rechts, um jeden Kontakt zu den Leuten im Dorf zu vermeiden. Wenn die Frau vor wenigen Jahren nicht genug davon bekommen konnte, auf der Straße mit diesem und jenem zu reden und zu tratschen, so hatte sich dieses Verhalten inzwischen in sein Gegenteil verkehrt. Die Einschätzung als „Rabenmutter" nahm sie ihren Mitbewohnern im Dorf übel. Marie Sperling mied deshalb jeden Kontakt jenseits der Grenzen des heimischen Grundstücks und auf das Grundstück durfte nach wie vor nur Renate kommen, wenn sie Zeit hatte, mit Angela zu spielen. Ob das auch daran lag, dass Marie Sperling wieder schwanger und deshalb mit einem ansehnlichen Babybauch unterwegs war? „Die ‚Rabenmutter' kriegt das Dritte!" Das hätte sie doch gar nicht zu stören brauchen, wurden werdende Mütter im Dorf doch meistens hoch geachtet. Schwangere Frauen galten als gesegnete Frauen. Da hielt man es schon mit der Aussage von König Salomo in Psalm 127,4-5: „Wie Pfeile in der Hand eines Starken, so sind die Söhne der Jugendzeit. Wohl dem, der seinen Köcher mit ihnen gefüllt hat!" Das behielt selbstverständlich auch seine Gültigkeit, wenn der angekündigte kleine Mensch später als Mädchen geboren wurde.

Im Haus Sperling kam das dritte Kind – ein Mädchen – pünktlich zur Kartoffelernte Mitte Oktober 1957 und das sogar in der eigenen doch recht engen Wohnung im Haus „In der Enke". Für einen Transport der Mutter zum St.-Anna-Stift hatte die Zeit nicht mehr gereicht. Der Winzling Waltraud hatte es plötzlich sehr eilig gehabt. Gut, dass es im Dorf eine Hebamme gab, die nur einen kurzen Weg ins Geburtshaus zurückzulegen hatte und die dafür sorgen konnte, dass die Geburt des Kindes und seine Erstversorgung bestens gelangen.

Für Angela war die Ankunft ihrer Schwester ein richtiger Glücksfall: Sie durfte in der Zeit des Wochenbettes ihrer Mutter tagsüber unten bei den Großeltern sein und dort quasi zum richtigen Familienmitglied werden. Die Chance eines Lebens ohne den ständigen Druck und die Gängelung durch ihre Mutter nutzte die Älteste und Größte der nun dreiköpfigen Kinderschar gerne aus. Dass auch Bruder Heinz-Jochen häufig unten war, machte Angela zusätzlich

Freude. Jetzt konnte sie mit ihm spielen und umgehen, ohne dass die Mutter ständig dazwischenfunkte. Seinen Sportwagen über den Hof und durch die Dorfstraßen zu schieben, machte ihr richtig Spaß. Den kleinen Kerl mit in den Stall zu nehmen und mit aufs Feld oder sonst wohin, genoss das Mädchen als großes Vergnügen. Jetzt konnte sie auch Oma Ruth zum Einkaufen in den Dorfladen begleiten, und das lohnte sich allemal. Da gab es immer interessante Dinge zu sehen und zu riechen: Zucker und Mehl in Säcken; Erbsen und Linsen in großen Schubkästen und alles abgepackt in braunen Tüten; Heringe im Holzfass, Fleischwurst in großen Ringen, Brausepulver verschiedener Geschmacksrichtungen in kleinen Zellophan-Tütchen, Gebrauchsgegenstände für Haus und Hof, Wäscheteile im Regal und andere Textilien an der Stange ... Aufregend interessant! Wenn Oma dann ihre Ware bezahlte, gab es im Laden für Kinder immer ein Stück Fleischwurst oder auch ein Päckchen Pfefferminz-Bonbons. Herrlich! Dazu gab es die Möglichkeit, unterwegs oder im Geschäft mit kleinen und großen Leuten zu reden, was Oma Ruth nämlich auch gerne tat. Der Junge im Kinderwagen, das Mädchen am Schiebegriff und der neue Säugling zu Hause gaben immer wieder Gesprächsstoff für einen spontanen „Schwatt" auf dem Weg. Fragen zu dem merkwürdigen Verhalten ihrer Schwiegertochter beantwortete Ruth Sperling allerdings nur sehr ausweichend oder auch gar nicht. Nein, das dörfliche Gerede über die junge Frau in ihrem Haus wollte Ruth Sperling nicht noch unterstützen. Die Leute hatten ja in vielem recht, aber das wollte Ruth Sperling dann doch nicht öffentlich bestätigen.

In dieser Zeit, in der ihre Mutter von Geschwisterchen Waltraud in Anspruch genommen war, hatte Angela auch immer wieder die Möglichkeit, Oma Ruth in der Küche zu helfen und dabei zu lernen, wie die kleinen Kartöffelchen, die sie selbst auf dem Feld aufgelesen hatte, gewaschen und gebürstet und anschließend mit ihrer Schale in der Pfanne gebraten wurden. Den Schichtkäse, den es zur Mahlzeit dazu gab, durfte das Mädchen dann mit fein geschnittenem Lauch und gehackten Zwiebeln verquirlen, was Angela mit Eifer und großer Begeisterung tat. Denn das wurde dann ein Essen, von dem sie kaum genug kriegen konnte. Freilich durfte die Oma keinen Schwartenmagen dazu auf den Tisch tun. Den mochte Angela so gar nicht, aber leider packte die Mutter meistens diese ungeliebte Wurst auf das Frühstücksbrot für den Kindergarten.

Dann kam der Winter, den Angela zum ersten Mal so richtig genießen konnte mit Toben im Schnee auf dem Hof und draußen auf den Hängen der Ortsflur, und das dann auch noch mit Harro, dem schwarzen Collie-Schäferhund-Mischling. Der ließ sich sogar vor einen Schlitten spannen. Wenn dann Opa Josef mit draußen war, wurde es besonders lustig bei Schneeballschlacht und Schneemannbauen. Die aus wenigstens drei dicken Kugeln zusammengesetzte weiße Figur bekam eine große rote Möhre als Nase, Kohlestückchen als Augen in den Kopf und Knöpfe an den Bauch. Zuletzt wurde ihm Opas Hut auf das dicke runde Haupt gesetzt. Richtig fertig war der weiße Herr aber erst, wenn er Opas Lieblingswerkzeug für die Reinigung des Hofes und der Straße in die „Hand" bekam: den großen selbst gebundenen Reisigbesen. Welch ein herrlicher Schnee-Opa!

Schade, dass Papa Henner für solchen Spaß keine Zeit hatte und auch nur wenig Verständnis. Mama Marie hatte dafür noch weniger Sinn. Sie hielt ihren Mann auch gerne von solchen Beschäftigungen ab. Der sollte anderes arbeiten. Die Mama konnte nur immer schimpfen, wenn ihre Kinder mit nassen Schuhen und Mänteln oder Jacken ins Haus und wo möglich noch in die Wohnung kamen. Dann wurde die

Freude der vergangenen Stunden rasch wieder lauthals und leider immer wieder auch schlagkräftig vermiest.

Weihnachten 1957 wurde für Angela zu einem kleinen sehr bewusst erlebten persönlichen Höhepunkt. An Heiligabend musste Brüderchen Heinz-Jochen nachmittags zum Schlafen ins Bett – Waltraud lag ohnehin zumeist noch in ihrer Wiege –, und Angela durfte als Kindergartenkind mit Oma Ruth und Opa Josef zur vorgezogenen Christmette in die Kirche – auch weil die Kindergartenkinder im Gottesdienst-Programm das Lied „Es ist für uns eine Zeit gekommen" zu singen hatten, das Tante Annemarie ihnen beigebracht hatte.

Während der Christmettenzeit war Papa Henner in der heimischen Küche der jungen Sperlings in der zweiten Etage zugange, den Christbaum aufzustellen, zu schmücken und die Geschenke für die Bescherung bereitzulegen. Er hatte in dieser Weihnachtswoche Urlaub und konnte sich deshalb einmal Zeit für seine Familie nehmen. Seine Frau zeigte für diese Dinge freilich keine große Begeisterung und hätte am liebsten auf die Familienweihnacht verzichtet. Aber um der Kinder und Großeltern willen, die an diesem besonderen Tag ausnahmsweise nach oben kommen wollten, um die Momente mit den Enkeln um den Weihnachtsbaum mitzuerleben, ließ sie ihren Mann machen, freilich ohne sich selbst groß zu beteiligen.

Angela und Heinz-Jochen mussten sich dann allerdings sehr gedulden, bis sie ihre Geschenke endlich auspacken konnten. Erst wurden nämlich Fotos gemacht und gesungen.

An diesem Abend musste der Vater zu seinem eigenen Leidwesen völlig unerwartet eiligst die Feier in der Weihnachtsküche verlassen, weil von draußen die Alarmsirene vom Dach der Schule her zu hören war, die die Männer der Feuerwehr zum Gerätehaus rief. Mit der Feststellung „Da brennt wohl irgendwo ein Baum!“ war Henner Sperling auch schon nach unten geeilt und nach draußen zu dem offenbar notwendigen Einsatz unterwegs. Schade, dass der Mann bei der weiteren „Feier“ fehlen musste. – Ob Henner Sperling das vielleicht sogar recht war?

Aber jetzt durften die Zurückbleibenden Oma Ruths Plätzchen vom bunten Weihnachtsteller naschen. – Die Frage, wieso der Plätzchenvorrat bereits auf die Hälfte seines ursprünglichen Bestandes geschrumpft war, konnte leider nicht beantwortet werden. Angela war in diesen Momenten gewieft genug, ihren Anteil an dieser besonderen Geschichte zu verschweigen. Das hätte wohl auch unliebsame Folgen gehabt trotz des gebotenen Friedens am Heiligen Abend. Die Lösung der Frage waren sicher die Weihnachtsmäuse. Diese kleinen grauen Viecher mit ihren langen Schwänzen mussten wohl aktiv gewesen sein. Von denen gab es im Haus ja genug, wie das grau-schwarze Mohrle, das Kätzchen, immer wieder bewies.

Dann endlich durfte die Papierabdeckung von den Geschenken unter der Weihnachtsfichte weggezogen werden. Für Heinz-Jochen kam ein hölzernes Schaukelpferd zum Vorschein in der Gestalt eines Schimmels mit Halfter, Zügel und Mähne. Sofort stieg der Junge auf das Tier und schwang wie wild darauf. So wild, dass seine Mutter ihn zunächst einmal mit ein paar scharfen Worten zur Ordnung rief, ihn vom Pferd herunterriss und auf den Boden setzte. Die Folge war, dass Heinz-Jochen in lautes Protestgeheul ausbrach und sich gar nicht beruhigen lassen wollte.

Für Angela kam eine Knuffel-Stoffpuppe zum Vorschein, die ihrer neuen Besitzerin einen lauten Jauchzer entlockte: „Juhu! Endlich eine Puppe! Wie schön!“ Das Mädchen nahm sie gleich in die eine Hand, um mit der anderen über die zu Bürstchen gebundenen Wollhaare zu streicheln und ebenso über das bunte Kleidchen mit Puffärmchen und über die weißen Söckchen an den Füßen, die durch gleiche Bändchen gehalten wurden wie die Haare.

„O wie süß du bist!“, entfuhr es dem Kind. „Du bist jetzt meine liebste Anni.“ Damit drückte Angela die Puppe in einer Herzlichkeit an sich, die deutlich machte, dass sie das kleine Stoffwesen sofort in ihr Herz geschlossen hatte und nie wieder aus den Armen lassen würde.

„Warum nennst du sie Anni?“, wandte sich Oma Ruth ihrer Enkelin zu, nachdem es ihr endlich gelungen war, den Enkel zu beruhigen und dazu zu bewegen, ruhig auf seinem Pferd zu sitzen und zu schaukeln.

Angela zögerte kurz mit ihrer Antwort. Dann sagte sie ein wenig versonnen: „Die Puppe heißt Anni wie unsere Kindergartentante Annemarie, weil die der liebste Mensch ist. Und ich geb Anni nie wieder ab.“

„Brauchst du auch nicht, Kind“, bestätigte Oma Ruth dem Mädchen. „Anni gehört ja nur dir und du darfst das Püppchen auch immer mitbringen, wenn du zu uns runterkommst. Opa und ich gehen jetzt nach unten zu unserem eigenen Baum.“

„Darf ich mit Anni mitgehen, Oma?“, schaute Angela die Großmutter bittend an.

„Wenn es die Mama erlaubt“, gab die von der Stubentür her, mit einem fragenden Blick auf ihre Schwiegertochter, zurück. Großvater hatte die Weihnachtsküche derweil bereits verlassen.

Die junge Frau hob ihre Augen für einen Moment von ihrem Buch, das sie von Henner bekommen hatte, und antwortete scharf: „Nichts ist mit Runtergehen. Das Kind bleibt hier. Unten wird es nur wieder verwöhnt. Wir wollen außerdem nachher essen." Dann wandte sie sich doch einmal an ihre Tochter: „Ist die Kindergartentante etwa lieber als ich?"

Angela schaute ihre Mutter an, setzte ein entschlossenes Gesicht auf und gab ihre Empfindung deutlich kund: „Sie ist die Allerliebste!", worauf Marie Sperling nur spitz antwortete: „Undankbares Mensch! Machst mir die ganze Feier kaputt." Damit war sie auch schon wieder bei ihrem Buch und hatte wohl gar nicht mitbekommen, dass ihre Schwiegermutter die Küche nun auch verlassen hatte.

4. Leiderfahrungen

Im Herbst 1958 begann für Angela Sperling eine ganz anders geartete Leidenszeit. Das Mädchen im letzten Kindergartenjahr bekam aus zunächst unerfindlichen Gründen immer wieder Halsschmerzen, die bis in die Ohren zogen und dem Kind viel Mühe und Tränen bereiteten. Anfangs reagierte die Mutter kaum auf die Klagen und Beschwerden ihrer „großen" Tochter. „Stell dich nicht so an und reiß dich zusammen!" und „Das vergeht wieder!" waren zumeist ihre Kommentare. Mit Angela zum Arzt zu gehen, fiel ihr nicht ein oder es erschien ihr nicht erforderlich. Die Klagen ihrer Tochter nahmen aber zu und wurden immer lauter. Zuweilen saß das Kind weinend und schluchzend mit dem Püppchen im Arm in der Stubenecke und hielt sich mit beiden Händen den Kopf. Schließlich drängten auch Henner und die Schwiegermutter zunehmend darauf, doch endlich etwas zu unternehmen. Da endlich bequemte Marie Sperling sich doch dazu, den Hausarzt im Nachbarort aufzusuchen. Der Mann überwies die Frau mit dem Kind umgehend an einen HNO-Facharzt. Das seien keine harmlosen Halsschmerzen, die vielleicht von einer Erkältung herkämen, stellte er fest. Es handle sich wohl eher um eine ausgewachsene Hals- und Mandelentzündung, die dringend behandelt werden müsse, wenn sich da nicht sogar eine Diphtherie ankündigte, mit der man nicht spaßen dürfe.

Dr. Färber, Facharzt für Hals-Nasen-Ohren-Heilkunde in der nahen Kreisstadt und Belegarzt im dortigen Krankenhaus, bestätigte die Diagnose und verordnete die baldige Entfernung der vereiterten Mandeln. Der Termin für den Eingriff wurde vereinbart und die Eltern Sperling brachten ihre Tochter auf dem Motorrad in die Klinik, wo die Operation bereits vorbereitet war. – Henner Sperling, mittlerweile dreifacher Vater, hatte sich zur Erleichterung seiner Mobilität vor ein paar Monaten eine Seitenwagen-Maschine Horex-Imperator 400 mit Sitzbank gekauft, mit der er leichter unterwegs sein und mehrere Personen zugleich transportieren konnte.

Für die fünfeinhalbjährige Angela wurde es jetzt schlimm. Die Situation in der Klinik war für die Kleine beängstigend: Sie war zum ersten Mal von den Eltern getrennt, und sie musste ihre heiß geliebte Puppe Anni abgeben. Was geschah jetzt mit ihr? Wurde Anni gut behandelt und kam sie nachher zu ihr zurück? Die Puppenmutter weinte bitterlich über diesen Verlust, aber da war niemand, der sie hätte trösten können. Das grün gekleidete Personal im Operationssaal mit der großen Lampe über dem Tisch und den komischen anderen Gerätschaften drum herum erledigte seine Aufgabe, die kleine Patientin auf den notwendigen Eingriff vorzubereiten, anscheinend ohne Herz und Verständnis für das Kind. Das arme Wesen wurde dann auch noch angeschnallt, damit es ruhig liegen blieb. Furchtbar! Und dann diese große Spritze auf dem Tablett! Angela bekam Angst, begann entsetzlich zu zittern und laut zu schreien. Den schrecklichen Geruch des mit Äther getränkten Wattebausches nahm Angela gerade noch wahr, dann verstummte ihr Jammern und sie war weg – in irgendeiner anderen Welt.

Als die kleine Patientin wieder zu sich kam, war der Eingriff natürlich längst vorbei. Die eitrigen Mandeln waren entfernt, aber das Schlucken war immer noch schmerzhaft. „Wo bin ich denn? Der Hals tut aber immer noch weh", sagte Angela noch im Halbschlaf.

„Das wird sich bald geben, Kind", hörte sie daraufhin ihre Oma Ruth antworten.

Mit schwacher Stimme fragte das Mädchen und griff dabei nach der Hand ihrer Oma: „Warum bist du hier und nicht die Mama?"

Ruth Sperling wunderte sich über die Frage der Enkelin und wusste natürlich zu antworten: „Deine Mama kann nicht hier sein wegen deiner kleinen Geschwister und weil sie mit dem Opa aufs Feld muss. Dein Papa hat Mittagsschicht. Freust du dich denn gar nicht, dass ich hier bin?"

„Doch, Oma, natürlich freue ich mich. Viel mehr, als wenn Mama gekommen wäre", kam die leise Antwort. „Gibst du mir meine Anni in den Arm?"

„Sofort, mein Kind", antwortete Oma Ruth und angelte die Puppe auch schon von der Fensterbank, um sie der Enkelin in den Arm zu legen.

„Gut, dass ich dich wiederhabe, mein Annilein", hörte sie dann ihre Enkelin flüstern. Sie hörte aber auch, was das Kind noch zu seiner Puppe sagte: „Die Mama mag dich nicht. Das ist so schade."

„Warum mag die Mama deine Anni denn nicht?", wollte sie daraufhin wissen, denn es machte ihr selbst auch immer wieder Kummer, dass ihre Schwiegertochter zuweilen ein merkwürdiges Verhalten an den Tag legte – gegenüber Angela, anderen Menschen im Dorf und gegenüber ihnen, den Schwiegereltern. Auch Henner hatte bei seiner Frau nicht viel zu lachen und musste mehr oder weniger nach ihrer Pfeife tanzen.

„Ich weiß das doch auch nicht", gab Angela traurig zurück, um dann zu fragen: „Krieg ich ein Eis? Wenn ich wieder wach bin, sollte ich ein Eis aus dem Fliegenpilz-Laden kriegen, hat der Doktor gesagt."

„Ich frag die Schwester und dann geh ich zum Fliegenpilz und hol dir eins. Das Eis kühlt und wird deinem Hals guttun. Und dann wirst du ganz schnell gesund."

„Wie lange muss ich hierbleiben?", wollte die Kleine jetzt wissen.

„Vielleicht eine Woche oder zehn Tage." Diese Antwort kam nicht von Oma Ruth, sondern von einer freundlichen jungen Schwester im weißen Kittel und kleiner Haube auf ihrer dunklen Frisur, die gerade in das Krankenzimmer gekommen war. „Du musst dich erst gut erholen, kleine Prinzessin, und dein Hals muss gut heilen. Dann erst geht's nach Hause. Gut so?"

„Gut so", bestätigte Oma Ruth und ergänzte: „Ich komme dich auch jeden Tag besuchen. Und dein Papa wird auch vorbeikommen, wenn er wieder Frühschicht hat. Bis Ende nächster Woche wird dann alles gut. So lange passt deine süße Anni auf dich auf. Und du kannst auch immer mit deiner Anni das ‚Ave-Maria' beten oder das ‚Vaterunser' oder ein anderes Gebet, das du im Kindergarten gelernt hast. Das hilft. Und jetzt gehe ich dir ein Eis holen."

Als Angela Sperling nach zehn Tagen dann wieder zu Hause war, war ihr kleines Leben um einige Erfahrungen reicher geworden. Ihre Mutter hatte kein besonderes Interesse an dem Befinden ihrer ältesten Tochter; offenbar war es ihr egal, wie es dem Kind ging und unter welchen Nöten es zu leiden hatte. Dass sich der Verdacht auf Diphtherie nicht bestätigt hatte, machte auf die Frau keinen Eindruck. Mehr beschäftigte sie die Tatsache, dass das Mädchen sich irgendwie körperlich unnatürlich entwickelte. Angela wuchs zwar in die Länge, sie war bald die Größte im Kindergarten und überragte alle anderen Kinder ihres Alters um einige Zentimeter. Aber dabei war sie spindeldürr. Ihre Haut war blass und kündete ständig von irgendeinem unbekannten Mangel. Vom Hausarzt verordnete Höhensonne half kaum, die äußere Erscheinung zu verändern. Auch die erweiterten Aufenthalte an der frischen Luft bewirkten keine spürbare Verbesserung. Angelas Haut bekam keine Farbe, sondern blieb blass und fast durchsichtig. Dazu kam, dass sie überhaupt keinen Appetit hatte. Nichts schmeckte ihr und sie hatte auch keinerlei Hungergefühl. Da konnte sich die Oma noch so große Mühe in der Gestaltung des Angebots geben, um ihrer Enkelin zu helfen. Die Mutter war in dieser Sache leider sehr kompromisslos. Wenn Angela nicht essen wollte, was auf den Tisch kam, dann ließ sie es eben bleiben. Oder aber sie wurde so lange am Tisch festgehalten, bis der Teller leer war und das Kind sich anschließend erbrechen musste. Dafür gab es dann zuweilen sogar noch ein paar Schläge auf den Allerwertesten oder auf den Rücken und alle Körperstellen, die für die Hand der Mutter oder für ihren Holzlöffel gerade zu erreichen waren. Armes Kind!

Irgendwann machte Kindergarten-Tante Annemarie den ernsthaften und dringenden Vorschlag, Angela zu einer Erholungsmaßnahme zu schicken. Das Kind brauche unbedingt Fleisch auf die Rippen. Das sei sicher sehr sinnvoll und unbedingt notwendig, ehe die inzwischen Sechsjährige im April 1960 eingeschult würde. Also wurde mit der Unterstützung des Hausarztes eine solche Maßnahme in die Wege geleitet und das schlaksige Mädchen in ein Erholungsheim auf dem Westerwald geschickt.

Hier kam Angela allerdings aus dem Regen in die Traufe. Sie sollte ja Gewicht zulegen. Folglich musste sie viel essen, auch das, was ihr gar nicht schmeckte, und das in Mengen, die sie nicht bewältigen konnte. Dazu kamen Druck und Zwang: Wer den Teller nicht leer aß, durfte nicht vom Tisch aufstehen, sondern wurde so lange zum Essen gedrängt, bis alles geschluckt war. Dass es dann bald wieder hochkam und erneut im Teller landete oder aber in irgendeiner Schüssel oder auf dem Fußboden, das wurde von den Leuten der Einrichtung im Vorhinein kalkuliert und mit Zusatzmahlzeiten bestraft. Das waren grausame Methoden, ohne Zuwendung und Einfühlungsvermögen oder gar so etwas wie Liebe!

Die vier Wochen in dem Kindererholungsheim wurden für das Mädchen zu einer einzigen andauernden Qual. Zu dem Druck, der im Haus und vor allem am Tisch herrschte, kam übergroßes Heimweh, denn Angela war noch nie so lange allein von zu Hause weg gewesen, ohne dass jemand aus dem Haus sie besucht hätte. Die Folge all dessen war, dass sie, anstatt an Gewicht zuzulegen, noch weiter abnahm und dass sich auch ihre psychische Befindlichkeit verschlechterte. Ihre kleine Seele kam aus dem Weinen nicht mehr heraus und ersehnte mit vielem Seufzen und vielen Tränen das Ende der Maßnahme.

Die Rückkehr nach Eckertshofen zu Eltern und Großeltern und auf den Hof zu Harro, den Hühnern, dem anderen Viehzeug, zu den Kindern im Kindergarten und zu Tante Annemarie wirkte auf Angela Sperling schließlich wie eine Befreiung aus einem finster empfundenen Kindergefängnis, wenngleich es dem Mädchen dann zu Hause auch nicht gut ging. Dass sie noch dünner, ja, schier dürr und vollends zur „Bohnenstange" geworden war, nahm ihr die Mutter persönlich übel und sie reagierte entsprechend. Sie entzog ihrer Tochter auch den Rest an Liebe und Zuwendung, den sie noch gezeigt hatte, und griff noch häufiger zu disziplinierenden Maßnahmen mit üblen Worten und noch übleren Taten.

Der Vater sah keine Möglichkeit, die Situation positiv zu beeinflussen, sosehr er sich auch bemühte, Angela zu zeigen, dass er anders dachte und empfand als seine Frau. Er hatte seine Schichtarbeit und stürzte sich in seiner Freizeit in den Umbau des Hauses. Die Wohnung im zweiten Stock war inzwischen zu klein geworden. Die Kinder brauchten unbedingt ihr eigenes Zimmer zum Spielen und Schlafen. Der Raum musste in dem alten Fachwerkhaus mühsam gewonnen werden durch die bauliche Veränderung des Speichers, des „Ollerns", wie die Leute hier sagten. Das war mit Lärm und Dreck und Staub verbunden, der Marie Sperling zu allem anderen noch mehr ärgerte und aufregte, sodass sie ihre ohnehin gepeinigte Tochter auch noch zur Handlangerin des Vaters und zur Putzfrau machte.

Die Großeltern mussten eine Menge auffangen von dem, was ihrer Enkelin Mühe und Not machte, und immer wieder ihre Tränen trocknen, ihr Mut zusprechen und für Abwechslung sorgen, um der Enkelin wenigstens ein Mindestmaß an Geborgenheit und positiven Erlebnissen und Eindrücken zu vermitteln. Das gelang ihnen, wenn sie Angela häufig nach unten riefen, damit sie sich in ruhiger und spannungsfreier Atmosphäre aufhalten konnte. Sie nahmen sie auch mit, wenn sie auswärts zu tun hatten oder irgendwo Verwandte besuchten. Sie gaben ihr immer wieder Arbeiten in Haus und Hof, die sie als Sechsjährige leisten konnte und die ihr Freude machten. Sie gaben ihr zu essen, was ihr schmeckte und was sie vertrug: weich gekochte Eier und dick bestrichene Butterbrote. Pfunde auf ihren dürren Körper brachte das allerdings auch kaum.

Für Angela kam bald erschwerend hinzu, dass ein Facharzt für Orthopädie ihr ein Gips-Bett verordnete und es ihr an den geschundenen Leib anpasste. Für das Kind war das eine mühselige, anstrengende und demütigende Prozedur. Es in dieses Gipslager zu legen und darin zu betten, übernahm meistens Oma Ruth, die dann auch mit ihrer Enkelin betete, ihr eine Geschichte vorlas und sie schließlich in den Schlaf sang.

„Schlafe, Prinzesschen, schlaf ein,
es ruhn Schäfchen und Vögelein.
Garten und Wiese verstummt,
auch nicht ein Bienchen mehr summt."

Einen positiven Einfluss auf das Befinden des Mädchens hatte eine Fahrt, die Oma Ruth mit ihrer Enkelin zur Kapelle Dörnschlade unternahm, einem etwa einhundert Jahre alten Wallfahrtsort, um in diesem Kirchlein vor dem „Gnadenbild Mariens mit dem Kinde" zu beten. Ihr Sohn Henner hatte sich zu dem Ausflug mit seiner Seitenwagenmaschine überreden lassen. Er fuhr also mit seiner Mutter und seiner Tochter nach Altenhof bei Wenden im südlichen Sauerland. Während seine Mutter und Angela das hübsche Kirchlein aufsuchten, vertrieb Henner sich die Wartezeit in einem in der Nähe gelegenen Waldgasthof. Mochten Oma und Enkelin sich unter dem Gnadenbild vergnügen. Für ihn war das „frommes Gedöns". Dass seiner Mutter und seiner Tochter die Zeit unter dem „Gnadenbild" gutgetan haben sollte, wie die beiden später berichteten, wagte der Mann zu bezweifeln. Aber dass dieses Gedöns einen positiven Einfluss auf Angelas Gesundheit haben sollte, stritt er rundweg ab. Er hatte den beiden mit dem Ausflug nur eine Freude machen wollen.

Für Angela gab es als Mitbringsel ein kleines Foto – Oma Ruth hatte das Bild allerdings schon von zu Hause mitgenommen –, das ein fröhliches afrikanisches Kind zeigte mit großen dunklen Augen in einem lachenden Gesicht. Das schwarze Haar war über den Ohren zu kleinen Bürstchen gebunden, sodass das Mädchen wegen seiner Frisur aussah wie Angelas Püppchen Anni. Oma Ruth erzählte von dem Kind, dass es in Afrika lebe und Angela-Marie heiße und dass es aus sehr armen Verhältnissen stamme. Ihm gehe es sehr viel schlechter als allen Kindern in Deutschland. Sie und Opa Josef überwiesen für dieses Kind regelmäßig Geld an ein Hilfswerk, damit es genug zu essen bekäme und regelmäßig in die Schule gehen könne.

Angela war von der Geschichte um das afrikanische Mädchen ganz gerührt und tief beeindruckt. Diesem Mädchen, das genauso hieß wie sie, ging es ja viel schlechter als ihr selbst! Also musste sie es in ihr Herz schließen. Und in ihr Abendgebet wurde es auch mit aufgenommen, wie die Oma es geraten hatte. So viel hatte die älteste Sperlings-Enkelin durch die Aktion ihrer Großmutter begriffen. Fortan bekam dieses unbekannte farbige Kind tatsächlich einen besonderen Platz in Angelas Herz und es schenkte ihr so wenigstens ein bisschen Frieden mit ihrer eigenen Situation.

Begreifen konnte Angela dagegen nicht – genau so wenig wie die Menschen um sie herum –, warum es gesundheitlich weiter mit ihr bergab ging. Hohes Fieber trat mehr oder weniger plötzlich auf und machte dem Mädchen sehr zu schaffen. Dazu bekam sie erneut heftige Ohrenschmerzen, gegen die kaum ein Kraut gewachsen war. Gemeindeschwester Klara musste täglich ins Haus kommen, um Angelas Ohr mit einer speziell zusammengerührten Paste, mit erhitztem Öl oder mit Pellkartoffel-Umschlägen zu behandeln. Doch alles blieb ohne Erfolg. Als sich dann das Ohrproblem noch zu einem hühnereigroßen Geschwür hinter dem Ohr entwickelte und als das andere Ohr dann ebenso merkwürdig befallen war, wusste Schwester Klara auch keinen Rat mehr und schickte Marie Sperling mit ihrer Tochter zum Hausarzt. Der überwies die beiden umgehend weiter an Dr. Färber in die bereits bekannte HNO-Abteilung der städtischen Klinik. Dort wurde sehr rasch erkannt, dass Angelas Beschwerden sogar lebensbedrohlich waren und dass deshalb sofort gehandelt werden musste.

So wurde das Mädchen umgehend in der für sie bereits bekannten Weise unter heftiger Gegenwehr und lautem Geschrei auf die Operation vorbereitet. Äther zu atmen war entsetzlich! Die Prozedur musste aber sein, um das ebenso schlimme Setzen der Narkosespritze vorzubereiten. Dann wurden in einem mehrstündigen Eingriff beide Ohren operiert und die üblen Geschwüre entfernt, sodass sie nicht noch weiteren Schaden anrichten konnten. Für die kleine Patientin wurde die ganze Geschichte zu einer ähnlich traumatischen Erfahrung wie damals, als ihr die vereiterten Mandeln entfernt worden waren. Gut, dass sich hier einfühlsames Personal um das Mädchen mit dem dicken Kopfverband kümmerte; und auch diesmal musste ihre Puppe helfen, die Sonne wieder in das Krankenzimmer scheinen zu lassen, damit das kindliche Gemüt wenigstens ein bisschen aufgehellt wurde: Als die kleine Patientin aus der Narkose erwachte, lag Anni, ebenfalls versehen mit einem dicken Kopfverband, schon in Angelas Arm und konnte den notwendigen Trost spenden. Sogar ein leichtes Lachen konnte die so gestaltete Puppe ihrer Puppenmama abringen.

Das Lachen verging Angela aber ganz rasch wieder, als sie erkannte, welches Mädchen in ihrem Nachbarbett lag: Das war doch Renate, ihre große Freundin und Sandkasten-Spielkameradin aus dem Nachbarhaus. Die lag unter einer komischen feinmaschigen „Käseglocke“ in ihrem Bett, völlig unbekleidet und ohne Zudecke. Offenbar war sie dick mit einer gelben Paste beschmiert. Wie Senf sah das Zeug aus. Der Freundin musste etwas Schlimmes passiert sein.

Näheres erfuhr Angela von ihrem Vater, der auf seinem Weg von der Frühschicht nach Hause in voller Motorradkluft einschließlich Lederhelm seine große Tochter in der Klinik besuchte. Er berichtete, dass die Freundin in kochend heiße Waschlauge gefallen sei und sich Verbrennungen dritten Grades zugezogen habe. Es fiel Henner Sperling sichtlich schwer, diese Geschichte zu erzählen und zugleich den Anblick seiner Tochter mit dem dicken Kopfverband zu ertragen. Dazu kam noch das Jammern der mit „Senf" bestrichenen Renate und all der anderen kleinen und großen Patienten in diesem Krankensaal. Und so musste er zum Durchatmen erst einmal nach draußen gehen. Als er dann wieder zurückkam, brachte er seiner Tochter einen Luftballon, ein paar Bonbons und eine Signaltaschenlampe mit, damit Angela etwas zum Spielen hatte. Ehe er sich dann gegen Abend auf den Weg nach Hause machte, half er Angela noch, ihren Teller leer zu essen, damit die Schwestern nichts zu schimpfen hätten. Angela war dafür sehr dankbar.

Vater Henners Wunsch, seine Tochter möge bald wieder gesund werden, erfüllte sich leider nicht. Angelas Zustand verschlechterte sich wieder, sodass sie ein weiteres Mal operiert werden musste. Eins der beiden Geschwüre im Ohr hatte bereits im Inneren des Kopfes Unheil angerichtet. Nach der OP wachte das Kind in einem kleinen weißen Zimmer auf, in dem sich außer dem Bett kein weiteres Möbelstück befand. Nur ein schwarzes Holzkreuz hing an der Wand. Auch Puppe Anni war nirgendwo zu sehen. Wo war sie nur? Und warum lag Angela in diesem merkwürdigen Zimmer? Das Mädchen bekam einen Riesenschrecken und eine innere Panik, die sie laut schreien ließ.

Die junge Schwester, die daraufhin durch den Türspalt hereinschaute, kam dann doch ganz herein. Sie hatte natürlich sofort bemerkt, dass Angela aufgewacht war, aber sie konnte das Mädchen kaum beruhigen. Auch über Anni konnte sie keine Auskunft geben. Die Frage nach dem komischen Zimmer wollte sie partout nicht beantworten. Schließlich sagte sie leise: „Du warst so krank, Angela, dass wir alle gedacht haben, du würdest sterben. Ich bin übrigens Schwester Agnes."

„Ich will aber nicht sterben", antwortete das Mädchen. „Ich will zurück in das Zimmer mit Renate, und ich will meine Anni wiederhaben."

„Ich kümmere mich sofort darum", antwortete Schwester Agnes. „Du musst ganz ruhig liegen bleiben und am besten wieder schlafen. Schlafen ist eine gute Medizin. Ich sage auf der Station Bescheid, dass mit dir alles in Ordnung ist und dass du wach gewesen und wieder eingeschlafen bist. Ist das gut so?"

Die kleine Patientin im Sterbezimmer des Krankenhauses gab darauf keine Antwort mehr, weil sie tatsächlich bereits wieder eingeschlafen war.

Angela Sperlings Genesungsprozess zog sich noch einige Wochen hin. Im großen Krankensaal, in den sie zurückverlegt wurde, ließ sich das Gesundwerden auch leichter gestalten, wenngleich alles sehr mühsam, quälend und anstrengend war. Angela mussten bestimmte Medikamente gespritzt werden, was immer mit Panikattacken und Geheul verbunden war. Lebertran vom Löffel war kaum über die Zunge zu kriegen. Das Essen machte immer Probleme, weil Angela nach nichts Verlangen hatte. Das Einzige, was ihr schmeckte, war Blutorangensaft, der mit Traubenzucker gesüßt war, und Oma Ruths gekochte Eier und Weißbrot mit dick Butter darauf. Dieses Essen hatte Angela schon immer geliebt und sie freute sich jedes Mal, wenn die Mama, der Papa oder die

Oma zu Besuch kamen und diese Leckereien mitbrachten. Andere Mitbringsel flogen je nach Angelas Laune und Befindlichkeit schon einmal quer durch den Raum, zum Ärger des Besuchs, der anderen Patienten und auch des betreuenden Personals. Warum konnte sie auch nicht so rasch gesund werden wie Renate, die nach wenigen Wochen zur weiteren Behandlung ihrer Verbrühungen nach Hause entlassen wurde? Warum durfte ihre Cousine Melanie, die für einige Tage im Nachbarbett gelegen hatte, nach ihrer Blinddarmoperation so schnell wieder nach Hause, und sie selbst musste immer noch im Krankenhaus bleiben? Auch Puppe Anni konnte ihr diese Fragen nicht beantworten. Aber sie wehrte sich nicht, wenn ihre Besitzerin sie vor Enttäuschung und Ärger einmal heftig zauste, und sie ertrug es ohne Widersprüche, wenn die Tränen flossen, weil das Heimweh nach der Familie, dem Hof und dem Kindergarten wieder einmal zu groß wurde, bis diese Elendszeit nach vielen Wochen zu Ende ging.

5. Schulkind

Am Donnerstag, dem 7. April 1960, begann für die gerade noch sechsjährige Angela Sperling der „Ernst des Lebens“: Das große, dünne Mädchen wurde eingeschult, ausstaffiert mit kariertem Kleidchen, Wollstrümpfen und braunen Halbschuhen. Im Arm hielt sie eine mit einem Tütchen Glasmurmeln und ein paar Süßigkeiten bescheiden gefüllte spitze Schultüte mit großer Schleife. Auf dem Rücken trug sie Vaters braunen Lederranzen, aus dem zwei Bändel heraushingen mit einem Schwamm und einem kleinen bunten Lappen daran. Der besondere Tag begann mit einem Gottesdienst in St. Josef und setzte sich fort mit einer kleinen Feierstunde im Klassenraum U der Schule – U wie Unterstufe –, die nach der Tradition von den Kindern der neuen Jahrgänge zwei bis vier gestaltet wurde. Die hatten zwei Tage Zeit gehabt, ihren Auftritt für die neuen I-Männchen vorzubereiten. Dabei folgten sie dem Motto: „Eins, zwei, drei, vier, fünf, sechs, sieben, in der Schule wird geschrieben, in der Schule wird gelacht, bis …“

Schön, lustig, fröhlich und auch ein bisschen ernst. Schade nur, dass Angela Sperling diesen besonderen Tag ihres jungen Lebens ohne ihre Mutter verbringen musste. Die hatte sich plötzlich unwohl gefühlt und war zu Hause geblieben. Dass Oma Ruth dafür mitgegangen war, war für ihre Enkelin freilich nur ein kleiner Trost.

Angela Sperling hatte ihren besonderen Spitznamen als Bohnenstange auch an diesem Ort bald weg. Als Erstklässler war sie ja im selben Gebäude nur von unten, den Räumen des Kindergartens, nach oben gewandert. Die Kinderschar der ersten vier Schuljahre war sehr gemischt, ähnlich, wie sie es auch bereits aus dem Kindergarten kannte. Nur saßen die Kinder in Raum U nicht altersmäßig durcheinander, sondern nach Jahrgangsgruppen sortiert: Die Kinder der Klassen 1 bis 4 wurden in dem Raum von vorne nach hinten geordnet und von einem streng dreinblickenden, streng gekleideten und auch streng frisierten Fräulein betreut und unterrichtet. Die Kleinen also vorne vor der Tafel, die Großen hinten vor dem eisernen Ofen, der an kalten Tagen von den Jungen der Klasse 4 mit Brennholz, Kohlen und Brikettstücken geheizt werden musste. Die Kinder der anderen Klassen saßen dazwischen, wo sie ebenso wie alle anderen den roten Rohrstock zu fürchten hatten, der seinen Platz an der Wand neben der Tafel hatte und nach Bedarf von der Lehrerin auch benutzt wurde. Die „bösen Jungen“ bekamen es auf den Hintern, die „bösen Mädchen“ auf die Handflächen.

Solche Aktionen hielten sich allerdings in Grenzen. Angela musste eine solche Strafmaßnahme in der Schule nur einmal über sich ergehen lassen, als sie in einer der höheren Klassen einmal die Ergebnisse der Aufgaben einer Arbeit und dann auch die Note fälschte, um die häusliche Reaktion zu vermeiden, was aber nicht gelang. Denn diese Untat blieb nicht verborgen und hatte die bekannten Folgen: vor den Mitschülern gab es mit dem Rohrstock Schläge auf die Handflächen und wesentlich schärfere Nachwehen erwarteten die Übeltäterin zu Hause. Der Betrug, von dem bald das halbe Dorf sprach, wurde heftig sanktioniert, so heftig, dass Angela aus ihrem eigenen kleinen Ersparten einen neuen Holzlöffel bezahlen musste.

Angela Sperlings Lehrerin, das junge Fräulein Sabbath, hatte neu an der kleinen zweiklassigen Volksschule des Dorfes ihren Dienst begonnen. Sie kam täglich aus dem Hüttental herüber nach Eckertshofen im Dreisbachtal. Mit einem neuen schnittigen weißen BMW 700 Coupé. Mit diesem Wagen erregte sie jeden Tag wieder neu Aufsehen. Eigentlich passte das Fahrzeug gar nicht zu der altmodischen äußeren Erscheinung seiner Besitzerin, und die Dorfleute steckten immer wieder deswegen die Köpfe zusammen, bis sie sich schließlich daran gewöhnt und die Einsicht gewonnen hatten, dass die Lehrerin ganz in Ordnung war. Auch im Sinne der katholischen Bevölkerung des Dorfes. So begann Fräulein Sabbath jeden Schulvormittag mit einem fröhlichen Lied wie diesem, das offenbar zu ihren Lieblingsliedern gehörte:

„Es tagt, der Sonne Morgenstrahl, weckt alle Kreatur.
Der Vögel froher Frühchoral begrüßt des Lichtes Spur.
Es singt und jubelt überall, erwacht sind Wald und Flur. …
Zuletzt erschwingt sich flammengleich mit Stimmen laut und leis'
aus Wald und Feld, aus Bach und Teich, aus aller Schöpfung Kreis
ein Morgenchor, an Freude reich, zu Gottes Lob und Preis.“ [4]

Gebetet wurde auch an jedem Morgen im Stehen neben der Bank mit dem Blick auf das Kruzifix, das an der Wand neben der Tafel hing und immer verschwand, wenn die Tafel aufgeklappt wurde. Gebetet wurde mit Texten wie diesen:

„Herr, unser Gott, segne diesen Tag,
segne unsere Arbeit, segne unser Spiel,
segne unsere Gemeinschaft
und lass uns zum Segen füreinander werden. Amen.“
„Gott Vater, sei du um uns wie die Luft, die wir atmen.

---

4 Text von Werner Gneist, 1929, aus: „Unser fröhlicher Gesell“, Möseler, Wolfenbüttel o. J.

Herr Jesus, geh mit uns wie ein Freund, dem wir vertrauen. Heiliger Geist, wirke in uns wie ein Lied, das die Angst vertreibt. Amen.“

Nach dem gemeinsamen Gebet bekreuzigte sich jedes Kind wie die Lehrerin auch und durfte sich dann hinsetzen.

Bereits am 2. Mai machte Fräulein Sabbath mit allen Kindern aus ihrem Klassenverband einen Ausflug in die ländliche Umgebung des Dorfes, um frische grüne Zweige zu schneiden und Wald- und Wiesenblumen zu pflücken: Vergissmeinnicht, Bärlauch, Schlüsselblumen und Buschwindröschen. Damit schmückte sie dann im Klassenzimmer das „Mai-Altärchen“, das für den besonderen Marienmonat zur Pflege einer guten katholischen Sitte auf ihrem Pult seinen Ort bekam. Das nahm dem erhöhten Platz die Strenge seiner Bedeutung. Von hier aus hatte Fräulein Sabbath nämlich alle Kinder im Blick!

Als gute Pflichtübung der Schule empfanden es die meisten Eltern auch, dass Fräulein Sabbath täglich die körperliche Sauberkeit kontrollierte. Schmutzige Ohren duldete sie nicht, auch Dreck unter den Fingernägeln musste nicht sein. Die Stifte mussten gespitzt sein und zum Federhalter gehörte ein ordentliches Tintenläppchen. Die Fibel und andere Bücher brauchten keine Eselsohren und in die Hefte gehörten keine Kleckse. Die Schiefertafel durfte nur das enthalten, was gefordert war, und der zugehörige Schwamm und das Läppchen mussten sauber sein. Auch durfte ein Radiergummi nie fehlen. Außerdem durfte nur der reden, der dazu aufgefordert worden war. Das Schwätzen war Fräulein Sabbath zuwider und wurde nach nur zweimaliger Ermahnung mit dem Rohrstock geahndet.

„Ordnung ist das halbe Leben, und es ist nicht gut, wenn einer in der anderen Hälfte lebt!“, war ein Spruch, den die

Lehrerin häufig fallen ließ. Zur Schulordnung gehörte auch, dass Jungen und Mädchen in den Pausen getrennte Schulhöfe zum Spielen benutzten und dass sie sich vor Unterrichtsbeginn und zum Pausenende getrennt aufzustellen hatten, um ihren Klassenraum gesittet einzunehmen und ihn nicht als wilder Haufe zu erstürmen.

Im Rahmen dieser Ordnung konnte jedes Kind lernen, was es an Stoff und an Techniken zu lernen hatte; und wenn es Hilfe brauchte, so bekam es die mit den Möglichkeiten, die die Lehrerin hatte, manchmal auch durch Mitschüler einer höheren Klasse, die die entsprechende Sache beherrschten.

Angela Sperling ging gerne zur Schule. Wenn es das Fach Rechnen nicht gegeben hätte, wäre sie noch lieber gegangen. Auch wenn sich die Eltern nicht sehr um die schulischen Belange ihrer Großen kümmerten, bekamen sie doch mit, dass das mit dem Rechnen nicht so recht klappen wollte. Puppe Anni musste dann wohl als Sanktion für die Misere herhalten. Sie war nämlich nach den Herbstferien plötzlich nicht mehr aufzufinden. Sie war einfach weg, und niemand wusste, wo sie abgeblieben sein konnte. Für Angela war das Verschwinden der Puppe ganz schlimm und es kostete sie viele Tränen. Nicht ihr Körper machte Angela in den letzten Wochen des Jahres 1960 Mühe. Dem ging es erstaunlich lange verhältnismäßig gut. Dafür hatte ihre kleine Seele zu leiden. Ihr liebstes Teil war verschwunden. Angela hatte nichts mehr zum Knuddeln; sie hatte kein Gegenüber mehr, das ihr zuhörte, wenn sie etwas zu klagen hatte, und kein weiches Teil mehr, das ihre Tränen auffing. Jedes Mal, wenn sie ihre Mutter nach Anni fragte, bekam sie eins drüber mit Worten und mit der Hand oder irgendeinem herumliegenden Gegenstand: „Frag nicht so dumm. Sie ist halt weg. Was du nicht hast, brauchst du nicht!“ Angela war ein armes geplagtes Kind.

Ihr Vater blies inzwischen in vielen Dingen ins selbe Horn wie seine Frau. Angela traf bald auch bei ihm kaum noch auf Rückhalt und Verständnis. Rückhalt hatte sie nach wie vor nur bei Oma Ruth und Opa Josef. Die beiden gaben sich viel Mühe – auch gegen den Widerstand von Sohn und Schwiegertochter –, ihrer ältesten Enkelin den Kummer zu lindern, ihre traurige Seele zu pflegen und ihr Gutes zu tun.

Zum nächsten Weihnachtsfest gab es dann die Gelegenheit, Angelas Not zu beenden: Das Christkind von unten brachte eine neue Puppe, die sogar auf den eigenen Füßen stehen konnte. Die Steh-Puppe der Marke „Schildkröt“ mit Kleidchen, Strümpfchen und Schuhen bekam sofort den Namen „Heidi“. Heidi hieß ein etwa gleichaltriges Mädchen aus Omas Verwandtschaft, von dem Angela einmal einen Hula-Hoop-Reifen geschenkt bekommen hatte, der allerdings ganz plötzlich auf merkwürdige Weise verschwunden war. Wie Anni. Angela hatte ihn ein paarmal draußen liegen lassen und nicht weggeräumt, und Mutter Marie hatte deshalb mächtig geschimpft und dann auch wieder zugelangt. Heidi konnte zum Glück nicht plötzlich verschwinden, denn die Großeltern wachten über diese große Puppe. Merkwürdigerweise machte sich Mama Marie daran, der Puppe Kleidungsstücke zu stricken und zu häkeln. Ob sich dahinter ein schlechtes Gewissen verbarg?

Der Beginn der Sommerferien 1961 wurde für Angela Sperling wieder einmal zum Einstieg in eine neue intensive Leidensphase. Die Versetzung in die zweite Klasse war geschafft, trotz mäßiger Leistungen im Rechnen. Aber die Gewichtsteine auf Opas Waage in der Scheune zeigten in ihrer Summe wieder einen Wert, der aufhorchen ließ: Er war viel zu niedrig für ein achtjähriges Mädchen von Angelas Größe. Um diesem Mangel wieder abzuhelfen, wurde das Mädchen auf ärztliches Anraten ein zweites Mal in eine Kinderkur geschickt, damit sie dort an Gewicht zunahm. Schon die Ankündigung dieser Maßnahme löste bei Angela große Panik aus. Die Erinnerung an die Kur damals in diesem Heim im Westerwald stand ihr wie ein großes schwarzes Gespenst vor Augen. Nein! Nein! Und nochmals nein! Sie wehrte sich mit Händen und Füßen und ganzem Körpereinsatz gegen ihre Verschickung an den weit entfernten, unbekannten Ort.

Der Schwarzwald war ja am anderen Ende der Welt! 350 Kilometer entfernt. Das war entsetzlich weit! Da war sie ja tagelang unterwegs! Und dann hieß der Ort auch noch Allerheiligen! Allerheiligen war doch der Feiertag am 1. November. Dann gingen die Leute doch auf den Friedhof und stellten Kerzen auf die Gräber zum Totengedenken. Sogar die Mama stellte dann Kerzen für ihre Eltern auf, die es schon lange nicht mehr gab und die sie, Angela, nie kennengelernt hatte. Arbeiteten in diesem Ort etwa nur Heilige? Angela gingen die merkwürdigsten Gedanken durch den Kopf. Dabei war sie sich sicher: Das konnte in dem Kinderheim nicht gut gehen, weil man sie da doch auch nur zwingen würde, Sachen zu essen, die ihr nicht schmeckten und die ihr Magen nicht vertrug. Und das alles würde wieder in einer Katastrophe enden.

Angela Sperling hatte richtig geahnt. Die Reise in den Ort im westlichen Nord-Schwarzwald dauerte zwar nicht so lange wie befürchtet, und die Menschen, die dort arbeiteten, waren auch keine Heiligen. Sie trugen zwar Schwesterntracht, sahen aber sonst ganz normal aus. Das Haus war alt und der Schlafraum für acht Kinder hatte nur Stahlrohrbetten mit je einem klapprigen Stuhl daneben. Für jedes Kind befand sich ein Spind auf dem Flur, wie der Opa welche in seiner Werkstatt stehen hatte. Zum Klo hatte man einen weiten Weg bis an das Ende des Ganges; und dann musste man sich das Klo auch noch mit acht Kindern aus einem zweiten Zimmer teilen. Sechzehn Kinder und nur ein Klo! Wer diesen stinkigen Ort aufsuchte, musste üble Gerüche ertragen und durfte keine Angst vor Spinnen haben. Die hatten nämlich überall ihre Netze gezogen und konnten sich jederzeit auf den Kopf abseilen. Wenn sie das dem peniblen Fräulein Sabbath daheim in ihrer Schule erzählte, die würde vielleicht schimpfen über einen solchen Ort und über die Verhältnisse, unter denen Kinder sich erholen sollten. Aber was half's, jetzt war Angela hier und musste die folgenden vier Wochen alles aushalten, was auf sie und die anderen Mädchen zukam.

Das war, wie befürchtet, nicht viel Gutes. Die Schwestern vom Orden der Prämonstratenserinnen – Angela verstand nicht, warum sie dieses schwere Wort lernen mussten und was es überhaupt bedeutete – trugen weiße Wollkleider und schwarze Schleier oder Tuchhauben und sie sprachen fast gar nicht miteinander. Deswegen durften auch die Kinder nur das Nötigste miteinander reden. Einer Schwester zu widersprechen ging gar nicht und hatte sofort eine Ohrfeige zur Folge oder auch einen kräftigen Rippenstoß. Für Angela war es sehr schmerzhaft, wenn es sie traf, weil die Ohren und der Rücken empfindliche Körperpartien für sie waren; und es traf sie immer dann, wenn sie den Teller nicht leer bekam, weil es einmal wieder etwas gab, was ihr nicht schmeckte. Warum musste es auch überall und immer wieder Schwartenmagen zum Essen geben? Leider mochte ihre hessische

Tischnachbarin Marlies auch keinen Schwartenmagen, den sie dem Mädchen aus Südwestfalen abgenommen hätte. So konnte sie sich nicht revanchieren, wenn Angela freitags für Marlies den Fisch aß, mit dem sie weniger Probleme hatte. Für die Kinder war diese Zeit sehr schlimm, ja böse. Am liebsten wären sie davongelaufen, aber das ging ja nicht.

Auch die Ausflüge konnten den Kindern ihre Laune kaum aufhellen. Dabei ging es über mehrere Treppen und Brücken entlang an den berühmten siebenstufigen Wasserfällen des Grindelbachs, der über mehr als 65 Meter in das Lierbachtal hinunterstürzt, hinauf zur Klosterruine Allerheiligen. Und einmal ging es mit dem Bus hinauf auf den hohen Schwarzwald und dort auf den mehr als tausend Meter hohen Schliffkopf. In einer solchen Höhe war Angela in ihrem Leben noch nie gewesen. Doch es gab dabei zu viele Regeln und die Mädchen hatten keinerlei Freiräume. Diese Erholungszeit war einfach nicht schön! Nur lieblos, erdrückend und furchtbar!

Alle Kinder sehnten den letzten Tag ihres vierwöchigen Aufenthalts in diesem frommen Haus voller „Trachten-Monster“, wie sie die Betreuerinnen heimlich nannten, mit allen Fasern ihrer Empfindungen herbei. Freilich drängte es Angela nach der abschließenden Wiegeprozedur doch nicht mehr schnellstens nach Hause. Die Waage zeigte nämlich keinen Gewichtszuwachs an. „Ach du dickes Ei!“, entfuhr es dem Mädchen. „Das kann ja heiter werden, wenn Opas Waage dieselbe Wahrheit über mein Gewicht anzeigt. Ich hab wieder nichts zugenommen. Hilfe!“

Mit sehr gemischten Gefühlen und dennoch mit Freude, wieder zu Hause zu sein, packte Angela ihre kleinen Geschenke aus, die sie vor der Abreise in dem Kiosk bei der Klosterruine Allerheiligen gekauft hatte. Aber für die kleinen Schwarzwald-Püppchen mit Tracht, Schürzchen und rotem Bollen-Hut und für das kleine braune Eichhörnchen interessierte sich niemand. Gegenfreude war nicht erkennbar. Dafür war die Anweisung sehr deutlich und nicht zu überhören, sofort in die Scheune mitzukommen und sich auf Opas Sackwaage zu stellen. Die Gewichtskontrolle war für die jungen Eltern Sperling jetzt die wichtigste Handlung. Schon auf dem Weg in die Scheune wurde Angela kreideweiß. Sie ahnte, was gleich kommen würde.

Als sie auf der Wiegeplatte stand und ihr Vater die Gewichtsteine auf den Teller legte, wich auch der letzte Rest Farbe aus ihrem Gesicht: Die Waage zeigte keine Gewichtszunahme an! Im Gegenteil: Sie zeigte weniger Gewicht an als vor der Reise in den Schwarzwald. Welch eine Enttäuschung für die Eltern und ein wenig natürlich auch für die Großeltern. Die Maßnahme war also für die Katz gewesen. Alles umsonst! Und schon stand die Drohung der Mutter im Raum der Scheune: „Ich werde dich also wieder selbst mästen müssen!“ Einen vorsichtigen Einwand ihrer Schwiegermutter, sie möge doch mehr Rücksicht nehmen auf Angelas Essenswünsche, wies Marie Sperling deutlich und scharf zurück. „Du bist viel zu nachsichtig mit dem Mensch. Gibst ihm wieder nur Eier und Butterstullen.“

„Dann lass doch wenigstens den Schwartenmagen weg und anderes, was sie nicht mag“, versuchte Oma Ruth noch einmal einzulenken. „Gib ihr doch das, was ihr schmeckt. Suppe und Gemüse mag sie doch.“

„Du willst wohl, dass das Mensch Sonderbehandlung bekommt. Gibt es aber nicht! Ich koche für uns alle, und was auf den Tisch kommt, wird gegessen und hat zu schmecken. Punkt! Und jetzt rein ins Haus, ich habe gekocht.“

Oma Ruth machte einen letzten Versuch: „In deinem Zustand kannst du doch selbst zurzeit nicht alles essen."

Böse kam es zurück: „Mein Zustand spielt hier überhaupt keine Rolle. Eine schwangere Frau kann alles essen. Und was sie isst, tut dem Kind im Bauch genauso gut wie dem Kind am Tisch. Ende der Diskussion!"

Im Februar 1962 wurde der vierte kleine Sperling geboren, Birgit, ein zerbrechliches Frühchen, ein Siebenmonatskind. Marie Sperling hatte mit diesem Winzling an Mensch eine Menge Arbeit, die sie einerseits von manchem anderen ablenkte, was sie in Haus und Hof aufregte, die sie andererseits aber immer dünnhäutiger und aggressiver werden ließ. In der Regel war es Angela, ihre Älteste, die die mütterlichen Unzulänglichkeiten und Launen aufzufangen und auszuhalten hatte. Das gab dann immer wieder Geschrei und Geheul und blaue Flecken an den Armen und auf dem Rücken der Großen.

Dass der folgende Weiße Sonntag und die Erstkommunion der Kinder aus Angelas Schuljahrgang dann für die Familie und besonders für das Mädchen doch zu einem Fest wurde, war Oma Ruth zu verdanken, die sich dieses speziellen Tages und seiner Vorbereitung annahm. Ihre Schwiegertochter hatte dafür keinen Sinn. Zudem bezweifelte sie lautstark, dass ihre Älteste das sogenannte „Vernunftalter" überhaupt erreicht habe: „Ein so unvernünftiges Mensch wie die gehört zur Beichte, aber nicht zur Kommunion!"

Oma Ruth veranlasste, dass ihre Enkelin ein weißes Kleid trug – eine sogenannte „Albe" mit einem Bolero, wie die anderen Mädchen sie auch hatten – und ein entsprechendes Kränzchen auf den Kopf bekam. Sie kümmerte sich darum, dass Angelas Patin Schwester Gisela als besonderer Gast zusätzlich zu den Gästen aus der Verwandtschaft eingeladen wurde. Oma Ruth bereitete auch das festliche Essen vor mit der traditionellen Markklößchen-Suppe und dem Rinderbraten mit Kartoffeln und Blumenkohl. Zum Nachtisch gab es eine große Schüssel Vanillepudding mit Schokoladensoße. Sie sorgte auch für das festliche Kaffeetrinken mit ihrem guten Porzellan und einem Frankfurter Kranz und dem beliebten Marmorkuchen auf dem Tisch. Mama Marie stellte sogar einen gedeckten Apfelkuchen zur Verfügung und einen Obstboden. So ganz wollte sie sich dann doch nicht aus der Veranstaltung heraushalten.

Für Angela wurde der Tag zu einem wirklichen Fest, das einen sehr friedlichen und fröhlichen Verlauf nahm und ihr eine Menge Geschenke bescherte. Das Wertvollste für das Mädchen war die Armbanduhr, die die Hauptperson des Tages immer wieder stolz herumzeigte. Die Glückwunschkarten aus dem Dorf, die Sammeltassen, Kuchengabeln und die Päckchen mit Taschentüchern fanden bei ihr dagegen kaum Beachtung. Aber die Armbanduhr!

Hohe Beachtung fand bei Angela ein paar Wochen später auch die Fronleichnamsprozession. An diesem Umzug durchs Dorf entlang der vielen Blumenteppiche vor den Häusern – wie auch vor dem Haus der Sperlings – nahmen die Kommunionkinder des Jahres zum ersten Mal offiziell teil. Und das in ihrer Feierkleidung des Weißen Sonntags. Das war für Angela sehr beeindruckend.

Für ihre Mutter freilich weniger. Die war mit ihrem Leben und jetzt mit dem sehr pflegeintensiven Baby, mit dem neuen Kindergartenkind Waltraud und den beiden Schulkindern Heinz-Jochen und Angela zunehmend überfordert. Die Zustände, die bei den jungen Sperlings herrschten, blieben im Dorf kaum jemandem verborgen und das Kopfschütteln der Leute nahm zu. Ebenso das sorgenvolle Kopfwiegen der Großeltern Sperling. Die suchten dann auch wieder einmal den Kontakt zu ihrer rührigen Gemeindeschwester Klara, ob sie nicht einen Weg sehe, der für die Familie des Sohnes wenigstens eine zeitweilige Entlastung böte. Schwester Klara kümmerte sich und fand dann einen Weg: Sie leitete eine weitere Kindererholungsmaßnahme in die Wege, an der diesmal auch die inzwischen fünfjährige Waltraud teilnehmen sollte. Der Mutter würde es guttun, eine Zeit lang zwei Kinder weniger in der Familie zu haben. Und für die beiden Mädchen konnte der Faktor Heimweh zumindest verringert werden. Einem mehrfachen Erfolg der Maßnahme stand also nichts mehr im Wege.

Diese Annahme erwies sich allerdings wieder einmal als ein Trugschluss. Der vierwöchige Aufenthalt der beiden Geschwister mit vielen anderen Mädchen unterschiedlichen Alters in einem Kindererholungsheim im oberschwäbischen Buchau am Federsee hatte nicht den erwünschten Erfolg. Beide Mädchen nahmen während dieser Maßnahme nicht an Gewicht zu. Das hatte zur Folge, dass nach ihrer Heimkehr die heimischen „Mästungsessen" wieder ihre Bedeutung bekamen und die alten Zustände mit Zeter und Mordio am Tisch und dem tanzenden Holzlöffel eine Neuauflage erlebten.

Sie bekamen dann allerdings eine zusätzliche Variante: Für Angela endete künftig die Nacht dreimal in der Woche so früh, dass sie mit der Oma in die Frühmesse ging. Das war kein freiwilliger Besuch, sondern das Mädchen musste gehen. Schließlich sollte trotz ihrer schwierigen Lebensumstände doch ein guter Mensch aus Angela werden. Dabei musste dann die Kirche helfen, die Schule allein reichte nicht. Und die Familie schon einmal gar nicht. Für das Mädchen ergab sich dadurch eine neue körperliche und seelische Belastung: Angela wurde montags, mittwochs und freitags jeweils sehr früh aus dem Schlaf gerissen; sie musste ohne Frühstück in die Frühmesse gehen; und sie bekam nachher eine Mahlzeit vorgesetzt, die sie kaum herunterbekam: Warme Kuhmilch mit einer schrumpeligen Haut darauf war nach Angelas Empfinden genauso unappetitlich wie Schwartenmagen. Oma Ruths Protest gegen dieses Maßnahmenbündel provozierte nur immer wieder den Satz: „Morgenstund hat Gold im Mund ...!" Dass die Schwiegermutter dann jeweils antwortete: „Hintern im Bett ist fürs Kind auch gesund", interessierte nicht. Angela musste durch diese Zeit durch, bis die Mama die Lust daran verlor, den lautstarken Protest ihrer Ältesten zu erleben und die häufige Kritik ihrer Schwiegermutter zu ertragen.

Angela Sperlings Leidensweg ging noch eine ganze Weile so weiter und wurde durch einige neue Elemente sogar noch verschärft. Inzwischen war das arme Mädchen dem Gips-Bett entwachsen und dieses Teil konnte auch nicht weiter angepasst werden. Folglich musste sie künftig nicht mehr nachts in ihrer harten Schale liegen, sondern tagsüber einen komplizierten Geradehalter tragen, der mehrere Metallstäbe enthielt und geschnürt wurde wie ein Korsett. Das Ding war schwierig anzulegen und deshalb immer wieder Anlass für Auseinandersetzungen mit Mama oder Papa, je nachdem, wer die Schnürung vornahm. Dieses Hilfsmittel zu tragen war für Angela mühsam und schmerzhaft, allerdings notwendig, um weiteren Haltungsfehlern vorzubeugen.

Mit zunehmendem Alter belastete die Mutter ihre Erstgeborne mit Pflichten, denen sie nicht gewachsen war. Auch musste sie eine Menge Verantwortung übernehmen. Passierte einem ihrer Geschwister ein Missgeschick, musste sie dafür herhalten. Erledigten Heinz-Jochen und Waltraud ihre Aufgaben nicht wie gewünscht, wurde dieser Mangel behandelt, als hätte Angela das Versäumnis begangen. Selbst wenn die kleine Birgit die Windeln voll hatte, lag die Schuld dafür bei ihrer großen Schwester, und nicht selten durfte die dann auch den Hintern der Kleinen reinigen, das Kind frisch windeln und anschließend die Schmutzwindeln waschen.

Morgens musste die Küche warm sein, wenn die Mutter aufstand und Birgit fertig machen wollte, und das Frühstück musste gerichtet werden. Die Reisigbündel und die Holzscheite für den Ofen mussten bereitliegen. Der Aschekasten musste geleert sein, und wehe, der Wind fegte beim Gang über den Hof in das graue Pulver hinein oder Regen ließ die Asche zu Klumpen werden. Marie Sperling hielt ihre Kinder beinahe wie Sklaven. Aber wehe ihnen, wenn der Mama oder dem Papa zu Ohren kam, dass sie in der Schule oder sonst wo im Dorf darüber redeten.

Neue Not tat sich auf, als Papa Henner immer weniger fertigwurde mit den Zuständen in der Familie und dann immer häufiger zur Bierflasche griff und zunehmend aggressiv wurde. Der Familienvater entwickelte sich nach und nach zum Trinker, der bei den geringsten Anlässen, die seine Ruhe störten, sich selbst vergaß und es seiner Frau fluchend, schimpfend und schlagend nachtat. Er hatte sich vollends nicht mehr in der Gewalt, wenn er seinen Jammer und seinen Frust wieder einmal ersäuft und dabei über seinen Durst getrunken hatte.

Für den Samstagabend dachte der Mann sich ein besonderes Ritual aus, dem seine Kinder zu folgen hatten. Nach dem Baden im großen Zinkzuber, den die Großen vom „Ollern" zu holen und in der Küche aufzustellen hatten, mussten sie sich im Schlafanzug oder Nachthemd vor ihm aufstellen, damit er ihre Fingernägel überprüfen konnte. Für jeden Riss im Nagel oder für eine abgeknabberte Kante und für jede Beschädigung der Nagelhaut gab es mit dem Holzlöffel einen heftigen Schlag auf die Handfläche. Als Birgit älter wurde, auf ihren eigenen Füßchen stehen und sich frei bewegen konnte, verschonte er selbst seine Kleinste nicht, die sich zu den Dingen noch gar nicht artikulieren konnte. Anschließend mussten die Großen, die die Texte bereits kannten, das Glaubensbekenntnis, das Vaterunser und das Ave-Maria aufsagen. Das grenzte schon fast an Gotteslästerung; doch damit hatten Marie und Henner Sperling kein Problem. Dass die „kleinen Sünderlein" am Sonntag den Hauptgottesdienst besuchen mussten, der in der Gemeinde auch Hochamt hieß, ergab sich wie von selbst aus der Samstagabend-Prozedur. Und wehe den drei Großen, wenn sie anschließend nicht wiedergeben konnten, worüber der Pastor gesprochen hatte. Ihr Vater kannte Wege, ihre Aussagen zu kontrollieren. Der „friedvolle" Ablauf des Sonntagsessens und des folgenden Nachmittags war vorgezeichnet.

Marie Sperling ließ ihren Mann machen und ließ das alles geschehen; sie bemühte sich nicht einmal darum, auf irgendeine Weise für Abhilfe zu sorgen. Im Gegenteil, sie fand Neues, um die Atmosphäre in der Familie und im Haus weiter zu vergiften. An ihrer ohnehin ungeliebten Schwiegermutter ließ sie bald gar kein gutes Haar mehr und redete nur noch schlecht mit übelsten Schimpfwörtern von ihr, was ihrer eigenen Tochter jedes Mal einen Stich versetzte. Angela selbst musste in dieser Zeit zum ersten Mal hören, dass es wohl besser gewesen wäre, sie wäre bei der Sache mit den Geschwüren an den Ohren „verreckt".

Der Höhepunkt dieser negativen Entwicklung war der plötzliche Tod von Oma Ruth im Spätherbst 1965. Für Angela war dies Ereignis ein tiefer Schock, der sie in allen Dingen schier lähmte. Das Sterben der guten Frau hatte sich auch durch nichts angedeutet, es war von jetzt auf gleich einfach passiert. Angela kam aus bitterlichem Weinen und tiefem Trauern über Stunden und Tage nicht heraus, verwehrten ihre Eltern ihr doch auch, die Großmutter noch einmal zu sehen und von ihr Abschied zu nehmen. „Kinder haben in einem Totenzimmer nichts zu suchen!", war die scharfe Anweisung der Mutter. Wie gerne hätte das Mädchen wenigstens den trauernden Großvater einmal in die Arme genommen, aber dieser Weg die Treppe hinunter war ihr verboten, und auch den letzten Weg vom Haus auf den Friedhof durfte Angela nicht mitgehen. „Ich bleib hier, und du bleibst erst recht hier! Das ist doch alles nur ein Schauspiel für die Leute. Die Oma war Papas Mutter und der soll sie beerdigen. Da haben wir nichts mit zu tun", war Mamas Ansicht zur Sache, die sie um den furchtbaren Satz ergänzte: „Warte nur, du Nichtsnutz, jetzt, wo die Oma weg ist, werd ich's dir noch zeigen." – Was mochte dieser Satz für Folgen haben?

Immer wieder einmal kam der Mutter ihrer ältesten Tochter gegenüber der grausame Satz über die Lippen: „Wärst du doch nur verreckt!" Das blieb nicht ohne Folgen für Angela, die auf der Schwelle zur Pubertät stand. In regelmäßigen Abständen keimte der Gedanke in ihr auf: „Wäre ich doch nur gestorben. Wie viele Schläge, Demütigungen, Verwundungen, Hänseleien und Schmerzen wären mir erspart geblieben.“ Angela war in dieser Zeit innerlich und äußerlich ein Wrack. Sie wollte nur noch bei ihrer Oma Ruth sein, denn die Zeiten der Liebe, der Nestwärme und Geborgenheit, die es in der Wohnung unten zumindest stundenweise immer wieder gegeben hatte, waren nun endgültig vorbei und kamen auch nie wieder zurück. Wozu also noch leben? In dieser Zeit gingen Angela merkwürdige Gedanken durch den Kopf. Es kam doch immer wieder einmal vor, dass Menschen sich selbst das Leben nahmen. Sie könnte doch Papas Pistole oder Opa Josefs Jagdgewehr benutzen … Aber da kam sie nicht dran, weil die Waffen eingeschlossen waren. Also einen anderen Weg suchen? Sich vor die Kleinbahn in der nächstgrößeren Stadt werfen? Aber wie sollte sie da hinkommen?

Eines Tages drohte Marie Sperling ihrer Tochter, sie in ein Heim für schwer erziehbare Kinder zu geben. Dass sie schwer erziehbar sei, hörte Angela zum ersten Mal. Aber sie griff diesen Gedanken sofort auf, war sie doch inzwischen auch in einem Alter, in dem ein junger Mensch anfängt, seinen Weg selbst zu suchen und sich nicht mehr alles gefallen zu lassen, besonders in einer Atmosphäre, wie sie bei den Sperlings herrschte. Angela stellte sich mutig vor ihre Mutter und schrie ihr laut entgegen: „Dann tu's doch. Da kann's mir gar nicht schlechter gehen als hier! Bring mich doch weg, Mama, ehe ich mich selbst umbringe! Die Hölle in so einem Haus kann nicht schlimmer sein als die Hölle hier im Haus.“ Angela hatte diese Sätze noch nicht ganz ausgesprochen, als sie auch schon in heftiges Zittern geriet und in lautes Schluchzen ausbrach. Es war wie ein Weinkrampf, der sie da erfasste. Der hinderte allerdings ihre für den Moment doch sprachlose Mutter nicht daran, wieder einmal schlagkräftig auf ihre

Art zu reagieren – und damit ihre Tochter schmerzhaft auf den Boden der Realität zurückzuholen.

ଔ

Irgendwann in der achten Klasse – dem letzten Schuljahr in der Volksschule – kam Marie Sperling dann doch einmal auf die Idee, der häufig wiederholten Klage ihrer Tochter nachzugehen, sie könne von hinten den Tafeltext nicht lesen und sähe immer nur verschwommene Bilder. Leider hatte sich ihr Lehrer Marschke um dieses Problem seiner Schülerin nie gekümmert. Er hatte es wohl auch nicht ernst genommen, ebenso wenig wie ihre Begründungen, weshalb sie nicht am Sportunterricht teilnehmen wollte oder konnte. Das Mädchen hatte als Vierzehnjährige ja nun nicht ständig ihre Tage. Und dass Angela ihren geschundenen Körper mit seinen vielen blauen Flecken nicht zur Schau stellen wollte, kam ihm nicht in den Sinn. Wie auch, hatte ihm doch bisher niemand reinen Wein eingeschenkt über die bedauernswerten Lebensbedingungen der Kinder im Haus „In der Enke". Deshalb hatte er auch noch nie auf sichtbare Blessuren am Körper seiner Schülerin geachtet.

Marie Sperling suchte also mit ihrer Ältesten einen Augenarzt auf. Der diagnostizierte auf beiden Augen einen Astigmatismus, also eine Hornhautverkrümmung, die schon länger existiere und die mit einer entsprechenden Brille korrigiert werden könne. Hinter einem Auge entdeckte er zusätzlich einen ausheilenden Bluterguss. Der würde sich von selbst beheben. Das brauche nur noch ein wenig Zeit. – Gut für Frau Sperling, dass der Arzt nicht nachforschte, wo der Bluterguss seine Ursache haben könnte. Sie hätte sich wohl eine gute Begründung einfallen lassen müssen.

Als Folge dieser Untersuchung wurde aus der „Bohnenstange" zusätzlich die „Brillenschlange", denn außer ihr trug sonst niemand im Klassenverband eine Brille. Angela schluckte die erneuten Kränkungen, denn die Kraft, sich gegen Spott und Hohn zu wehren, hatte sie einfach nicht. Aber wenigstens konnte sie endlich deutlich und klar sehen. Das war doch einmal etwas Positives, für das Angela sogar seit Langem zum ersten Mal wieder in einem Gebet dankte.

Das Beten hatte sie in den letzten Jahren vergessen und deshalb wohl auch fast verlernt. Auswendig gelernte Texte waren wohl nicht die richtige Art und Weise, mit Gott, dem Gottessohn und der Gottesmutter umzugehen. Gab es die denn überhaupt? Wo waren sie nur, wenn es in ihrer Familie zuging wie in der Hölle? Wo waren sie mit Antworten auf all ihre Fragen, die sie bedrängten. Oma Ruth konnte sie nicht mehr fragen, die gab es nicht mehr. Opa Josef konnte sie auch nicht fragen, der Kontakt nach unten zu ihm war strengstens verboten. Ihren derzeitigen Lehrer konnte sie nicht fragen. Der hatte mit der Kirche und den frommen Dingen des Lebens nichts am Hut. Bei Herrn Marschke gab es kein frommes Lied und auch kein Morgengebet. Zu Fräulein Sabbath, ihrer Lehrerin aus der Grundschulzeit, hatte sie keine Beziehung mehr und zu Schwester Klara auch nicht. Wo ihre Patentante Gisela wohnte, die ihr vielleicht hätte helfen können, wusste sie nicht. Zu Leuten aus dem Dorf, die sich zur Kirche hielten, hatte sie keinen Kontakt, und wenn sie ihn gehabt hätte, zu wem hätte sie in ihren Nöten Vertrauen haben können? Ihr Bruder und ihre beiden Schwestern waren für sie auch keine Ansprechpartner. Die waren noch zu klein und litten doch selbst unter den Zwängen der Familie. Angela Sperling weinte häufig über diesen Fragen, wenn sie allein war, und sie sehnte das Ende ihrer Schulzeit herbei. Vielleicht ergab sich ja dann ein Weg in die Freiheit, heraus aus der familiären Hölle, hinein in Bedingungen, die sie selbst gestalten konnte.

6. Jugendjahre

Das Ende von Angela Sperlings Schulzeit ließ allerdings zunächst noch auf sich warten. Die Zeit bis dahin wurde stark beeinflusst von den Veränderungen, die das Schulwesen in der zweiten Hälfte der Sechzigerjahre in den meisten Bundesländern Deutschlands bestimmten. Angesagt war außer in Bayern der Wechsel des Schuljahresanfangs vom Frühjahr auf den Herbst. Auch für die Jungen und Mädchen der Volksschule Eckertshofen bedeutete das, zwei sogenannte Kurzschuljahre zu bestehen. Das erste dauerte vom 1. April bis zum 30. November 1966, das zweite begann am Folgetag und dauerte bis zum Beginn der Sommerferien am 26. Juli 1967. Dafür gab es in diesen beiden Schuljahren keine Zwischenzeugnisse, sondern nur Versetzungszeugnisse jeweils am Ende.

Der Juli-Termin hätte eigentlich das Ende von Angelas achtjähriger Schulzeit bedeutet, wenn nicht inzwischen das 9. Schuljahr als Pflichtschuljahr eingeführt worden wäre. Für die Achtklässler des Dorfes hatte das zur Folge, dass sie ihren Schulabschluss erst nach dem neunten Schuljahr erhielten, also länger zur Schule gehen mussten. Zum anderen mussten sie nach den Sommerferien als Neuntklässler noch die Schule wechseln, denn in ihrer Dorfschule konnte keine zusätzliche Klasse eingerichtet werden. Folglich mussten sie mit dem Schulbus in die größere Schule des Nachbarorts Dreisbach fahren, der nach dem Flüsschen im Tal benannt war.

Das bedeutete auch für Angela, morgens früher aus dem Haus zu gehen, und das immer pünktlich, damit der Bus nicht ohne sie davonfuhr. Das bedeutete auch, nachmittags später als sonst zurückzukommen. Dem Mädchen selbst machte diese Veränderung nichts aus. Im Gegenteil: Angela genoss die längere Abwesenheit von zu Hause, konnte sie doch in dieser Zeit von ihrer Mutter nicht in die häusliche Arbeit eingespannt werden. Auch das Hausaufgabenpensum, das in der neuen Abschlussklasse zu leisten war, schuf ihr ein wenig mehr Freiraum. Ihre Mutter musste das zähneknirschend akzeptieren. Die gewonnene Freiheit mit schulischer Begründung noch weiter auszudehnen, gelang Angela allerdings nicht. Da war die Mutter schnell bei der Hand mit ihren Anweisungen, was denn jetzt zu tun sei, damit sie selbst und ihr Mann und auch die jüngeren Geschwister entlastet seien. Haus- und Hofarbeit hatten immer Vorrang vor dem, was ein vierzehn- und dann fünfzehnjähriges Mädchen interessieren könnte. Es galt grundsätzlich: Erst die Arbeit, dann das Vergnügen!

Auf diese Weise wurde Angela – immer noch „Bohnenstange“ und „Brillenschlange“ genannt – in Haus und Familie weiterhin geknebelt und behandelt wie Aschenputtel im Märchen. Nur dass sich im Haus und auf dem Hof „In der Enke“ kein Märchen abspielte, sondern traurige Realität an der Tagesordnung war ohne Ausblicke auf baldige Änderung.

Als sich das letzte Schuljahr dann doch mehr und mehr seinem Ende zuneigte, versuchte die älteste Tochter im Hause Sperling verschiedentlich, bei den Eltern das Gespräch über ihre nachschulische Zukunft anzustoßen. Dabei musste sie die traurige und immer wieder neu enttäuschende Erfahrung machen, dass an einem solchen Gespräch weder die Mutter noch der Vater interessiert waren. Sie verweigerten ihr jedes Gespräch, ohne ihre Blockade zu begründen.

Ende April machte die Neuntklässlerin wieder einmal den

Versuch, mit ihrer Mutter über ihre Zukunft ins Gespräch zu kommen. Marie Sperling saß mit Flickzeug in ihrem Sessel und sollte eigentlich bei dieser Arbeit gestört werden können.

„Ich bin heute gefragt worden, was ich denn nach der Schule mache. Alle in meiner Klasse wissen das schon", begann das Mädchen an diesem Nachmittag wieder einmal das Gespräch um seine Zukunft. „Ein paar Jungen und Mädchen haben sogar schon Lehrstellen in Aussicht und ich hab noch gar nichts. Was also soll ich nach der Schule im August machen, Mama?"

Mutter Sperling hatte ihre Antwort auch dieses Mal parat und legte dazu nicht einmal ihr Flickzeug aus der Hand: „Was willst du schon machen? Du kannst doch eh nichts und aus dir wird sowieso nichts. Du taugst ja nicht mal für den Haushalt oder für den Kuhstall, geschweige denn für ein Büro oder eine Geschäftstheke. Also gib's auf, ständig zu fragen, was du machen sollst." Dann blickte sie doch auf und ergänzte mit einem hässlichen Lachen: „Vielleicht machst du ja Werbung für Vogelscheuchen."

„Aber ich …", riskierte Angela deutlich erschrocken über Mamas Nachsatz einen neuen Einwand.

Weiter kam sie allerdings nicht, denn die Mutter unterbrach sie: „Schau dir doch dein letztes Zeugnis an. Das taugt doch nur für den Nagel auf dem Klo. Wer will dich denn damit in eine Lehrstelle nehmen?"

„Und mein Stenokurs und der Schreibmaschinenkurs, die ich in der Schule mache?", versuchte Angela einen neuen Anlauf und war dabei den Tränen nahe.

„Stenokurs, Schreibmaschine", erwiderte die Mutter mit weiterhin deutlichem Hohn in der Stimme. „Ist doch alles Blödsinn. Lern erst einmal normales Schreiben und Rechnen. Deine Stenohieroglyphen kannst du ja selbst nicht entziffern und die richtigen Tasten triffst du auch nicht." Die

Frau redete sich wieder einmal in Rage, legte sogar das Flickzeug zur Seite und erhob sich aus ihrem Sessel. Sie schien sich wie so oft daran zu ergötzen, ihre Tochter mit ihrer Rede fertigzumachen.

„Du bist ungerecht, Mama“, riskierte das Mädchen einen Widerspruch und fing sich damit prompt eine Ohrfeige ein und den deutlichen Nachsatz: „Das sagst du nicht zu mir, du dummdürres Mensch!“ Merkwürdig, nur wenige Momente später, während Angela sich noch die Wange hielt, kam dann in einem ganz anderen Ton der Hinweis: „Ich habe für nächste Woche eine Vorstellung auf der Haushaltungsschule in Siegen festgemacht. Vielleicht können die ja was mit dir anfangen und dafür sorgen, dass noch was Vernünftiges aus dir wird.“

Angela blieb bei dieser unerwarteten Mitteilung ihrer Mutter schier die Spucke weg. „Haushaltungsschule?“, schluckte sie. „Kannst du mich vielleicht vorher mal fragen, ob ich das überhaupt will? Und wie passt das zu dem, was du eben gesagt hast, ich könnte nichts und ich wär zu allem zu dumm?“

Auch auf diesen Einwand der Tochter hatte die Mutter ihre Antwort: „Du hast gar nichts zu wollen, du hast zu tun, was dir gesagt wird, und dann zeigt sich, ob du was kannst. Damit Ende der Durchsage! – Sonst …“

„Was sonst? Fang ich mir dann noch eine …?“, wagte Angela zurückzufragen.

„Wag es nicht, mir Widerworte zu geben!“ Die Mutter machte drohend wieder einen Schritt auf die Tochter zu und steigerte dabei ihre Stimme: „Du wirst mir allmählich dreist und aufmüpfig. Das steht dir nicht zu! Hüte dich! Halt jetzt den Mund und kümmere dich lieber um die Wäsche!“

Die Mutter füllte einen ganzen Korb, der auf dem Küchenboden stand, mit Wäsche und verlangte danach, diese zu bügeln und zu falten. Angela machte sich an die Arbeit, ohne die Mutter noch ein einziges Mal anzusehen oder ein Wort mit ihr zu wechseln. Gedanken zu der plötzlichen Wendung des Gesprächs und zu dieser Frau hatte sie dabei schon. Warum nur war sie so abweisend, ohne Gefühl, erbarmungslos? Was musste einem Menschen in seiner Kindheit widerfahren sein, um ein solcher Mensch wie ihre Mutter zu werden? Sie lebte doch nur ihre maßlose Herrschsucht aus gegen jeden, der ihr begegnete, ob das Opa Josef unten im Haus war, ob das ihre Geschwister waren oder ob das ihr Vater war. Der konnte dem Haus wenigstens immer wieder entfliehen, wenn er auf Schicht fuhr oder wenn er einen Besuch im Dorfgasthof machte, um mal wieder seinen Frust zu ersäufen. Das ließ er sich nämlich nicht nehmen. Auch unter den Leuten im Dorf war niemand, der unbehelligt davonkam, wenn über Krethi und Plethi geredet wurde oder wenn jemand bei einem notwendigen Gang durch die Straßen den Sperlings begegnete. Warum konnte die Mutter nur verletzen und wehtun und verachten und hassen?

„Träum nicht rum!“, hörte das Mädchen die Frau plötzlich tönen. „Und lass das Stöhnen und das Heulen!“

Angela erschrak deutlich bei der lauten Anrede der Mutter. Sie hatte gar nicht gemerkt, dass ihre Gedanken um das Elend im Haus und das Elend, das sich draußen immer wieder ergab, sie hatte aufseufzen lassen, und dass diese Gedanken ihr die Tränen aus den Augen getrieben hatten. Rasch wischte sie sich die Wangen frei, und in höchster Eile sah sie zu, dass die Wäsche versorgt wurde, damit sie endlich die Küche verlassen konnte.

Eine Woche später, am Montag, dem 6. Mai, fand sich Angela Sperling mit ihrer Mutter im Warteraum zum Sekretariat der Haushaltungsschule in Siegen wieder – als einziges Mädchen, das zur Anmeldung in Begleitung gekommen war. Einige der anderen Mädchen kannte sie von ihrer eigenen Schule, die anderen waren ihr fremd. Aber jede der jungen Bewerberinnen hatte sich für ihren Auftritt im Sekretariat schick gemacht, so schick, dass Angela sich am liebsten auf dem Absatz rumgedreht hätte, um den Wartebereich schnellstens wieder zu verlassen. Sie fiel auf, und das war ihr äußerst peinlich. Sie fiel auf, weil sie nicht allein gekommen war, weil sie so groß und dünn war, weil sie sehr altbacken gekleidet war im Vergleich zu den „Damen" in ihren modischen Kleidern und modernen Frisuren und mit ihren schicken Handtaschen. Wie sah sie dagegen aus in ihrem grauen Kleid weit über die Knie, von der Mama nach einfachstem Schnitt selbst genäht?

„Lass uns nach Hause fahren", bat Angela ihre Mutter, „ich bin hier fehl am Platz. Siehst du nicht, wie die alle schauen und sich lustig machen über mich. Wie sehe ich denn auch aus? Wie ein Trampel vom Dorf."

„Bist du ja auch! Und wir bleiben hier", zischte Marie Sperling zurück. „Man muss nicht mit der Mode gehen und den Jungen die Augen verdrehen. Lieber ein Trampel vom Dorf als eine herausgeputzte Puppe. Hauptsache sauber und ordentlich und innerlich anständig!"

„So was musst du mir grad erzählen", fuhr es aus Angela heraus. „Danke für die Beleidigung! In diese Schule gehe ich auf jeden Fall nicht! Da kannst du sonst was mit mir machen. Den Damen will ich nie wieder begegnen!"

Das klang sehr bestimmt und gefiel der Mutter überhaupt nicht. Die vermochte sich kaum zu beherrschen vor Zorn und Ärger. Wie innerlich aufgebracht sie war, war noch zu spüren, als sie mit ihrer Tochter dann in das Anmeldebüro gerufen wurde und Angela der Sekretärin ihre Fragen beantworten sollte. Die Mutter ließ das Mädchen gar nicht zu Wort kommen. Sie übernahm diesen Part selbst und ihre Tochter schämte sich ein weiteres Mal bis in die Haarspitzen ihrer an sich sehr ansehnlichen Fönfrisur. Mit der hätte sie schon mit den anderen Mädchen konkurrieren können, nur eben nicht mit ihrem sonstigen Äußeren.

Dass die Frau hinter dem Tresen von der Begegnung mit den beiden Antragstellerinnen nicht begeistert war, war zu spüren. Was gingen der wohl für Gedanken über die zwei vom Dorf durch den Kopf? Egal auch, für Angela stand jedenfalls fest, dass sie auch dieser Frau nie wieder begegnen wollte. Da mochte sich ihre Mutter auf den Kopf stellen oder sonst was unternehmen. Nein, nie und nimmer würde sie wieder einen Fuß in diese Haushaltungsschule setzen!

Zum vorgezogenen Abendessen von der Fahrt nach Siegen wieder zu Hause hatte Mama Marie am Familientisch nichts Besseres zu tun, als haarklein von dem Besuch in dieser Mädchenschule zu berichten und dabei ihre Älteste wieder einmal gründlich vor ihrem Vater und den Geschwistern lächerlich zu machen. Angela habe im Vergleich zu den „schicken Damen" ausgesehen wie eine echte Dorfschlampe! Sie habe außerdem vor der Schulsekretärin den Mund nicht aufbekommen und ihr das Reden überlassen. Dann habe sie am Ende vor dieser Frau lauthals verkündet, dass sie diese Schule niemals besuchen werde. Der ganze Auftritt sei für sie als Mutter furchtbar blamabel gewesen. Wie eine Tochter ihre Mutter nur so bloßstellen könne. Ein abscheuliches Mensch, diese Tochter!

Während die Mutter ihren Vortrag hielt, begann es in Angela zu kochen. Musste sie sich das schon wieder gefallen lassen? Schließlich wurde sie demnächst fünfzehn. War sie denn eigentlich niemand und nichts? War sie nur Dreck? War sie nur die Fußmatte, auf der sich alle anderen ihre Dreckschuhe abstreifen konnten? Angela schob Teller und Tasse von sich weg, erhob sich von ihrem Stuhl und machte ihrem gequälten Herzen Luft, wie sie das vor ihrer vollständigen Familie so noch nie zuvor gemacht hatte: „Jetzt reicht's, Mama! Ich höre mir deine Geschichten nicht mehr länger an. Bei jedem Satz hast du gelogen! Du lässt nie ein gutes Haar an mir! Du behandelst mich schlimmer als ein Bauer sein Vieh. Ich gehe jetzt raus, und du wirst sehen, was ich tue. Du musst dich dann aber nicht wundern." Bei den letzten Worten liefen dem leidenden Mädchen wieder die Tränen über das Gesicht und heftig weinend verließ sie die Küche, um ihr Zimmer aufzusuchen. Dort warf sie sich auf ihr Bett, laut schluchzend und am ganzen Körper zitternd.

Dass ihr Vater hereingekommen war, registrierte sie zunächst nicht. Seine sanft gesprochenen Worte vernahm sie dann aber doch: „Was willst du tun, Angela? Muss ich mir Sorgen machen?" Seit wann macht der Mann sich Sorgen um mich, ging es dem Mädchen durch den Kopf. Dann drehte sie sich zu ihm um und sagte: „Ich haue ab und werf mich irgendwo vor den Zug, Papa. Ich halte das hier nicht mehr aus!"

„Das tust du bitte nicht, Kind", versuchte der Vater sie zu beruhigen. „Ich verstehe die Mama ja auch oft nicht und weiß nicht, warum sie so komisch ist. Ich hab ja auch meine Probleme mit ihr – und deshalb auch meine Probleme mit mir."

„Aber du musst nicht ertragen, was ich ertragen muss, Papa!", kam es gequält der Tochter über die Lippen.

„Hast wohl recht, Kind", gestand der Vater zu. „Aber deswegen darfst du nicht solche Gedanken haben von wegen vor den Zug werfen. Das darfst du nicht tun und noch nicht einmal denken."

„Was ist nur heute mit ihm los?“, ging es Angela durch den Sinn. So fürsorglich kannte sie ihren Vater ja gar nicht. Oder hatte er nur Angst vor dem Gerede der Leute, wenn sie wirklich … Laut antwortete sie: „Ich weiß noch nicht, was ich mache, Papa. Auf jeden Fall lass ich mir mit fünfzehn nicht mehr alles gefallen. – Und du musst jetzt in die Nachtschicht. Dein Motorrad wartet schon.“ Der Hinweis machte deutlich, dass Angela allein sein wollte. Der Vater verstand das und verließ mit einem „Schlaf gut!“ den Raum. Beim Hinausgehen ergänzte er noch: „Mach bitte keine Dummheiten!“

Angela machte keine Dummheiten, suchte aber dennoch einige Tage nach den Waffen, von denen sie wusste, dass sie irgendwo im Haus versteckt waren. Aber es sollte wohl so sein, dass sie weder Papas Pistole noch Opa Josefs Jagdgewehr irgendwo fand, um mit diesen Schusswaffen den Eltern und besonders der Mutter einen „Denkzettel“ zu verpassen.

Dafür spitzte sie an ihren Schulvormittagen und wenn sie sonst die Gelegenheit dazu hatte die Ohren, um irgendwo auf einen Hinweis zu stoßen, wo es wohl eine Lehrstelle für sie geben könnte. Ein paar Wochen später kam es zufällig heraus, dass ihre Mutter sich auch auf die Suche begeben hatte und wie Angela sogar bei derselben Firma fündig geworden war. In Netphen gab es eine relativ junge Firma der Metallverarbeitung, die bereit war, einen weiblichen Lehrling für die Ausbildung zum Bürogehilfen einzustellen.

„Wann fahren wir nach Netphen zur Vorstellung?“, fragte die Mutter so nebenbei.

Die Antwort der Tochter kam prompt und scharf: „Da geh ich allein hin, Mama! Und du bleibst ganz schön zu Hause!“

„Du träumst wohl“, reagierte die Frau. „Wenn du da allein hingehst, nehmen die dich doch sowieso nicht. Du brauchst ja wohl einen anständigen Fürsprecher.“

Angela holte tief Luft und antwortete mit dem Brustton

der Überzeugung: „Mama, ich brauch keinen Fürsprecher! Entweder fahr ich allein in die Firma oder keiner fährt. Das ist mein letztes Wort dazu!"

Marie Sperling war erstaunt über den neuen Ton ihrer Ältesten, gab sich aber schließlich geschlagen. Sie schimpfte irgendetwas in sich hinein, was Angela nicht verstehen konnte. Nur ihre letzten Worte waren wieder deutlich zu vernehmen: „Dann blamier dich doch alleine! Ich hab dann aber nichts damit zu tun."

„Ist auch gut so", konterte Angela ein wenig trotzig. „Es geht um mein Leben und um meine Zukunft!"

Und weil es eben um sie selbst ging, war Angela stark genug, sich wohl zum ersten Mal gegen ihre dominante Mutter durchzusetzen und die Vorstellung bei ihrer Wunschfirma allein vorzubereiten und auch allein durchzuziehen. Sie zog sich so schick an, wie sie es eben aus ihrem Kleiderbestand tun konnte, und fand sich dann per Bus zum vereinbarten Termin bei der Firma ein. Hier wartete sie in einem Raum, der nur durch Glaswände von einem größeren Büroraum getrennt war. Die dort arbeitenden Menschen schauten natürlich herüber auf die fremde Person im Vorzimmer. Was mochte die wollen?

Dann bekam Angela es mit einem Herrn Jung im dunklen Anzug zu tun, dem freundlichen Personalchef der Firma. Begleitet wurde er von einer seiner Mitarbeiterinnen, Fräulein Siebel, die ein schickes Kleid trug. Die beiden unterhielten sich eine Weile mit ihr über ihre Vergangenheit und Gegenwart und auch über die gewünschte Zukunft. Angela war dabei spürbar nervös. Sie fühlte sich mit ihrer schlaksigen und leider noch wenig weiblichen Figur doch sehr beobachtet –

auch von denen hinter den Glasscheiben. Aber was konnte sie schließlich dafür, dass sie so in die Länge gewachsen war und noch keine weiblichen Rundungen vorzuweisen hatte. Das war bedauerlich, aber nicht zu ändern. Vielleicht half die Natur im Laufe der Zeit ja noch ein wenig nach und verschaffte ihr ein fraulicheres Aussehen.

Dann verabschiedete sich der freundliche Herr Jung und überließ dem Fräulein Siebel das Feld. Die junge Frau sprach noch ein wenig weiter mit der Bewerberin, wohl um ihr die innere Unruhe zu nehmen. Schließlich bat sie darum, dass Angela ein wenig von ihren bereits gelernten Stenografie- und Schreibmaschinenfähigkeiten zeigen möge. Zunächst wollte sie wissen, wo und nach welcher Schule Angela die Deutsche Einheitskurzschrift gelernt habe. Darauf gab das Mädchen bereitwillig Auskunft. Fräulein Siebel registrierte die Antwort mit einem Kopfnicken und diktierte Angela dann einen Text, den die Bewerberin in Kurzschrift aufnahm und danach mit der Schreibmaschine in Klartext übertrug.

„Das klappt ja eigentlich schon ganz gut", war der Kommentar der Prüferin, nachdem sie beide Vorlagen überflogen hatte. Dann stellte sie noch ein paar Fragen nach einem Papier, das sie vor sich liegen hatte, und beendete schließlich das Bewerbungsgespräch.

Angela Sperling atmete auf. Das war also geschafft. Dann riskierte sie vor der jungen Frau aber noch die Frage, ob sie mit ihrem äußeren Erscheinungsbild denn nicht negativ auffalle. Das war sehr mutig von der Fünfzehnjährigen! So mutig war Angela noch nie irgendwo aufgetreten. Sie begründete ihre Frage sogar: „Ich habe gespürt, dass ich aus dem Büro sehr genau beobachtet worden bin."

„Darüber machen Sie sich mal keine Gedanken, Fräulein Sperling. Wir legen zwar großen Wert auf ein sauberes Äußeres, aber wir erwarten nicht, dass unsere Mitarbeiterinnen aussehen wie eine Diva und ihre Kleidung in besonderen Boutiquen kaufen."

„Danke für ihr offenes Wort", antwortete Angela und ergänzte, wobei sie ein wenig verlegen wirkte. „Meine Eltern gehören nicht zu den Reichen, die sich alles leisten können, was gerade Mode ist. Aber wenn ich hier anfangen darf, werde ich mir alle Mühe geben, gut zu lernen, gute Arbeit zu machen und auch ein gutes Bild abzugeben. – Wann geben Sie mir Nachricht, ob ich …?"

„Wenn Sie sich ein wenig gedulden und warten, bis ich mit unserem Personalchef gesprochen habe, kann ich Ihnen Ihre Frage vielleicht schon bald beantworten." Mit diesem Hinweis verließ auch Fräulein Siebel den Raum.

Zeit zum Warten hatte Angela, auch wenn sie dadurch erst den späteren Bus nehmen konnte und ihre Mutter dann sicherlich wieder etwas zu meckern hatte, weil sie nicht so früh nach Hause kam wie geplant. Aber dabei innerlich ruhig zu bleiben, machte ihr schon Mühe. Welchen Eindruck hatte sie bei ihren beiden Gesprächspartnern hinterlassen? Welches Bild als möglicher Lehrling hatte sie abgegeben? Hatte gereicht, was sie geleistet hatte? Würde man ihr die Lehrstelle geben? Wie lange würde sie auf die entscheidende Antwort warten müssen?

Angela ertappte sich plötzlich dabei, dass sie in Gedanken ein Gebet formulierte: „Lieber Gott, lass das hier gut ausgehen." – „Lieber Gott …?" Das Mädchen wunderte sich über sich selbst. Was kam denn da aus irgendwelchen Seelentiefen plötzlich an die Oberfläche? Gott? Wann hatte sie sich denn zuletzt mit dem „alten Mann mit Rauschebart" beschäftigt? Die Kirche war ihr doch zuletzt eher gleichgültig gewesen.

Angela kam nicht dazu, ihre merkwürdigen Gedanken weiterzudenken. Der Personalchef und seine Mitarbeiterin betraten nämlich wieder beide den Warte- und Besprechungsraum. Fräulein Siebel hatte einige Papiere in der Hand. Sofort erhob sich Angela Sperling von ihrem Stuhl und schaute den beiden netten Firmenleuten erwartungsvoll entgegen.

„Nun, Fräulein Sperling, was denken Sie, was wir Ihnen jetzt erklären?“, fragte Herr Jung.

Angela wurde vor Aufregung ein wenig blass und holte tief Luft: „Sagen Sie mir bitte, wann Sie mir Ihre Entscheidung mitteilen.“

„Deshalb sind wir beide doch hier“, sagte der Mann mit einem breiten Lachen auf dem Gesicht.

Angela schaute drein, als wollte sie sagen: „Nun spannt mich doch nicht so auf die Folter!“

„Also, Fräulein Sperling“, begann der Personalchef recht umständlich. „Wir haben uns jetzt ein Bild von Ihnen gemacht und ein wenig getestet, was Sie schon können und was Sie über den angestrebten Beruf und auch über unsere Firma und über unsere Produkte schon wissen. Sie haben sich offenkundig vorbereitet. Meine Mitarbeiterin und ich sind uns darin einig, dass Sie ...“ – hier machte der Mann eine üble Kunstpause, die Angelas innere Unruhe wieder steigerte – „... dass Sie am 1. August bei uns als Lehrling für die zweijährige Ausbildung zur Bürogehilfin anfangen können.“

Das war nun eine Botschaft! Angela tat einen lauten Jauchzer und legte sich doch sofort die Hand auf den Mund, als wollte sie damit deutlich machen, dass sie diese Reaktion für ungehörig hielt.

Ihre beiden Gegenüber mussten darüber nun doch ein wenig schmunzeln. „Freuen Sie sich ruhig, Fräulein Sperling. Sie haben allen Grund dazu“, gestand Herr Jung dem

Mädchen zu, reichte Angela die Hand und ergänzte: „Ich gratuliere Ihnen und heiße Sie schon einmal willkommen. Entschuldigen Sie mich jetzt bitte. Ich habe noch anderes zu tun, was Sie sicher verstehen. Die weiteren Formalitäten klären Sie mit meiner Mitarbeiterin. Ich wünsche Ihnen einen guten Abschluss Ihrer Schulzeit und erwarte Sie am 1. August." Damit reichte er seinem künftigen Lehrling noch einmal die Hand und verließ den Raum.

Fräulein Siebel klärte in den folgenden Minuten die weiteren Notwendigkeiten zum Lehrvertrag, zum Beispiel wer seine Unterschrift wohin zu setzen hatte. Die beiden besprachen auch Fragen des Einstiegs in die Ausbildung und in die Berufsschule und unterhielten sich – inzwischen bei Saft und Gebäck – noch über dies und jenes und auch über das offensichtliche Glück, das Angela als künftigen Lehrling dieser Firma erfüllte.

Am Abend bekam Angela Sperling wie erwartet von ihrer Mutter wieder einiges an Kritik zu hören: Sie habe den Bus wahrscheinlich mit Absicht verpasst, um zu Hause nichts mehr arbeiten zu müssen; man habe sie sicher nur aus reinem Mitleid genommen, weil sie denen was vorgeheult habe. Es war wieder recht demütigend, was die Mutter der Tochter alles an den Kopf warf. Erstaunlich, wie Angela diese Dinge an diesem Abend wegstecken konnte. Das Glück über das erreichte Ziel war zu groß, als dass es durch dummes Gerede hätte zerstört werden können. Und die Unterschrift unter den Lehrvertrag musste die Mama ja nicht leisten. Papa Henner würde morgen damit sicher kein Problem haben.

Ein paar Tage später – immer noch auf der Welle des Glücks über die sichere Lehrstelle – überraschte Angela ihre Mutter mit der Nachricht, sie werde nach der Schulentlassung zwei Dinge tun: Sie werde im Gasthof Wagner samstags und sonntags im Restaurant aushelfen und sie werde nach der Sommerpause in den Kirchenchor gehen. Im Gasthof habe sie bereits vorgesprochen und zum Singen sei sie eingeladen worden. Sie werde der Einladung folgen und folglich jeweils donnerstags am Abend nicht zu Hause sein.

Die Reaktion der Mutter war bezeichnend: Sie könne sich doch vor Lokalgästen gar nicht sehen lassen und singen könne sie doch überhaupt nicht. Da bewege sich eine Kuh auf der Weide besser als sie und das Brüllen eines Kalbes höre sich besser an als ihr Gesang. Und zudem: Wenn sie dächte, auf diese Weise einen Freund zu ergattern, habe sie sich wohl geschnitten. Eine solche wie sie bekäme nie einen Freund. Auf diesen verbeulten und rostigen Topf gebe es keinen Deckel.

„Hör auf, Mama!“, wehrte sich Angela heftig gegen den Spott ihrer Mutter. „Lass mich doch endlich mal in Ruhe und lass mich machen, was ich will und was mir gefällt! Und außerdem wirst du es nicht hindern, wenn es irgendwann einmal irgendwo einen Deckel auf den Topf gibt.“

„Das sollte dir so passen, dass ich irgendeinen Kerl akzeptiere und deine Marotten so einfach hinnehme“, ließ die Frau keine Ruhe. „Es bleibt bei den Regeln: kein Mannsbild und erst die Arbeit, dann das Vergnügen. Ob Gasthof oder Chor. Merk dir das!“

„Ich werd mir's merken, Mama“, gab Angela innerlich wieder sehr erregt zurück. „Ich weiß, du wirst es so einrichten können, alles zu verhindern, was mir guttut. Und du wirst immer dafür sorgen, dass am Wochenende und am Donnerstag genug zu tun ist für mich, damit ich ja nicht pünktlich bin.“

„Merkst du eigentlich nicht, wie frech du schon wieder wirst?“ Marie Sperling kam einen drohenden Schritt auf ihre Tochter zu und holte auch schon mit der Hand aus. Angela machte sofort eine ausweichende Bewegung in Richtung Tür und zog es vor, die Küche zu verlassen. Beim Hinausgehen hielt sie ihrer Mama dann noch entgegen: „Glaub nur nicht, dass du mich künftig an allem hindern kannst, was ich tun will. Du mischst dich nicht mehr in mein Leben ein wie bisher.“ Damit ließ das Mädchen seine Mutter mit ihrem Zorn allein. Einerseits war Angela wegen der hohen Spannung in der Küche den Tränen nahe, andererseits war sie ein wenig stolz auf sich, der Mutter widersprochen und ihr deutlich gemacht zu haben, dass sie nicht länger bereit war, die Magd in Haus und Hof zu spielen.

In der Folgezeit durfte das inzwischen jugendliche Fräulein Angela immer wieder einmal stolz auf sich selbst sein: Ihr Abschlusszeugnis nach der Klasse 9 war nicht so schlecht, wie die Mama es vorausgesagt hatte und wohl auch gerne gesehen hätte. Dass die Schulentlassene in Mathematik keine gute Note hatte, damit hatte sie schon vorher gerechnet. Aber eine 5 war es dann doch nicht geworden. Über andere Noten durfte sie sich auch freuen, weil sie sie so positiv nicht erwartet hatte, und ein Gesamtschnitt von 3,5 konnte sich doch sehen lassen. Auf ein Lob ihrer Mutter musste die Tochter freilich verzichten. Dafür freute sie sich umso mehr über das des Vaters.

Die Arbeit am Wochenende im Gasthof Wagner machte Angela Freude. Sie kam bei den Gästen gut an und die Wirtsleute äußerten sich zufrieden mit ihrer Arbeit. Über das Geld, das sie dabei verdiente, konnte sie selbst verfügen, während ihr ohnehin spärliches Lehrlingsgehalt bis auf den Betrag von 10,- DM von der Mutter kassiert wurde: „Wer seine Füße unter meinen Tisch stellt und von meinem Tisch isst, der kann auch dafür arbeiten und der muss bezahlen, sobald er eigenes Geld verdient."

Im Kirchenchor wurde die Neue von der ersten Probe an vom Chorleiter und von den Sängerinnen und Sängern angenommen, auch wenn sie ihren Einstieg nicht als „Starsopranistin" machen konnte. Die war sie nun mal nicht. Dass sie die Stimme halten konnte, war für den Chorleiter Anlass genug, das Mädchen an seinem Platz zu akzeptieren.

Ein weiterer Grund, auf sich selbst stolz zu sein, war Angelas Akzeptanz in der Firma und auch ihre Leistungen in der Berufsschule. Sie war gar nicht so dumm und unfähig, wie man es ihr häufig eingeredet hatte. Gelegentlich erzielte sie sogar Ergebnisse, für die sie gelobt wurde. Bei der Einheitskurzschrift brachte sie zuletzt mit dem Stift 150 Silben pro Minute auf den Block. Und das Tippen auf der mechanischen Schreibmaschine ging mit allen zehn Fingern recht flott. Mit diesen Leistungen konnte sie sich sehen lassen. Da waren andere in ihrem Betrieb nicht so schnell. Selbst im kaufmännischen Rechnen wurde sie im Verlauf ihrer Lehre immer besser, sodass auf ihrem Abschlusszeugnis der Berufsschule für diesen Bereich sogar ein „sehr gut" stand. Der Kommentar von Mutter Marie Sperling dazu war leider auch wieder nur ein spöttisches „Wahrscheinlich wie damals: Fälschung!" Diese Frau konnte sich einfach nicht mit ihrer Tochter über eine erzielte Leistung freuen. Selbst als Angela nach erfolgreichem Abschluss ihrer Ausbildung vor der Industrie- und Handelskammer von ihrer Firma als Bürogehilfin mit den Aufgaben einer sogenannten „Stenotypistin im Einkauf" übernommen wurde und künftig als Angestellte ihr Geld verdienen konnte, war das der Mutter völlig gleichgültig. Von dem, was jetzt in ihrer Lohntüte war, durfte sie für ihren Eigenbedarf lediglich 30,- DM behalten. Das sei Taschengeld genug! Über die größere Summe freute sich die Mutter. Die gestand ihrem Mann auch nicht mehr Taschengeld zu: 30,- DM. Dieser Betrag musste ihrem Henner für Tabak und Alkohol und seine Besuche im Dorfgasthof reichen.

Das alles änderte freilich nichts daran, dass die Jugendliche zu Hause weiter geknebelt, mit Arbeit überhäuft, geschmäht und erniedrigt wurde. Die Selbstmordgedanken, die sie zuweilen gehegt hatte, waren nicht endgültig aus dem Kopf verschwunden. Je nach ihrer allgemeinen oder auch besonderen Befindlichkeit tauchten sie mehr oder weniger heftig auf und machten ihr Mühe. Angela tat es dann in der Regel gut, wenn sie bei ihrer Arbeit in der Firma oder auch beim Singen und bei besonderen Einsätzen des Kirchenchors Entspannung fand und Leute um sich hatte, mit denen sie vernünftig reden konnte. Gesprächen über ihre häuslichen Lebensbedingungen, die ab und an angestoßen wurden, wich sie allerdings aus, wenn es ihr eben möglich war. Die Wahrheit über ihr Zuhause wollte sie in dieser Öffentlichkeit dann doch nicht breittreten. Ihre Mutter hatte eh schon keinen guten Ruf im Dorf. In der Firma allerdings wusste man nichts von diesen Dingen und das sollte auch so bleiben. Außerdem fehlte Angela unter den Chorleuten aus der näheren und weiteren Nachbarschaft auch die Person, zu der sie das notwendige Vertrauen aufgebracht hätte, um über solche heiklen Dinge zu reden. Das machte sie lieber mit sich selbst aus.

Auch mit Liedern, die sie zu singen hatte und die in ihr Fragen aufwarfen, setzte sie sich lieber allein auseinander. Manche sang sie nur so mit, weil sie ihren lateinischen Text ohnehin nicht verstand und es leider auch keine Übersetzung dazu gab. Deutsche Texte berührten sie dann schon eher, aber doch zumeist nur oberflächlich. Regelrecht in ihr

Bewusstsein hinein fraß sich allerdings der Text eines alten Chorgesangs aus dem Jahr 1582 von dem Dichter und Komponisten Caspar Ulenberg. Der hatte einen Text zu Psalm 23 geschrieben und ihn vertont. Unter den Sängern im Chor gehörte dieses Stück wohl zu den beliebtesten:

„Mein Hirt ist Gott, der Herr, er will mich immer weiden,
darum ich nimmermehr kann Not und Mangel leiden;
er wird auf grüner Au, so wie ich ihm vertrau,
mir Rast und Nahrung geben, und wird mich immerdar
an Wassern still und klar erfrischen und beleben.“ [5]

Das Stück hatte mehrere Strophen und der Text wurde Angela so wichtig, dass sie ihn sehr bald auswendig lernte. Sie erbat sich sogar vom Dirigenten das Liedblatt, um es mit nach Hause nehmen zu dürfen. Der Psalm, der sich in dem Text und im Chorsatz verbarg, war doch der, den sie vor vielen Jahren schon bei Tante Annemarie im Kindergarten gelernt hatte. Gelernt ja, aber nicht begriffen! Ob sie ihn jetzt begreifen würde? Beim Nachdenken über Psalm 23 kam ihr der Text eines Kinderliedes in Erinnerung, das sie auch bereits als Kleinkind gelernt und das Oma Ruth ihr ab und an vorgesungen hatte:

„Weil ich Jesu Schäflein bin,
freu ich mich nur immerhin
über meinen guten Hirten,
der mich wohl weiß zu bewirten,
der mich liebet, der mich kennt
und bei meinem Namen nennt.“ [6]

---

5 Sursum corda, 1948, Nr. 8.

6 Text: Henriette Marie Luise von Hayn, aus: „Jesus unsre Freude“,

Trotz scharfen Nachdenkens fielen ihr die anderen Strophen nicht mehr ein. Aber Oma Ruth stand Angela wieder einmal deutlich vor Augen. Wenn es sie doch noch gäbe! Oma Ruth würde sich darüber freuen, wenn sie sehen würde, was inzwischen aus ihr geworden war, was sie so machte und wie sie mit den Traurigkeiten ihrer Familie umging. Die Oma würde ihr sicher auch helfen, von ihrem katholischen Glauben her ihre Fragen um den Guten Hirten und seine Bedeutung für das Leben zu beantworten. Wenn die Oma noch da wäre, gäbe es wohl auch noch Begegnungen mit dem Opa. Die waren nämlich seit Langem allen Sperlingskindern strengstens verboten. Der Grund dafür blieb im Dunkeln. Es durfte keinen Kontakt nach unten ins Haus geben. Armer Opa Josef! Der lebte völlig isoliert von der Familie, machte seine Arbeit auf dem Hof und im Feld, so gut er eben konnte.

Angela kamen wieder einmal die Tränen beim Nachdenken über diese traurige Geschichte. Den Mut und die Kraft, gegen das Diktat der Mutter aufzumucken, fand sie allerdings nicht – bis es eines Tages im Spätsommer 1970 ohnehin zu spät war. Opa Josef hatte sich eines Nachts ganz still davongemacht. Er war wohl im Schlaf vom Tod überrascht und abgeholt worden. Sein Tod verursachte ein schlimmes Chaos im Haus. Die Aufbahrung und Beerdigung zu organisieren überließ die Schwiegertochter ihrem Schwager Gerhard, der zwar auch im Dorf wohnte, den Angela aber noch nie im Haus „In der Enke" gesehen hatte. Warum das so war, blieb eine ewige Frage. Das war schon alles sehr traurig und merkwürdig. Aber auch hierin blieb sich ihre Mutter treu: Gerhard Sperling – wie die meisten Menschen im Dorf – hatte für sie schon immer zum „Abschaum" und zu den „frechen Tieren" gehört. Die Abneigung gegen den Schwager und seine Fami-

---

Nr. 403, Brunnen 1995.

lie – Angela kannte ihre Vettern und Cousinen nur von der Schule her – hatte sich voll auf Henner Sperling übertragen. Begegnungen gab es in der Zeit nach Opa Josefs Beerdigung nur, weil sein Erbe zu verteilen war. Wie froh war Angela darüber, dass sie bei diesen Auseinandersetzungen zumeist nicht anwesend war. Wenn sie im Haus war, erlebte sie, dass es dabei sehr laut und aggressiv zuging. Dass die beiden Brüder sich nicht die Köpfe einschlugen, erschien nach außen wie eine himmlische Bewahrung vor dem Schlimmsten. Wie gut, dass es irgendwann eine Einigung gab. Von der wurde freilich nur sichtbar, dass Henner das Anwesen mit allem lebenden und toten Inventar „In der Enke“ in sein Eigentum übernahm, während das Eigentum an Äckern und Wiesen rund um Eckertshofen an seinen Bruder fiel. Im Dorf wurde geredet, Henner habe seinen Bruder zusätzlich noch auszahlen müssen, weshalb er auch alles Vieh – bis auf die Hühner – und alle landwirtschaftlichen Gerätschaften verkauft habe. Angela war das egal, solange es nur dem Frieden diente.

Im nunmehr eigenen Haus von Henner Sperling trat irgendwann wieder Ruhe ein, die allerdings später von dem Lärm eines umfassenden Umbaus der Wohnungen gestört wurde. Künftig gab es viel Platz im Haus, ein richtiges Badezimmer, eine richtige Waschküche, ein separates Esszimmer und jedes Kind bekam sein eigenes Zimmer. Welch ein Luxus in diesem recht alten Fachwerkhaus, das nach den langwierigen Bauarbeiten auch äußerlich recht schmuck aussah! Wie gut, dass in der langen Umbauphase von dem persönlichen Lärm durch Schimpfen, Fluchen, Auseinandersetzung und Streit im Innern des Hauses nicht viel nach außen gedrungen war. Die Leute hatten ohnehin genug zu reden seit Opa Josefs Tod und seiner denkwürdigen Beerdigung, die ohne die Familie aus seinem eigenen Haus stattgefunden hatte.

7. Die Suche nach dem Richtigen

Im Sommer 1971 sollten die Leute im Dorf ein ganz neues Thema zu bereden haben, das mit den Sperlings „In der Enke“ zu tun hatte. Angela fand eines Abends neben ihrem Teller einen Zeitungsausschnitt vor, den die Mutter aus irgendeiner ihrer Zeitschriften herausgerissen hatte. Auf diesem Papierfetzen war eine Anzeige rot umrandet, die natürlich das Interesse des achtzehnjährigen Mädchens weckte. Halblaut las sie den Text:

„Junger Mann, 23, Pkw, sportlicher Typ, Schreiner, Nichtraucher, offen für ernst gemeinte Bekanntschaft; spätere Heirat nicht ausgeschlossen. Anfragen unter Chiffre JM 23 PKW an …“

Angela Sperling zog die Stirn kraus und blickte ihre Mutter mit erstaunten Augen an: „Was soll das denn, Mama? Willst du mich verkuppeln? Ich glaub's nicht!“

Mama Marie antwortete, als sei es das Normalste von der Welt: „Mir hat die Anzeige gefallen und ich denke, ich lade den jungen Mann mal ein. Der könnte doch eine gute Partie für uns sein.“

„Für uns?! Für dich vielleicht, Mama“, gab Angela deutlich empört zurück, „aber nicht für mich! Ich will keinen Partner, den du mir aussuchst. Und schon gar nicht per Zeitungsanzeige!“

„Wenn du doch in deiner Firma und in der Berufsschule und im Kirchenchor keinen gefunden hast und auch keinen findest“, stichelte die Mutter weiter.

„Ich hab ja auch nicht gesucht und will auch noch nicht

suchen, Mama!" Angelas Antwort klang deutlich. „Und lass du deine Finger da raus!"

„Geht schon nicht mehr", kam die knappe Antwort.

Angela sprang von ihrem Stuhl auf. „Was heißt: Geht schon nicht mehr?", fragte sie in deutlicher Erregung.

„Das heißt, dass ich dem jungen Mann bereits geschrieben und ihn eingeladen habe, mein Fräulein", informierte die Mutter ihre entsetzte Tochter.

Die konterte deutlich: „Bist du verrückt geworden, Mama? Nennst mich hässliches Entlein und hängst mir einen Kerl an den Hals? Du spinnst wohl!? Da hast du dich geschnitten! Ohne mich! Ich gehe!"

„Dann geh doch!", bestätigte Marie Sperling ihre Tochter, fügte aber spöttisch lachend, wie selbstverständlich an: „Schreib dir's in den Kalender, dass wir uns mit dem Schreiner am Samstag um vier beim Weber in Dreisbach treffen. Danach kannst du zur Arbeit zum Wagner gehen."

„Du musst wirklich verrückt sein, Mama", stellte Angela fest und verließ kopfschüttelnd das neue Esszimmer. Dabei wusste sie, dass sie dieses Spiel zunächst einmal mitspielen musste, wollte sie die derzeitige „Ruhe" im Haus erhalten.

Es war ein merkwürdiges Treffen, das da in einer hinteren Ecke des Gasthauses „Beim Weber" ablief. Mutter Marie Sperling saß am Kopfende des Tisches in dieser Ecke hinter einer Tasse Kaffee. Der Tisch stand mit seinem anderen Ende gegen die Wand, sodass die Frau diese Wand vor sich hatte; sie wollte wohl nicht in den Raum schauen und von dort auch nicht leicht zu erkennen sein. Ihre Tochter Angela saß an der einen Längsseite des Tisches, auch mit dem Blick zur Wand. Ihr gegenüber saß der Gast des Treffens Franz-Josef Haßler, der – in Angelas Augen – kleine dicke Schreiner, den die Mutter nach hier eingeladen hatte. Der junge Mann konnte allein in den Raum blicken und auch von dort angesehen werden, was Marie Sperling durchaus wichtig war. Zwischen den beiden jungen Leuten, um die es hier eigentlich ging, standen zwei gefüllte Limo-Gläser, ein ungenutzter Aschenbecher – am Tisch saßen ja nur Nichtraucher – und eine Vase mit einem Strauß bunter Wiesenblumen, für den Herr Haßler zunächst einmal eine Vase geordert hatte. Die Blumen sollten ja nicht welken.

Der junge Mann war aus Schwarzenau gekommen, einem Wittgensteiner Dorf an der Eder, um das Fräulein Angela Sperling kennenzulernen. Er kam auch bald ins Gespräch mit ihr: mit ihr, das heißt mit der Mutter Sperling, nicht aber mit der Tochter, für die es doch hier um den „Deckel" ging. Angela hielt sich aus dem Gespräch fast völlig heraus. Sie versuchte auch erst gar nicht, ihr Desinteresse an der Begegnung zu verbergen. Ihre Äußerungen zu den wechselnden Gesprächsthemen waren an einer Hand abzuzählen. Sie hatte nur einen Gedanken: wenn das Treffen mit diesem Aufschneider und ihrer aufgekratzten Mutter doch nur bald zu Ende ginge. Aber es brauchte doch noch etwas Geduld und ein zweites Glas Limonade, während Marie den zweiten Kaffee trank. Herr Hassler hätte ja viel lieber ein Bier und einen Kurzen getrunken, meinte er, aber er sei ja schließlich mit dem Auto hier und müsse circa 50 km sehr kurvenreich und über etliche Berge wieder nach Hause fahren.

Gegen halb sechs wurde es Angela dann doch zu bunt und ihre Mutter wurde ihr zu peinlich. Sie erhob sich von ihrem Stuhl und verabschiedete sich. „Ich muss gehen. Ich hab Dienst." Und schon war die Achtzehnjährige draußen. Kein Handschlag und kein weiteres Wort. Marie Sperling schaute ihrer Tochter schon ein wenig konsterniert nach, vermochte aber nicht, sie aufzuhalten. Sie drängte dann allerdings auch auf Beendigung der Begegnung – nicht jedoch, ohne den jungen Mann aus dem fernen Ederdörfchen für den nächsten Sonntag zum Kaffee nach Eckertshofen einzuladen. Im heimischen Wohnzimmer sei die Atmosphäre doch anders; da sei ihre Tochter sicher auch zugänglicher. Dabei hatte sie wohl eher im Kopf, dass man sich den Jüngling doch warm halten müsse. Der konnte als Schreiner Angela und dem Haus noch nützlich werden. Dagegen, dass der Gast die Rechnung übernahm, hatte Marie Sperling natürlich nichts einzuwenden.

„Hab ich mit der Sache eigentlich auch irgendetwas zu tun, Mama?", fragte Angela beim Frühstück am Sonntagmorgen, nachdem die Mutter ihr von der Einladung an den sympathischen Herrn Haßler erzählt hatte. Marie Sperling hielt dagegen, der junge Mann habe die Einladung zum Kaffee am nächsten Sonntag gerne angenommen und werde sicher pünktlich vor der Tür stehen. Angela reagierte darauf deutlich verärgert: „Ich hab damit nichts zu tun!"

„Natürlich hast du was damit zu tun", gab ihre Mutter ebenso ärgerlich zurück. „Es geht doch um dich! Der Franz-Josef ist ein anständiger Junge und zudem eine gute Partie, Mädchen. Die Haßlers haben einen eigenen Betrieb, die haben Zaster. Das ist wichtig!"

„Das interessiert mich einen feuchten Kehricht, Mama", widersprach die Tochter deutlich. „Zaster hin oder her; er und ich, wir wären ja wie Pat und Patachon. Er klein und dick, ich groß und schlank. Furchtbar! Schlag dir den ‚Deckel' aus dem Sinn, Mama, auch wenn er als evangelischer Wittgensteiner einen gutkatholischen Namen hat. Ich bin nicht der Topf für ihn. Am Sonntag bin ich nicht zu Hause. Punkt!“

Angelas Ablehnung dem jungen Mann gegenüber war sehr deutlich, wenngleich ihre Mutter das nicht so sehen wollte. Sie lud den Schreiner auch in der Folgezeit immer wieder ein, damit er sich als eifrige Hilfskraft in Haus und Hof bewähre und auf diese Weise die Nähe zu Angela suchen könne. Die bekam nie Ausgang, wenn Franz-Josef im Haus war. Bei den Eltern und Geschwistern seiner Angebeteten kam der junge Mann gut an. Die wären mit ihm als Schwiegersohn und Schwager durchaus zufrieden gewesen. Auch weil er schon seine Bereitschaft signalisiert hatte, aus dem Wittgensteiner Land ins Siegerland umzusiedeln. Nur Angela, die er zunehmend wie ein balzender Hahn mit allen möglichen Techniken umwarb, wollte von ihm nichts wissen. Es gab keine körperliche Nähe; es gab kein Händchenhalten; es gab keinen erwiderten Schmachtblick; es gab absolut nichts, was für den ‚Deckel‘-Bewerber ein Hinweis sein konnte, dass Angela an ihm interessiert war. Ihr Herz und auch ihr Wesen blieben für ihn verschlossen!

Eines Sonntags fasste Angela endlich Mut, dem jungen Mann klaren Wein einzuschenken. Am Tisch bedeutete sie ihm vor der ganzen Familie mit deutlichen Worten, er brauche am nächsten Sonntag nicht wiederzukommen. Und auch sonst nie wieder. Er könne sich den Aufwand der einhundert Kilometer hin und her quer durchs Land sparen und solle sich die spätere Umsiedlung abschminken. Sie habe keinerlei Interesse an ihm. Sie beide passten einfach nicht zusammen. Er möge das bitte akzeptieren und seine Besuche einstellen. Basta!

Den Termin für diese besondere Ansage hatte Angela klug ausgewählt, musste sie doch anschließend sofort aus dem Haus, weil sie einen Chortermin hatte. Deshalb bekam sie von Franz-Josefs Reaktion auf den Korb nichts mit und auch nichts von der Reaktion ihrer Eltern und Geschwister auf diese endgültige Absage an den Deckel, der sich doch in der Familie so viele Sympathien erarbeitet und solche Opfer an Zeit und Geld auf sich genommen hatte und noch auf sich nehmen wollte. Dass es im sperlingschen Wohnzimmer in den nächsten Minuten nicht gerade sanft und höflich zuging, konnte Angela sich denken. Das Unwetter mochte am späten Abend in Mutters Zusammenfassung noch auf sie zukommen. Sie würde es ertragen.

In der Folgezeit arbeitete Angela Sperling weiter in ihrer Netphener Firma, ließ sich nach Feierabend zu Hause einspannen und kellnerte in ihrer Freizeit weiter, freilich bald nicht mehr bei „Wagner“, sondern bei „Weber“. Das Gastwirtsehepaar dieses Hauses hatte die junge Frau „abgeworben“ und ihr zugleich auf der privaten und persönlichen Ebene einen Ort geboten, an dem sie offen reden und ihr Herz ausschütten konnte. Die Webers taten ihr gut, zeigten Verständnis und Anteilnahme und machten ihr Mut, die häuslichen Bedingungen zu ertragen. Es kämen mit Sicherheit bessere Zeiten, und ein Mensch unter 21 Jahren sei nun leider mal noch nicht volljährig und könne deshalb auch noch nicht in allem unabhängig sein. Den Weisungen der Eltern müsse sie sich mal noch beugen und mit Geduld darauf warten, in die große Freiheit entlassen zu werden.

Zum Glück gab es ja bereits die kleinen Freiheiten an den Wochenenden und dann, wenn der Kirchenchor seine Übungsstunden und Einsätze hatte, an denen Angela immer mit Begeisterung teilnahm. Die Fragen um den „Guten Hirten“ aus dem Chorlied waren inzwischen allerdings wieder in irgendwelchen hinteren Schubladen ihres Gemütes abgelegt.

CS

In eher vorderen Schubladen abgelegt wurde das Wissen, das Angela sich aneignen musste, um demnächst den Führerschein machen zu können – auch eine Freiheit, die sie den Eltern abgetrotzt hatte: wozu sie denn einen Führerschein brauche? Im Umland reiche der Bus und für weitere Reisen sei sie doch ohnehin zu dumm. Zack, da hatte es Angela schon wieder!

Dennoch: Das Wissen um Verkehrsregeln, diverse Straßenschilder, um Lichtzeichenanlagen und alles Übrige drum herum musste ja in jeder Lehrstunde, die alle zwei Wochen stattfanden, greifbar sein und nachgewiesen werden. Die Prüfung in der Theorie im Herbst sollte ja auch das richtige Ergebnis bringen. Die junge Frau hatte sich fest vorgenommen, es ihrer Mutter zu beweisen und diese Prüfung auf Anhieb zu bestehen, was ihr im November 1972 tatsächlich auch gelang. Ihre Angst vor dem praktischen Teil erwies sich ebenfalls als unbegründet: Angela bestand auch die Fahrprüfung mit Bravour und erlebte danach doch tatsächlich, dass ihre Mutter sich zu dieser Leistung einmal positiv äußerte. Sie habe sich in dieser Sache in ihrer Tochter offenbar doch getäuscht. – Wann war so etwas denn zum letzten Mal passiert?

Marie Sperling war dann auch dabei, als der graue „Lappen“, wie der Führerschein von jungen Leuten gerne genannt wurde, im Eckertshofer Dorfgasthof vom Chef der Fahrschule und seiner Schülerin gebührend gewürdigt wurde. Dass die Mutter sich einfach dazusetzte und sich dann auch noch von Herrn Vetter ihr Getränk bezahlen ließ, war

Angela wieder sehr peinlich. Unangenehm war ihr auch, dass die Frau davon sprach, dass sie sich ja gerne an den Kosten für den Führerschein beteiligt hätte. Das sei ihr aber nicht möglich gewesen. So reich sei die Familie nicht. Außerdem habe Angela ja bereits eine Zeit lang eigenes Geld verdient, um die Kosten selbst tragen zu können.

Bei dieser Rede wäre Angela am liebsten aufgesprungen und hätte ihrer Mutter deutlich widersprochen von wegen, die Familie sei zu arm, um sich an den Kosten ihres Führerscheins zu beteiligen. Sie, die Mutter, hatte doch in den vergangenen Jahren bis auf das geringe Taschengeld von 10,- DM und später 30,- DM allen Lohn ihrer Tochter für sich einbehalten. Was hatte sie denn mit dem ganzen Geld gemacht? Angela biss sich selbst auf die Lippen, damit sie das nicht zur Sprache brachte. Die Mutter vor Herrn Vetter bloßstellen, das wollte sie dann doch nicht. Aber irgendwann musste diese Sache aufs Tapet kommen!

Herr Vetter wollte dann aber noch etwas mit seiner Ex-Schülerin besprechen, weshalb er Marie Sperling „sanft" aus der Tischrunde hinauskomplimentierte. Der Frau passte das zwar nicht, aber sie musste sich fügen und die Gaststube verlassen. Sie tat das auch, wenngleich deutlich widerwillig, musste ihrer Tochter aber noch den Hinweis mitgeben, nicht mehr zu lange zu bleiben, es gebe für sie noch viel Arbeit zu Hause. Daran ändere auch eine bestandene Führerscheinprüfung nichts.

Nachdem die „arme" Frau hinausgegangen war, kam Herr Vetter gleich zu seinem Anliegen: „Sie sind doch jetzt schon ein paar Jahre bei Ihrer Firma, Fräulein Sperling …" Der Mann unterbrach sich selbst: „Verzeihung, seitdem unser

Bundesinnenminister, Herr Genscher, das so bestimmt hat, muss ich ja *Frau* statt *Fräulein* sagen." Schmunzelnd und mit besonderer Betonung der Anrede sprach er dann weiter: „Also, liebe Frau Sperling, wollen Sie Ihren Arbeitsplatz nicht einmal wechseln? Sie könnten bei mir anfangen. Ich brauche zum 1. Januar jemanden für mein Büro. Sie wissen, dass zu meinem Betrieb Fahrschule, Tankstelle, Werkstatt und eine Handvoll Mitarbeiter gehören und eben eine Bürokraft, die mich leider demnächst verlässt. Die gute Frau zieht weg."

Angela verschlug es zunächst die Sprache und sie musste ein paarmal durchatmen. Dann fragte sie: „Könnte ich die Arbeit denn leisten? Drei Abteilungen zugleich verwalten?"

„Wenn ich bei unseren gemeinsamen Übungsfahrten nicht genau diesen Eindruck gewonnen hätte, würde ich Sie nicht fragen, Frau Sperling", gab Herr Vetter zurück. „Sie haben mir doch eine Menge über Ihre Arbeit erzählt."

Angela Sperling zögerte mit ihrer Antwort und nahm erst einmal einen Schluck aus ihrem Glas. Dann wollte sie wissen: „Muss ich die Frage sofort beantworten?"

„Nein, Frau Sperling. Sie sollten mir – sagen wir – bis Ende nächster Woche Nachricht geben." Nach einem Moment der Besinnung fügte er an: „Sie sollten aber eine eigene Entscheidung treffen und nicht Ihre Mutter entscheiden lassen."

Das war ja nun eine Aussage! Angela blickte den Mann mit großen fragenden Augen an. „Sie verstehen mich schon richtig, Frau Sperling. Ihre Mutter würde Nein sagen, weil sie Ihnen keine eigene Leistung zutraut. Ich hab das doch im Gespräch vorhin gespürt und herausgehört. Also, denken Sie nach und treffen Sie dann eine Entscheidung. Übrigens: Finanziell dürfte es Ihnen bei mir auch besser gehen. Und jetzt wünsche ich Ihnen noch einmal allzeit gute Fahrt und irgendwann ein eigenes Auto."

ꕤ

Die Zeit bis zu Angelas 21. Geburtstag am Mittwoch, dem 8. Mai 1974, zog sich für die junge Frau noch entsetzlich lange hin. Dass sie ihren Arbeitsplatz gewechselt hatte, erwies sich als gut und richtig – nicht nur, weil sie im Betrieb Vetter mehr verdiente. Als einzige Bürokraft trug sie auch mehr Verantwortung, was sie durchaus ein wenig stolz machte. Dass sie zu Hause immer mehr Verantwortung aufgebürdet bekam, ärgerte sie dagegen immer wieder. Als ob sie jetzt die Hausfrau wäre. Die Auseinandersetzungen mit ihrer Mutter um diese Frage nahmen kein Ende und der saß die Hand zuweilen immer noch locker. Was konnten sich ihre Geschwister, die jetzt 18, 16 und 12 Jahre alt waren, inzwischen alles herausnehmen: Heinz-Jochen schickte sich bereits an, das Haus zu verlassen, um Maschinenbau zu studieren. Aber der war ja auch ein Junge, der für den Haushalt ohnehin nicht brauchbar war. Waltraud war zur selbstbewussten Dame geworden, die demnächst die Pflegevorschule eines der großen Siegener Krankenhäuser besuchte und sich ansonsten von Vater und Mutter nichts mehr sagen, geschweige denn vorschreiben ließ. Birgit war dagegen ein armer Tropf, auf den sich Mama Marie ebenso eingeschossen hatte wie auf Angela. Die „Kleine“ musste wohl leidvoll in die Fußstapfen ihrer großen Schwester treten. Sie hatte sich auch von ihrer Mutter schon anhören müssen: „Hätte ich dich Frühchen doch damals gegen die Wand geschmissen, wie dein Vater immer die Katzen gegen die Wand schmeißt.“ Die große und die kleine Schwester vergossen manche Träne gemeinsam, wenn der üble mütterliche Druck mal wieder zu stark wurde und überhandnahm.

Vater Henner war dabei in der Familiensituation so kraft- und machtlos wie eh und je. Sein Griff zur Bierflasche und sonstigen Alkoholika war glücklicherweise seltener und weniger intensiv geworden. Er hatte sich mehr und mehr auf die häuslichen Stunden vor dem großen Fernseher reduziert, der seit einiger Zeit auch bei den Sperlings eine Ecke des Wohnzimmers zierte und den Blick in die Politik, den Sport, die Unterhaltung und auch sonst in die große weite Welt ermöglichte.

Angela begann nach ihrem besonderen Geburtstag, sich über ihren Auszug aus dem Haus ernsthafte Gedanken zu machen. Jetzt war sie doch eigentlich frei für eigene Weichenstellungen. Aber noch fehlten ihr der Mut und die Kraft für solch eine weitreichende Entscheidung, vor allem deshalb, weil die ständigen Querelen im Haus und die lautstarke Bevormundung durch ihre Mutter ihr wieder stark auf den Magen und die Psyche schlugen. Schließlich trieb die angeschlagene Gesundheit die junge Frau – ohne ihrer Mutter etwas davon zu sagen – zum Arzt. Der verordnete nach einer gründlichen Untersuchung und nach einem langen Gespräch über ihre innere Befindlichkeit Medikamente, die für den Moment notwendig waren. Zudem beantragte er für seine Patientin eine dringende Kur in einer psychosomatischen Klinik.

Die Kur wurde überraschend schnell genehmigt, und Angela Sperling machte sich mit ihrem eigenen Pkw – einem blauen Ford Escort RS 1600, den sie inzwischen bei ihrem Chef erstanden hatte – und der Hoffnung auf innere und äußere Genesung auf den Weg nach Sasbachwalden im Schwarzwald. Dort hatte sie in der Klinik Dr. Wagner einen Platz bekommen. Sie ließ eine verärgerte Firmenleitung zurück, die eine Zeit lang auf die einzige Angestellte verzichten musste. Auch ihre Mutter war darüber sehr aufgebracht, die

die Krankheit ihrer Tochter nicht ernst nahm und nun mitten in den Erntemonaten ihr wichtigstes „Arbeitstier“ entbehren musste. Fatal, aber nicht zu ändern. Angela kümmerte das wenig. Ihr war ihre eigene Gesundheit jetzt wichtiger als das Wohlergehen ihrer Firma und das ihrer Mutter. Ihre Abwesenheit würde schon niemanden in den Konkurs oder gar in den Ruin treiben!

Sechs Wochen Kur in Sasbachwalden taten der jungen Frau sehr gut. Hier fand sie Verständnis bei den Ärzten und dem betreuenden Personal; sie genoss das freundliche Miteinander mit Menschen, die ähnliche Probleme hatten wie sie; sie erholte sich und lebte auf zwischen guten medizinischen Anwendungen, hilfreichen therapeutischen Gesprächen und interessanten Kreativangeboten einschließlich Spaziergängen, Wanderungen und Ausflügen in der näheren und weiteren Umgebung, ob allein oder in unterschiedlichen Gruppen; sie nahm nach anfänglichen Problemen sogar ein paar Pfunde zu. Die verschafften ihr endlich auch ein frauliches Aussehen und machten manche spöttische Bemerkung zu ihrer Figur künftig überflüssig. Angela erlebte herrliche Wochen und eine erfolgreiche Kur in dem Blumen- und Weindorf am Westhang des nördlichen Schwarzwaldes!

Nachdenken musste Angela in dieser Zeit immer wieder über den merkwürdigen Namen der Winzergenossenschaft dieser Region: Die nannte sich „Alde Gott“ und berief sich auf den Ausruf eines Menschen, der am Ende des Dreißigjährigen Krieges in der verwüsteten und entvölkerten Region eine Überlebende gefunden hatte: „Der alde Gott lebt noch!" Der „alde Gott" hatte die beiden zusammengeführt und mit ihnen – der Sage nach – den Neuaufbau der Bevölkerung begonnen.

Angela besuchte einige Male den „Alde-Gott-Bildstock", einen Stein, der an diese Begegnung erinnerte. Jemand hatte ihn im Jahr 1861 aufgestellt. Darauf war ein Text eingemeißelt, der sie einfach ansprach: „Der alde Gott lebt noch!" Eine interessante Aussage! „Der alde Gott …" Genauso sprach sie ein Papierfetzen an, den sie bei ihrem letzten Besuch an diesem Gedenk-Bildstock in das schmiedeeiserne Gittertürchen im oberen Teil der Säule eingeklemmt fand. Das Bild hinter dem Türchen war leider stark verwittert und nicht mehr erkennbar. Aber der Text auf dem zerfledderten Zettel war noch zu lesen. Da stand ein Vers aus 5. Mose 33,27: „Zuflucht ist bei dem alten Gott und unter den ewigen Armen." Wer mochte den wohl hinterlassen haben? Darunter waren noch zwei Strophen eines Gedichtes zu lesen, das wohl mit dem Mose-Text zu tun hatte. Von wem der Text stammte und ob der vollständig war, konnte Angela dem Zettel nicht entnehmen. Sie steckte ihn dennoch ein und las ihn abends in ihrem Zimmer:

„Zuflucht ist bei dem alten Gott
und unter den ewigen Armen,
die dich erschaffen, erhalten, geführt,
auch wo dein Herz es nicht dankbar gespürt.
Was soll noch Sorge, Zweifel, gar Spott?
Gott will sich deiner erbarmen.
Gott hat dich erkürt.

Gottes Güte ist ohne Ziel.
Voll Treue sind Gottes Gedanken.

Ob sich dein Wesen gewandelt von Grund,
ob dein Geschick sich geändert zur Stund,
und welch ein neues Los dir auch fiel –
Gott kennt kein Weichen und Wanken.
Gott hält seinen Bund."

Beim Lesen und Nachdenken über die Verse ertappte sich Angela, dass sie mit ihren Gedanken eigentlich gar nicht bei diesem schönen Text blieb, der wie für ihr eigenes Leben geschrieben worden war. So schien es ihr wenigstens. Sie sah sich vielmehr gedanklich bereits wieder im Haus „In der Enke". Dabei meldete sich in ihr schon jetzt die Angst vor zu Hause. Schon bald würde sie das Paradies dieser Schwarzwald-Wochen wieder eintauschen müssen gegen die Hölle. Irgendwie besetzte sie eine Ahnung, dass da bereits Böses auf sie wartete. Die Kraft, von Sasbachwalden aus eine neue Wohnung zu suchen, wie sie sich das eigentlich vorgenommen hatte, hatte sie schon länger verlassen. Wo und wie hätte sie denn eine eigene Wohnung finden sollen, die weit genug von zu Hause entfernt wäre, um nicht doch in den Klauen der Familie hängen zu bleiben?

Ihr Gefühl hatte sie leider nicht betrogen: Als Angela am Abend ihres Entlassungstages in Eckertshofen ankam, erwartete sie tatsächlich alles andere als Wiedersehensfreude: Die anwesende Familie war beschäftigt mit der Kirschenernte und mit aller Arbeit, die dazugehörte. Im Nu war die Heimkehrerin einbezogen ins Entkernen der Früchte, ins Waschen der Gläser und Gummiringe und vieles andere. Dabei wurde sie von allen Seiten mit wüsten Vorwürfen und neugierigen Fragen nach einem Kurschatten bombardiert. Dann erfuhr sie nebenbei, dass bei ihrer Post die fristgemäße Kündigung des Arbeitsplatzes bei der Firma Vetter läge. Der Rückgang der Aufträge zwinge leider zu dieser Maßnahme. Die Mutter hatte doch tatsächlich die Post ihrer Tochter geöffnet! Hatte die Frau noch nie etwas von einem Postgeheimnis gehört? Angela war doch inzwischen längst volljährig und unabhängig!

Welch ein schlimmer Empfang! Sollte der Kurerfolg auf diese Weise sofort wieder baden gehen? Nein! Angela sagte die halbe Nacht lang zu sich selbst: „Du bist volljährig und kein Volltrottel! Du wirst etwas unternehmen!" Aber was? Die junge Frau geriet schier in Verzweiflung und hatte dabei plötzlich den Text von dem Bildstock vor ihren vertränten Augen: „Der alde Gott lebt noch." Und was hatte noch auf dem Zettel gestanden? Angela fielen tatsächlich die Worte ein: „Zuflucht ist bei dem alten Gott und unter den ewigen Armen", und sie fragte sich, ob ihr das etwas zu sagen habe. Mit dem Gedanken „Gott, wenn es dich gibt, sag mir, was ich tun soll!" schlief sie dann endlich ein.

Am nächsten Morgen wusste Angela, was sie tun würde: Zu Vetter konnte sie nicht zurück. Die würden ihr auch sicher kaum helfen wollen. Sie würde aber ihren alten Lehrbetrieb aufsuchen und sich dort erkundigen, ob man ihr helfen könne, wenn nicht im eigenen Betrieb, dann vielleicht in irgendeinem anderen.

Leider dauerte es noch ein paar Tage, bis die Unglückliche diesen Plan umsetzen und die Erfahrung machen konnte, dass der „alde Gott" tatsächlich noch lebte. Hatte sie nicht gebetet: „Wenn es dich gibt ..."? Frau Siebel hatte eine Idee. Sie wollte dieser Idee nachgehen und sich dann sofort melden, wenn sie wüsste, wie es mit ihrer früheren Kollegin weitergehen könnte.

Ihre Idee erwies sich tatsächlich als umsetzbar. Die Firma hatte noch eine Filiale in Wiesbaden, wo möglichst bald eine Bürofachkraft gebraucht wurde. Dort reagierte man auf die Anfrage aus Netphen mit einem Terminvorschlag für ein Vorstellungsgespräch. Angela Sperling reiste also in die hessische Landeshauptstadt, stellte sich vor und bekam den gewünschten Arbeitsplatz. Sie bekam sogar noch mehr: Frau Siebel hatte sich in dem Wiesbadener Betrieb auch schon nach einer kleinen möblierten Wohnung erkundigt und war auch hier fündig geworden. Angelas Herz jubelte und für einen kurzen Moment ging ihr die Frage durch den Sinn, ob der „alde Gott“ wohl tatsächlich bei dieser Sache seine Hände im Spiel gehabt hatte.

ơ

In der Familie gab es dann die erwarteten dramatischen Auseinandersetzungen um den Auszug der ältesten Tochter an einen so fernen Ort wie Wiesbaden. Von dort konnte sie kaum mal eben nach Hause kommen, um ihren Pflichten zu genügen und dies und jenes zu tun. „Das undankbare Mensch“ macht sich einfach davon und stellt dann auch noch Forderungen! Die Zweiundzwanzigjährige hatte doch tatsächlich nach ihrem eigenen Sparbuch gefragt, das es doch geben müsse. Sie bekam das rote Heftchen dann auch nach mehrmaliger Nachfrage in die Hand und musste zu ihrem großen Entsetzen feststellen, dass es bis auf die geringe Ersteinlage gar kein Sparguthaben gab: Marie Sperling hatte das Geld ihrer Tochter doch tatsächlich vollständig ausgegeben und entweder selbst verbraucht oder umgesetzt in Dinge, die Angela sich nie und nimmer selbst gekauft hätte, nicht in diesen Formen und Farben und nicht in diesen Mengen. Was kam da nicht plötzlich alles auf den Tisch, was als notwendige Aussteuer von ihrer Mutter angeschafft worden war: kleine und große Küchengeräte, ein mehrteiliges Ess- und Kaffeeservice, Bettwäsche, Handtuchsets und andere Heimtextilien. Angela war entsetzt. Was sollte sie mit all dem Krempel? Sie hätte viel lieber den Gegenwert für diese Dinge als Guthaben auf ihrem Sparbuch gehabt. Aber da war nichts!

„Das habe ich alles für dich gekauft", betonte die Mutter und war offenbar sehr stolz auf ihre Kauf- und Sammelleistung hinter dem Rücken ihrer Tochter, die sie mit deren Geld finanziert hatte. „Das kannst du alles mitnehmen, wenn du gehst, und brauchst es auch nicht wieder herzubringen. Wer auszieht, ist draußen! Und wer draußen ist, bleibt draußen! Der braucht auch nicht wiederzukommen, und der bringt auch keine Dreckwäsche nach Hause. Der streckt seine Füße nicht mehr unter meinen Tisch und der staubt auch nichts ab aus der Vorratskammer und aus dem Keller. – So schließt sich das Kapitel Angela Sperling „In der Enke" in Eckertshofen, meine liebe Tochter. – Amen!"

Angela stand sprachlos und sehr blass vor dem Haufen Sachen, den die Mutter auf den Tisch geladen hatte. Was sollte sie zu dem allen sagen? Ihr fiel nichts ein; sie war nur unendlich traurig über das, was sich hier gerade vor den Augen und Ohren ihrer Geschwister abgespielt hatte. Ihr Vater bekam die Szene nicht mit. Er war auf Schicht. Der Auszug der ältesten Tochter war gerade durch Mutters Spottrede zum Rausschmiss geworden. Für den Moment vermochte die junge Frau nur, sich auf einen Stuhl fallen zu lassen. Sie vergrub ihr Gesicht in den Händen und weinte still vor sich hin, während Marie Sperling die Stube bereits verlassen hatte und die Geschwister eins nach dem anderen kommentarlos ebenfalls hinausgingen. Welch eine traurige Szene!

Angela Sperling überstand die Tage bis zu ihrem Umzug vom Dorf am beschaulichen Dreisbach in die Stadt am großen Rhein mit Seufzen und Stöhnen. Die Demütigungen und Schmähungen ertrug sie, denn innerlich war sie doch beseelt von der Freude, endlich herauszukommen aus der Enge ihrer Familie in die Weite der selbstbestimmten Freiheit. Welch eine Veränderung für die junge Frau! Doch das Loslassen fiel ihr dann doch nicht gerade leicht – besonders der Kirchenchor und seine Leute würden ihr fehlen und ihre kleine Schwester Birgit, ihre „Erbin", das arme Ding –. Angela war bereit, mutig und entschlossen, Neues in die Hände und in ihr junges Leben zu nehmen: Neues am Arbeitsplatz, in ihrer unmittelbaren Wohnumgebung, in dieser großen hessischen Landeshauptstadt Wiesbaden mit dem Taunus im Hintergrund und Mainz, der rheinland-pfälzischen Landeshauptstadt, auf dem flachen Ufer der anderen Rheinseite. Wie viel Neues kam da auf sie zu?! Das wollte sie alles in der kommenden Zeit erkunden und erforschen und sich in dieser Region „häuslich" einrichten. Wunderbar! Vielleicht fand sich ja auch an diesem neuen Ort irgendwann ein „ Deckel" auf den „Topf".

Bei diesem Gedanken musste Angela über sich selbst lächeln: Ein „Deckel", der nur ihr gefiel und der nicht den Wünschen der Mutter entsprechen musste; einer, der ihr Herz eroberte und dem sie sich gerne hingeben würde. Angela Sperling geriet innerlich immer wieder einmal ins Schwärmen bei der Erkenntnis, dass für sie endlich das Leben begonnen hatte, ein Leben, von dem sie schon wusste, dass es nicht nur voller Sonnenschein sein würde, sondern dass es auch Wolken gab und Unwetter auftreten konnten. Aber all das, was kommen würde, war künftig allein ihr Ding, und sie würde es meistern! Darauf freute sie sich.

Angela Sperling hatte ein paar Wochen nach ihrem Umzug die Eckertshofener Vergangenheit abgehakt, zumindest hatte sie die dunklen Erinnerungen so weit verdrängt, dass sie sie nicht mehr in die Nächte verfolgen konnten. Die junge Frau hatte sich modisch neu und städtisch eingekleidet und auch ihre Frisur den neuen Lebensbedingungen abgepasst. In allen Dingen nach vorne ausgerichtet war sie der glücklichste Mensch der Welt! Nun, zumindest einer von den glücklichsten.

Es dauerte auch gar nicht lange, bis das Glück der jungen Frau um ein gutes Stück anwuchs. Die Neuhessin fand einen Arbeitsplatz im hessischen Wirtschaftsministerium, den sie gerne mit ihrem vorigen tauschte. Auch zog sie aus ihrer Einzimmerwohnung in eine größere Zweizimmerwohnung, die sich ein paar Straßen weiter anbot. Wunderbar, welchen Platz sie jetzt hatte und welchen Raum zur Gestaltung ihres Lebens! Dann fand sie nach und nach Menschen, mit denen sie in guter Freundschaft zusammen unterwegs sein konnte, nach der Arbeit, an den Wochenenden und zu Kurzurlauben. Alle diese Dinge gaben Angela innere Kraft und die Gewissheit, allen häuslichen Unkenrufen zum Trotz, ein wertvoller und liebenswerter Mensch zu sein.

Der Besuch nach langer Zeit zu Hause sollte ihr zwar das Gegenteil beweisen, aber Angela war inzwischen innerlich so stark, dass sie die Verbalattacken ihrer Mutter wegstecken konnte. Sie gewann allerdings sehr bald die Erkenntnis, dass sie das Wochenende besser in Wiesbaden verbracht hätte. Immerhin hatte sie ihrer kleinen Schwester, die nun als Sündenbock herhalten musste, Zeit schenken und ihr Mut zusprechen können, noch bis zu ihrer Volljährigkeit durchzuhalten, es ihr dann gleichzutun und sich einen neuen Wohnort zu suchen.

Waltraud Sperling, die mittlere der drei Schwestern, hatte inzwischen ebenfalls das Elternhaus verlassen und arbeitete als Krankenschwester in der bekannten Kerckhoff-Klinik in Bad Nauheim am Ostrand des Taunus. In dieser Gesundheitsstadt hatte sie auch Friedhelm kennengelernt, einen jungen Mann, der ihr fester Freund geworden war. Angela müsse diesen jungen Mann unbedingt kennenlernen. Dafür dürfe sie gerne auf die andere Taunusseite kommen, um mit ihr ein paar Tage Kurzurlaub zu verbringen. Die ältere Schwester nahm sich also ein paar Tage frei und fuhr in die Kur- und Gesundheitsstadt in der westlichen Wetterau. Dort verbrachten die beiden jungen Frauen ein paar fröhliche gemeinsame Tage – Tage mit nachhaltigen Folgen.

„Wie wär's, wenn wir später zum Schlittschuhlaufen auf die Kunsteisbahn gehen? Die ist nachmittags für Besucher offen", schlug Waltraud ihrer Schwester einmal vor. „Friedhelm kommt auch und bringt seinen Freund mit. Dann sind wir zu viert und haben sicher eine Menge Spaß."

„Den werden wir schon deshalb haben, weil ich seit wer weiß wann nicht mehr auf Schlittschuhen gestanden habe und wohl mehr auf dem Hintern sitzen werde als auf den Kufen stehen", lachte Angela.

„Mir wird das nicht viel anders gehen", lachte Waltraud zurück. „Aber wir haben doch zwei Männer dabei; die heben uns gerne immer wieder auf."

„Wir werden sehen, Schwesterchen, wie gerne die das tun. Wie heißt der Freund von deinem Freund?"

„Horst; er wohnt bei Bad Homburg und ist staatlich geprüfter Elektrotechniker. Ich bin ihm schon mal begegnet; er sieht gut aus und müsste so alt sein wie du, ist schlank und wenigstens einen halben Kopf größer als du", antwortete Waltraud. „Aber erschrick nicht, wenn du ihn siehst."

„Warum sollte ich erschrecken? Hat der Jüngling keine Haare auf dem Kopf oder keine Zähne im Mund?" Angela musste über ihre eigene Rückfrage lachen.

„Lass dich überraschen", antwortete die Schwester. „Ich weiß ja nicht, ob du bärtige Männer magst."

„Alle, die mit uns auf Kaperfahrt fahren, müssen Männer mit Bärten sein", zitierte Angela ein Lied, das sie früher einmal in der Schule gelernt und bei Waltrauds Hinweis plötzlich in ihrem Kopf hatte. „Also auf ins Eisabenteuer", freute sie sich, „und hinein in die bärtige Überraschung."

Tatsächlich hatte es die Überraschung in sich: Angela war von Horst vom ersten Moment an fasziniert. Ein toller Kerl: gut aussehend und tatsächlich größer als sie, wobei sie ja nicht gerade klein war. Er hatte gute Manieren, war ein echter Kavalier und überhaupt nicht aufdringlich. Nicht schlecht, dieser junge vollbärtige Mann! Dem Vergleich mit jenem kleinen dicken Franz-Josef Haßler hielt er jedenfalls gut und gerne stand!

Als die vier jungen Leute später nach einer Limo-Runde im Eishallen-Lokal auseinandergingen, wusste Angela noch einiges mehr von Horst Olbertz, weil er geduldig ihre Fragen beantwortet hatte: Seine Familie gehöre zur katholischen Kirche, aber mehr auf dem Papier als in der Praxis. Er sei der Älteste von vier Geschwistern und sei am 03. Mai 1953 geboren. Einer seiner beiden Brüder und seine Schwester hielten sich zu einer besonderen christlichen Gemeinde. Sie hätten „eine Entscheidung für Jesus getroffen", wie sie es bezeichneten, was auch immer das bedeuten mochte. Er selbst wohne mit seinem anderen Bruder in einer eigenen kleinen Wohnung zusammen, weil das Zusammenleben in der großen Familie zuletzt schwierig gewesen sei. Der Vater sei leider

Alkoholiker und deshalb zuweilen schwer zu ertragen. Zudem sei er vorzeitig berentet und hinge nur noch zu Hause rum. Die Mutter sei ein herzensguter Mensch. Sie trage die schwierige Situation mit viel Geduld und Nachsicht und halte die Familie zusammen. Zuletzt fragte Horst, ob Angela irgendwann einmal wieder nach Bad Nauheim komme. Er würde ihr gerne wieder begegnen.

Waltraud hatte die Frage mitangehört und nickte ihrer Schwester aufmunternd zu, als wollte sie damit ausdrücken: „Sag bloß Ja!“ Angela sagte dann auch: „Gerne komme ich wieder hierher. Ich bin ja froh, dass ich mit meiner Schwester wieder eine gute Verbindung habe.“

„Können wir uns dann auch wiedersehen?“, fragte Horst mit einem Blick, der eine deutliche Bitte ausdrückte.

„An mir soll es nicht liegen, Horst. Wir können gerne wieder zu viert etwas unternehmen, wenn Friedhelm und Waltraud einverstanden sind.“ In Angelas Antwort schwang bereits so etwas wie Begeisterung für den Gedanken eines Wiedersehens und die stille Hoffnung, in Horst vielleicht ihr „Deckelchen“ kennengelernt zu haben.

8. Horst

Angela Sperling und Horst Olbertz trafen sich in den folgenden Wochen und Monaten immer wieder in Bad Nauheim, wo sie mit Waltraud und Friedhelm in der Kurstadt und in deren Umland mit dem Auto oder zu Fuß unterwegs waren. Dabei lernte die junge Frau aus Wiesbaden nicht nur den jungen Mann aus Bad Homburg mehr und mehr kennen, sondern auch die wichtigsten Sehenswürdigkeiten der Stadt ihrer Schwester: Sie staunte zum Beispiel über die umfangreichen Gradieranlagen mit dem berühmten Windmühlenturm mittendrin. Dazu erklärte Horst, der alte Turm trüge leider schon lange keine Flügel mehr, um mit Windkraft ein Soletransportsystem in Bewegung zu setzen, aber er stünde unter Denkmalschutz, weil er in den Solebädern Deutschlands so ziemlich einmalig sei. Die weitaus meisten Gradieranlagen in deutschen Heilbädern funktionierten heute auch ohne diese alte Technik.

Das sogenannte „Große Rad", ein anderes bekanntes technisches Denkmal im Bad Nauheimer Ortsteil Schwalheim, begeisterte die vier jungen Leute bei einem Ausflug an den Flusslauf der Wetter. Angela staunte, dass Horst auch zu diesem Teil einiges zu sagen wusste: Das Wasserrad habe zehn Meter Durchmesser und sei ein unterschlächtiges, weil das Wasser von unten dem Rad in die Schaufeln griff. Dieses riesige Wasserrad habe einst über ein mehr als 1,3 Kilometer langes Holzgestänge ein Pumpwerk angetrieben, das Sole zu den Nauheimer Gradierwerken beförderte. Das sei schon damals eine hervorragende Technik gewesen!

Angela war zunehmend fasziniert von dem jungen Mann,

der so viel wusste, und sie begann, bewusst seine Nähe zu suchen, wenn sie gemeinsam unterwegs waren. Das tat sie auch, als sie einmal vor dem Haus Nr. 14 in der Goethestraße standen und der Erklärung von Friedhelm zuhörten: Hier habe von 1959 bis 1960 für etwas mehr als ein Jahr der berühmte amerikanische Schauspieler, Sänger und „King of Rock 'n' Roll" Elvis Presley gewohnt, während er beim amerikanischen Militär in Deutschland gewesen sei. Er habe in einer Panzerdivision in den Ray Barracks im benachbarten Friedberg als Sergeant gedient. Dieser smarte GI mit seiner berühmten Locke und der Gitarre sei einer der erfolgreichsten Film- und Musikkünstler der Welt gewesen und sein Hüftschwung sei einfach unnachahmlich.

Als Ergänzung zu seinem Bericht stimmte Friedhelm einen Song an, der in Deutschland gerade sehr aktuell sei. Er gehe auf das alte deutsche Volkslied „Muss i denn, muss i denn zum Städtele hinaus, und du, mein Schatz, bleibst hier" zurück, das von Elvis Presley englisch und deutsch gesungen worden und durch den Film „Café Europa" seit 1960 bekannt sei. Leider habe er, der Hessenjunge, nur eine bescheidene Luftgitarre dabei, scherzte Friedhelm und sang das Lied in typischer Elvis-Manier einschließlich Hüftschwung.

„Muss I denn, muss I denn zum Stadtele hinaus,
Stadtele hinaus, und du, mein Schatz, bleibst hier?
There's no strings upon this love of mine,
it was always you from the start.
Sei mir gut, sei mir gut, sei mir wie du wirklich sollst,
wie du wirklich sollst, 'cause I don't have a wooden heart."

„Ein guter Auftritt!", lobte Waltraud ihren Freund und klatschte ihm Beifall. „Dir fehlt nur das richtige Outfit:

Haarlocke, bestickter weißer Anzug mit Schlaghose. Dann könntest du den Elvis öffentlich mimen."

„Aber ein guter Text", bestätigte Angela. „Liebe ist in der Tat nichts für „wooden hearts", hölzerne Herzen. – Ich habe übrigens auch keins von der Sorte, sondern eins aus Fleisch und Blut." Den letzten Satz sagte sie mit einem deutlichen Seitenblick auf Horst, der allerdings von irgendwelchen Passanten abgelenkt wurde und diese „Anmache" nicht mitbekam.

Als die vier später bei Kaffee und Kuchen im Café Müller am Aliceplatz saßen, berührten sich unter dem Tisch die Beine von Angela und Horst. Dem wich keiner von beiden aus. Quer über den Tisch suchte zugleich Angelas rechte Hand die linke von Horst und das ließ der junge Mann zu. Dieser Geste folgte ein Blickkontakt, der bereits Bände sprach. War das schon etwas, das sich weiterentwickeln konnte? Sprachen da im Hintergrund bereits die Herzen zueinander, die beide keine „wooden hearts" waren?

Auf dem Weg nach Hause blieben Angela und Horst wie von ungefähr hinter Waltraud und Friedhelm zurück. Die beiden hatten das wohl nicht bemerkt und gingen einfach weiter. Vielleicht hatten sie es aber doch bemerkt und waren sogar einverstanden damit. Es mochte ja sein, dass die Schwester und der Freund sich Besonderes zu sagen hatten, wozu sie ein wenig Abstand von den Freunden brauchten.

„Darf ich deine Hand nehmen?", hörte Angela sich mutig fragen, wobei Horst nur noch antworten konnte: „Du hast sie doch bereits." Die junge Frau hatte tatsächlich nach der Hand ihres Begleiters gegriffen und hielt sie fest in der ihren.

„Könnte das was werden mit uns?" Diese Frage stellte zur Freude der Frau jetzt der Mann. Der hatte die folgende Antwort wohl bereits erwartet, freilich nicht in dem Wortlaut, den er zu hören bekam: „Wenn du glaubst, ich könnte als Topf taugen, für den du der Deckel bist."

Horst blieb stehen und wandte sich Angela zu: „Diese komische Rede musst du mir erklären. Topf und Deckel? Diese Zuordnung kenne ich aus der Küche oder aus der Technik, aber nicht vom Umgang der Leute miteinander."

Angela Sperling war gerne bereit, Horst Olbertz die Herkunft und den Hintergrund dieser Formulierung aus ihrer familiären Vergangenheit zu erklären. Sie machte das ganz sachlich, als sei die Zuordnung der Begriffe in ihrer heimatlichen Gegend üblich gewesen; und sie tat es, ohne dabei ihre Mutter bloßzustellen oder auch nur zu rügen. Dabei hielt sie jetzt beide Hände ihres Gegenübers in den ihren und schaute ihm für einen Moment tief in die Augen, ähnlich, wie vorhin am Tisch. Ob dieser Blick Horst irritiert hatte? Er entzog Angela seine Hände und wandte sich zum Weitergehen.

„Hab ich jetzt etwas falsch gemacht, Horst?", fragte Angela ein wenig erschrocken.

„Nein! Das hast du nicht!", gab der bestimmt zurück. „Ich hatte nur bemerkt, dass Friedhelm und Waltraud sich umgedreht hatten und wegen uns stehen geblieben sind. Ich will die beiden nicht auf falsche Gedanken bringen."

„Und was wären falsche Gedanken?", forschte die junge Frau nach.

Horst zögerte für einen Moment. Dann sagte er: „Ein falscher Gedanke wäre wohl, dass mit uns beiden schon alles klar ist."

„Ist es das nicht?" Auch diese Frage klang ein wenig besorgt.

Horst zögerte wieder einen Moment mit seiner Antwort. „Grundsätzlich sind wir uns, so glaube ich, einig von wegen Topf und Deckel. Aber ich glaube auch, dass wir beide uns noch ein paar Tage Zeit geben sollten. Wir müssen noch ein wenig das Maßband benutzen."

„Maßband benutzen?" Angela schien nicht zu verstehen.

„Das ist doch einfach, Angela", erklärte Horst, „ein 26er Deckel passt weder auf einen 28er noch auf einen 24er-Topf. Wir müssen also schon noch ein bisschen austesten, ob Topf und Deckel dieselben Maße haben. Kapiert?"

„Ja, Horst!", gab Angela erleichtert zurück und fragte sogleich: „Wie viel Zeit brauchen wir zum Messen?"

„Vielleicht vier Wochen?", mutmaßte Horst. „Vielleicht bis zum nächsten Treffen? Wir werden sehen."

„Gut, wir werden sehen", gab Angela sich zufrieden und schlug vor, sich den beiden anderen wieder anzuschließen. Schon rief sie ihnen zu: „Wartet, wir möchten den Rest gemeinsam gehen."

Das nächste Treffen, zu dem sich der Club der vier Freunde verabredet hatte, musste leider ausfallen. Angela Sperling war plötzlich und unerwartet von einer äußerst schmerzhaften Gesundheitsattacke überrascht worden. Wie aus heiterem Himmel war ihr während ihrer Arbeit am Schreibtisch ein heftiger Schmerz in die rechte Gesichtshälfte eingeschossen. Was war das denn? Die junge Frau hätte unter die Decke gehen können. Aber genauso schnell, wie der Schmerz aufgetreten war, verschwand er auch wieder, um sich Minuten später erneut einzustellen. Solche heftigen Schmerzen hatte Angela noch nie erlebt. Sie hätte am liebsten laut aufgeschrien. Aber sie saß an ihrem Arbeitsplatz und wollte kein Aufsehen erregen. Also biss sie die Zähne zusammen und hielt sich nur mit der Hand das Gesicht.

Als sich die Schmerzattacken in wenigen Stunden öfter wiederholten, wurde der Gang zum Dienstarzt im eigenen Haus dringend, wobei dessen Befund rasch erstellt war. So wie die Patientin die Sache beschrieb, musste hier eine Trigeminus-Neuralgie vorliegen, deren Auslöser allerdings nicht leicht festzustellen war. Es gab keine äußerlichen Anzeichen für die Ursache der Attacke. Für den behandelnden Arzt und noch mehr für Angela selbst war es beruhigend, dass die Intervalle zwischen den Schmerzüberfällen nicht gleich waren, sondern größer zu werden schienen. Das ließ darauf schließen, dass diese Trigeminus-Neuralgie keine tiefer liegenden Ursachen zerebraler Art haben konnte. Dennoch wurde die Patientin zu einigen Fachärzten geschickt.

Die Radiologen, Neurologen und HNO-Spezialisten sollten ihrerseits die Diagnose beurteilen und raten, was zu tun sei. Von den Damen und Herren in Weiß fand aber keiner eine Antwort auf die offenen Fragen um dieses Phänomen. Nur der zusätzlich konsultierte Zahnarzt glaubte, Hilfe zu wissen. Er schlug als Maßnahme vor, zwei Zähne aus dem Wirkungsbereich des *nervus trigeminus* zu entfernen. Das müsste eigentlich helfen. Ansonsten blieb die Patientin angewiesen auf die verabreichten Medikamente: Schmerzmittel in hoher Dosierung, die es in sich hatten. Die schlugen auch an und das Problem wurde geringer, bis schließlich die Attacken nach ein paar Wochen ganz ausblieben. Gott sei Dank!

In dieser Krankheitsphase war es Angela Sperling natürlich nicht nach Reisen zumute und so musste sie sich gedulden, bis sie wieder in der Lage war, Horst Olbertz begegnen zu können. Sie wollte es nicht riskieren, in seiner Anwesenheit plötzlich eine Schmerzattacke erleiden und aushalten zu müssen. Deshalb informierte sie ihn per Brief davon, dass sie leider erkrankt sei, Zahnprobleme habe und wohl auf zwei ihrer Backenzähne verzichten müsse. Das ginge hoffentlich alles bald vorüber, und einer erneuten Begegnung stünde dann nichts mehr im Wege. Sie freue sich schon darauf.

Horsts postalische Antwort zeigte viel Mitgefühl und Bedauern und große innere Anteilnahme. Sie signalisierte auch eine gewisse Sehnsucht nach der Freundin und Vorfreude auf das nächste Treffen in Bad Nauheim.

Das gab es dann auch im Sommer 1977 und brachte die beiden jungen Menschen wieder ein Stück näher zueinander. Sie trafen sich zunächst allein im Kurpark von Bad Nauheim, wo sie es sich auf einer Bank in der Sonne gemütlich machten. Waltraud und Friedhelm wollten später dazukommen.

Zunächst sprachen die beiden über die Krankheit, die hoffentlich völlig überstanden sei. Dann sprachen sie über die Nachricht, dass der berühmte Elvis Presley plötzlich an einem Herzversagen verstorben sei. Um das traurige Ereignis herum und über mögliche Ursachen und Umstände seines Todes werde ja eine Menge Merkwürdiges und Fragwürdiges geredet, von plötzlichem Herztod durch Fettleibigkeit oder Drogen, oder ...

Mitten in dieses Thema hinein fragte Horst plötzlich und völlig unvermittelt: „Wann besuchen wir meine Eltern? Ich möchte dich ihnen vorstellen."

Angela glaubte nicht recht verstanden zu haben und fragte zurück: „Wir sollen deine Eltern besuchen? Hast du denn inzwischen nachgemessen?"

„Gute Frage", gab Horst zurück. „Hast du denn gemessen?"

Angela beantwortete diese Frage mit einer Gegenfrage. „Also wann besuchen wir deine Eltern zur Vorführung von Topf und Deckel?"

„Von mir aus am nächsten Wochenende, wenn du dich gesund genug fühlst", antwortete Horst, nahm Angela herzlich in den Arm und drückte sie an sich. „Ich freue mich riesig über deine Entscheidung."

Angela rückte noch ein wenig näher an Horst, der jetzt „ihr Horst“ war und perfekt zu ihr passte. Ihrem Glück konnte jetzt nichts mehr im Wege stehen. „Gibt es eine Verlobung?“, fragte sie und drückte Horst die freie Hand.

„Haben wir das nicht schon gemacht?“, fragte der junge Mann zurück. „Wenn wir uns einig sind, brauchen wir doch keine offizielle Feier. Topf und Deckel passen zueinander. Das reicht doch?!“

„Ja,“, stimmte Angela zu. „Besuchen wir also deine Eltern und dann meine. Das muss ja wohl auch sein, auch wenn mir davor ein wenig graust. Danach machen wir die weiteren Pläne. Einverstanden?“

„Ja, mein Liebes! Und nachher laden wir Waltraud und Friedhelm zum Kaffee ein und feiern unser Messergebnis.“ Diese Feststellung besiegelte fürs Erste die durchaus ein wenig unkonventionell formulierte Absicht der beiden, den Bund fürs Leben miteinander einzugehen. Sie waren sich einig, und alles Weitere würde sich in den nächsten Wochen und Monaten ergeben.

Die geplanten Vorstellungsbesuche der beiden Verliebten gestalteten sich sehr unterschiedlich. In Horsts Familie ging es locker und fröhlich zu. Die künftige Schwiegertochter und Schwägerin wurde freundlich aufgenommen und von allen ohne Bedenken angenommen. Niemand hatte Zweifel daran, dass die beiden zusammenpassen könnten. Eine Beziehung müsse sich ja auch entwickeln. Schließlich garantiere ein Führerschein ja noch nicht, dass sein Erwerber auch wirklich fahren könne. Die Praxis mache erst den fähigen Fahrer. So sei das in einer Ehe auch, meinte Frau Olbertz. Mit einem Seitenblick auf ihren Mann fuhr sie fort, selbst die besten

Fahrkünste gäben keine Garantie, dass die gemeinsame Reise stets ohne technische Mängel am „Fahrzeug“ und dazu unfallfrei verlaufe. Ein gutes Bild der künftigen Schwiegermutter, fand Angela und freute sich darüber, dass Frau Olbertz ihr schon bald das vertrauliche Du anbot.

Als die jungen Leute der Familie dann ohne die Eltern beieinander waren, stellten Horsts Schwester Ilona und sein Bruder Hermann den beiden Hochzeitsanwärtern eine interessante Frage: „Seid ihr euch eigentlich sicher, dass Gott euch für euer gemeinsames Leben zusammengeführt hat?“

Das war ja nun eine Frage! Über so etwas hatten die beiden bisher überhaupt nicht nachgedacht. Angela fiel in dem Moment freilich der Ausspruch jenes Mannes ein, der in Sasbachwalden am Ende des Dreißigjährigen Krieges, seine spätere Frau fand. „Der alde Gott lebt noch“, hatte er festgestellt und diese Frau als ein Gottesgeschenk angenommen. Hatte dieser Gott mit ihnen beiden, also mit Horst und mit ihr, etwa auch etwas zu tun? Der kam in ihrer beider Leben seit einiger Zeit doch gar nicht mehr vor. Horst war, wie er ihr gegenüber bekannt hatte, aus der katholischen Kirche ausgetreten, und Angela, hatte seit ihrem Auszug aus Eckertshofen auch keinen Gottesdienst mehr besucht. Und jetzt stand plötzlich diese Frage im Raum, gestellt von zwei Menschen, von denen Horst gesagt hatte, sie hätten eine Entscheidung für Jesus getroffen und würden seitdem eine besondere Gemeinde besuchen.

Aber die Frage brauchte doch eine Antwort. Wie sollte oder musste die aussehen? In Angelas Kopf arbeitete es fieberhaft. Schließlich sagte sie: „Ich will ehrlich antworten: Ich weiß es nicht! Wenn ich an das ein oder andere denke, was ich früher einmal gehört und gelernt habe, dann kann ich nur hoffen, dass das richtig war und dass Gott uns zusammengeführt hat. Ich habe Horst von mir aus gar nicht gesucht. Der ist mir doch wundersam über den Weg geschickt worden. – Sag du auch etwas dazu, Horst." Angela schaute ihren Liebsten erwartungsvoll an.

Jetzt geriet der ein wenig in Zugzwang, aber er brauchte nicht so lange wie Angela, bis er eine Antwort geben konnte: „Ich war auch schon mal näher bei Gott, als ich es jetzt bin. Aber so fromm, wie ihr beide, Ilona und Hermann, wollte ich nicht werden; das wisst ihr. Zugegeben, die Zeit in Frankfurt mit den Freunden, die ich damals hatte, hat mir nicht gutgetan. Sie hat mir ein falsches Leben vorgegaukelt und mich geistlich ins Abseits gestellt. Also: So wie wir uns gefunden haben, kommt nicht von ungefähr. Das glaub ich sicher. Und ob Gott unsere Ehe später bestätigt, wird sich erweisen."

„Betet doch dafür, dass er es tut", schlug Ilona vor. Und Hermann ergänzte: „Seit wir von eurer Verbindung wissen, steht ihr neben manchen anderen Leuten auf unseren Gebetszetteln."

„Dann lasst uns draufstehen", sagte Horst, als wäre ihm der Gedanke ein wenig unangenehm, „und lasst uns jetzt von was anderem reden."

Bei diesem Wunsch kam ihm sein Vater ungewollt zu Hilfe. Er kam mit der Nachricht ins Zimmer, Bundeskanzler Helmut Schmidt habe die Männer der GSG 9 besonders geehrt. Diese Elitetruppe unter der Führung ihres Kommandeurs Ulrich Wegener hatte am vergangenen Dienstag die nach Mogadischu in Somalia entführte „Landshut" in der Operation „Feuerzauber" befreit. Eine tolle Geschichte um dieses Flugzeug und seine Insassen! Damit hatten die jungen Leute ein Thema, über das es sich noch eine Weile zu reden lohnte, zumal mit dieser Materie der kollektive Selbstmord der RAF-Terroristen Jan-Carl Raspe, Andreas Baader und Gudrun Ensslin im Hochsicherheitsgefängnis von Stuttgart-Stammheim und der brutale Mord an dem Manager und Wirtschaftsfunktionär Hans-Martin Schleyer unmittelbar zusammenhing. Schlimme Dinge die im Olbertzschen Wohnzimmer jetzt die Gemüter beschäftigten und die Gedanken über eine bevorstehende Hochzeit ein wenig in den Hintergrund drängten.

Der Vorstellungsbesuch in Angelas Siegerländer Heimat am letzten Oktoberwochenende nahm einen ganz anderen Verlauf. Hier erlebten die beiden verliebten jungen Leute eine gänzlich andere Familienatmosphäre. Der Empfang war formal und frostig. Im Wohnzimmer war kein Tisch gedeckt für ein gemeinsames Kaffeetrinken. Vater Henner saß vor dem Fernseher, Mutter Marie hatte einen Korb mit Wäsche vor sich und Birgit schien eine gerade erst abgeklungene Abreibung zu verarbeiten. Die inzwischen Fünfzehnjährige saß mit verheultem Gesicht und untergeschlagenen Beinen in einem Sessel und versuchte wohl, in dem Buch zu lesen, das sie vor sich hatte. Sie war die Einzige, die sich von ihrem Platz erhob, um die beiden Gäste zu begrüßen. Die Freude, ihre große Schwester und den künftigen Schwager zu sehen, hellte ihr Gesicht auf. Ihre Freude laut werden zu lassen, wagte sie wohl nicht. Dafür wagte die Mutter, ihre Älteste sofort damit zu beauftragen, das Kaffeetrinken vorzubereiten. Sie wisse ja wohl noch, wo Geschirr und Besteck und sonst alles zu finden sei. Auf Horst blickend rollte sie missbilligend die Augen: Welch ein zugewachsener Mensch!

Als Angela schließlich gemeinsam mit Birgit den Kaffeetisch gerichtet hatte und alle Anwesenden ihren Platz eingenommen hatten – Henner Sperling hatte inzwischen den Fernseher ausgeschaltet –, musste der künftige Schwiegersohn sich bei Kaffee und Kuchen einem hochpeinlichen Verhör seiner künftigen Schwiegermutter unterziehen: Ob er keinen Rasierapparat besitze und deshalb einen Vollbart trage; ob er denn etwas Anständiges gelernt habe und eine Familie ernähren könne; ob er rauche oder trinke; was er denn in seiner Freizeit so mache und ob er seine Verlobte auch gut behandle und ihr treu sein werde.

Horst gab geduldig Antwort, während Angela sich zunehmend innerlich aufregte. Als ihre Mutter dann auch noch die defekte Kaffeemühle und das kaputte Bügeleisen herbeiholte und von der schwachen Saugkraft des Staubsaugers redete, damit der junge Mann den Schaden behebe – er sei ja schließlich Fachmann für solche Geräte –, platzte der Tochter doch der Kragen: „Gibt es hier keinen Elektriker mehr im Dorf, Mama? Ich wollte dir Horst vorstellen, damit du weißt, wen ich demnächst heiraten will, aber nicht, damit du testen kannst, wozu er taugt und wo er dir nützlich sein kann. Pack diesen Krempel wieder weg und lass uns in Ruhe Kaffee trinken und vernünftig über irgendwas reden. Welchen Eindruck nimmt Horst denn später mit, wenn wir wieder fahren?"

„Der Eindruck, den der mitnimmt, kümmert mich nicht", gab die Mutter grantig zurück. „Aber ich habe einen Eindruck von ihm und möchte wissen, ob er die Geräte reparieren kann oder nicht. Und wenn euch die Dinge hier nicht passen, bitte schön, dann fahrt dahin zurück, wo ihr hergekommen seid. Auf Wiedersehen!"

„Marie!", ließ sich Vater Henner nun auch einmal hören. „Nimm dich doch mal ein bisschen zusammen. Du kannst immer nur die Stimmung verderben. Wir haben schließlich Besuch."

Der Papa traut sich ja was, ging es Angela durch den Sinn. Laut sagte sie: „Lass schon, Papa. Wir halten das aus und fahren auch bald zurück. Dann hat Mama wieder ihre Ruhe vor uns.“

Die hatte Marie Sperling dann auch, denn so bald kamen Angela und Horst nicht wieder an den Dreisbach zurück. Dafür war die Enttäuschung über den Besuch „In der Enke“ einfach zu groß. Und die Mama als Gast der späteren Hochzeit? Gut, dass diese Frage vorläufig noch keine Antwort brauchte.

Bis dahin vergingen noch einige bewegte Monate für Angela und Horst. Der zog irgendwann zu seiner Verlobten nach Wiesbaden und fuhr von dort zu seiner Arbeitsstelle in Frankfurt. Darüber, ob das rechtens und zu verantworten sei, dass sie beide unverheiratet in einer gemeinsamen Wohnung lebten, machten sie sich keine Gedanken, wenngleich Horsts fromme Geschwister ihre Bedenken gegen die „wilde Ehe“ der beiden anmeldeten. Später begann der künftige Ehemann mit der Suche nach einem Arbeitsplatz in Wiesbaden. Das tägliche Hin- und Herfahren wurde auf die Dauer der Zeit doch lästig. Horst fand dann auch eine passende Stelle, die er am 1. April 1978 übernahm. Leider war diese Stelle mit dem Wechsel von Früh- und Spätschicht verbunden. Aber besser eine solche Stelle am Ort als keine.

In die Vorüberlegungen zu ihrem ehelichen Zusammenleben gehörte auch die Frage nach eigenen Kindern. Angela wollte gerne fünf an der Zahl haben. Dazu brauchte es allerdings eine größere Wohnung. Also gingen die beiden auf die Suche und wurden im Wiesbadener Stadtteil Erbenheim fündig. Die Sache aber hatte leider einen Haken: Die Vermieterin erbat von den beiden jungen Leuten die Vorlage ihres Trauscheins. Nur gab es dieses Papier noch nicht. Ob sie sich denn bis zum 28. April gedulden würde, fragten die beiden die Vermieterin. Nach diesem Tag wollten sie ihr gerne das gewünschte Ehedokument vorlegen. Die Dame war einverstanden, aber Angela und Horst waren dadurch in Zugzwang geraten. Diese schöne Dreizimmerwohnung wollten sie unbedingt haben. Und heiraten wollten sie ja auch. Also warum nicht am Freitag, dem 28. April? Dann konnten sie beide auch ihre Geburtstage im Mai als Eheleute in der neuen Wohnung feiern. Das war doch gut so! Jetzt war es an der Zeit, die konkrete Vorbereitung der Hochzeit in Angriff zu nehmen, damit ihre Zukunft an diesem Ort gesichert war.

Für Angela Sperling und Horst Olbertz galt es nun in den kommenden Wochen, ihren amtlichen Trautermin beim Standesamt im ehemaligen Rathaus von Erbenheim zu bestellen. Da sie beide über die erforderlichen Papiere verfügten, ging das problemlos über die Behördenbühne: Mit dem Standesbeamten vereinbart wurde Freitag, der 28. April 1978, vormittags 11.00 Uhr.

Den Termin für die kirchliche Trauung in der Kirche „Maria Aufnahme“ zu bestellen, war nicht so einfach. Horst war nicht Mitglied der katholischen Kirche. Er gehörte gar keiner Konfession an. Diese Tatsache führte zunächst einmal zu einem langen Gespräch mit dem Pastor der Gemeinde. Ob denn ein Wiedereintritt in die Kirche denkbar sei? Was wäre, wenn sie als Eheleute einmal Kinder bekämen? Die müssten auf jeden Fall katholisch getauft werden, wenn die Eltern schon katholisch getraut worden seien ...

Der gute Mann im schwarzen Anzug mit Kollarhemd war dem Anliegen der beiden jungen Leute nicht sehr zugänglich. Er habe schließlich seine kirchenrechtlichen Vorgaben und müsse sie beachten. Es brauchte also noch ein zweites Gespräch und die ausdrückliche Bereitschaft der jungen Leute, Kinder, wenn sie denn kämen, auch wirklich in die katholische Kirche aufnehmen zu lassen. Das sei nur durch die Taufe möglich. Wenn die künftige Ehefrau als Glied der römischen Kirche diese Absicht schriftlich bestätigen würde, könne man gerne einen Termin für eine kirchliche Trauung vereinbaren. Für Horst Olbertz war es kein Problem, dass Angela Sperling die entsprechende Zusage gab und die geforderte Unterschrift leistete. Damit stand dem Jawort der beiden am Nachmittag desselben Tages vor dem Altar nichts mehr im Weg.

Für die anschließende Familienfeier suchten die beiden dann noch ein passendes Lokal und fanden es im „Gasthaus zum Engel" etwa zehn Fußminuten von der Kirche entfernt. Der „Engel" war ein alteingesessenes Erbenheimer Haus mit gutem Ruf, eine „Stätte, wo fröhliche Gesellschaft gepflegt wird", wie die Bezeichnung „Engel" im Gastgewerbe erklärt wird. Eine solche Stätte war dieses Haus offenbar bereits „seit 1634", denn diese Zeitangabe stand auf der Hauswand. Das Probeessen im „Engel" ließ Gutes für die Feier einer „fröhlichen Gesellschaft" erwarten. Mit den Wirtsleuten waren Angela und Horst dann auch rasch einig: Für 16.00 Uhr terminierten sie das Kaffeetrinken, für 19.30 Uhr das Abendessen. Das Ende des Abends würde sich ergeben, und die Verhandlungen um die Kosten ergaben, dass die Rechnung später auch bezahlbar sein würde.

Als Nächstes erstellten Angela und Horst die Gästeliste. Allzu groß sollte die Gesellschaft nicht werden und sie sollte nicht weit über die Grenzen der Familien hinausgehen. Beide Elternpaare, die Geschwister mit Anhang, Paten, wenn sie denn auffindbar waren, die engsten Freunde und die nächsten Arbeitskollegen sollten eingeladen werden. Der bedeutende Tag konnte kommen!

Er kam und er wurde schön und hinterließ nachhaltige Eindrücke. Leider war das Wetter dem Hochzeitspaar und seinen Gästen nicht hold. Es war kühl an diesem Tag und es regnete immer wieder einmal. Zum Glück war es während des Fußweges der Hochzeitsgesellschaft von der Kirche „Maria Aufnahme“ zum Gasthaus trocken. In dieser kurzen Zeit konnten die Schirme geschlossen bleiben, in den Gebäuden wurden sie eh nicht gebraucht. Der geplante Spaziergang durchs Viertel zwischen den Mahlzeiten fiel leider dem Wetter zum Opfer. Dafür gab es dann ein lockeres fröhliches Programm im Raum, auf das sich einige der Gäste vorbereitet hatten.

Was blieb den Eheleuten Olbertz von diesem Tag für ihre gemeinsame Zukunft? Zum einen die Erinnerung an eine würdige Trauung vor dem Standesbeamten im alten Rathaus von Erbenheim. Die äußeren Zeichen für ihre künftige Zusammengehörigkeit trugen die beiden seitdem als schlichte goldene Ringe an ihren rechten Ringfingern.

Zum anderen blieben viele schöne Fotos in Schwarz-Weiß und auch schon in Bunt für das Album der beiden glücklichen Menschen. Es blieb die Erinnerung an gute Begegnungen mit großen und kleinen Leuten an den Tischen und in den Räumen; Erinnerungen an geistreiche und lustige Beiträge von einigen der Geschwister und Freunde und nicht zuletzt auch die schmackhaften Vorgaben der Küche des Hauses.

Und was blieb für das frischgebackene Ehepaar Olbertz vom geistlichen Teil des besonderen Tages? Die Erinnerung an einen schönen, feierlichen Gottesdienst mit Orgelspiel und Gesang und mit einem besonderen Lied zu der Aussage von Paulus aus Kolosser 3,14 „Über alles aber zieht an die Liebe, die da ist das Band der Vollkommenheit", im Duett vorgetragen von Ilona und Hermann. Das Refrain-Lied hatten die beiden irgendwo gefunden und für wert gehalten, dass sie es bei der Hochzeit für die beiden sängen:

Refrain:
Ziehet an die Liebe,
dem sie ist das Band der Vollkommenheit.
Wenn ihr Liebe habt, fehlt es euch an nichts.

Seid gütig einer dem andern,
lebt demütig euren Tag,
so habt ihr ein fröhliches Wandern,
was immer auch kommen mag.

Wenn ihr euch mit Nachsicht begegnet
und übt euch in guter Geduld,
dann wird euer Weg reich gesegnet,
getragen von Gottes Huld.

Dann schenkt Christus euch seinen Frieden,
dann lebt ihr in himmlischem Glück,
dann führt eure Zeit euch hienieden
am Ende zum Himmel zurück."[7]

7 Text: Lothar von Seltmann, o. J., Rechte beim Autor.

Ein sehr beeindruckender Vortrag von Horsts Geschwistern, den der Pastor in seiner kurzen Predigt sofort aufgriff: Liebe habe durch das Zeugnis des Neuen Testaments einen Namen. Dieser Name heiße Jesus Christus, wie es in der dritten Strophe ja auch angedeutet werde. Sich dieser Liebe und damit Jesus Christus hinzugeben, sei die rechte Grundlage des ehelichen Glücks und – so gelte es allen Gottesdienstbesuchern – des menschlichen Glücks überhaupt. Wer wollte schon auf dieses persönliche Glück verzichten? Und wer wollte den jungen Eheleuten dieses Glück für ihre Zukunft nicht gönnen und wünschen?

9. Björn Sonnenschein

Nach diesem denkwürdigen Tag konnten die jungen Eheleute Olbertz endlich auch die Wohnung beziehen, die sie zuvor ja bereits gemietet und auch schon nach ihren Vorstellungen her- und eingerichtet hatten. Die Heiratsurkunde brauchten sie ihrer Vermieterin nicht mehr vorzulegen. Die Frau hatte auf Einladung der beiden an dem Traugottesdienst teilgenommen und sich so selbst davon überzeugt, dass mit den jungen Leuten alles in Ordnung sei.

Die brauchten sich in ihren neuen vier Wänden nicht mehr aneinander zu gewöhnen, hatten sie doch zuvor schon eine Zeit lang in sogenannter „wilder Ehe" zusammengelebt. In die Flitterwochen an irgendeinem interessanten Ort brauchten sie also nicht zu reisen. Sie hätten zurzeit ohnehin nicht das Geld für eine größere Reise gehabt. Dafür nutzten sie ihre mit der Hochzeit verbundenen Urlaubstage für Spaziergänge in der näheren Umgebung der Stadt und der Uferbereiche von Main und Rhein und für Wanderungen in der weiteren Umgebung des Taunus und des Rheingaus. Wunderbare Tage voller Harmonie und Glück, die sich weit in die folgenden Wochen hineinzogen und auch noch in die des folgenden Jahres.

Zu ihren beiden Geburtstagen am 3. und 8. Mai luden sie Freunde ein, die sich mit ihnen über die neue Wohnung und das besondere Ereignis freuten und ihnen von Herzen noch einmal viel Glück für ihre Zukunft in Erbenheim wünschten. Wer weiß, vielleicht stand irgendwo schon ein Häuschen für sie bereit, das sie erwerben könnten, wenn sich einmal die Kinderschar einstellte, die die beiden sich sehnlichst wünschten.

Leider ließ dieser Traum auf sich warten. Trotz allen Bemühens im liebevollen Miteinander der Eheleute Olbertz stellte sich bei Angela keine Schwangerschaft ein. Woran das wohl liegen mochte? Lag es an Horst, dass er vielleicht zeugungsunfähig war? Lag es an Angela, dass sie vielleicht empfängnisunfähig war? Passten sie beide biologisch nicht zueinander? Beide Ehepartner wurden zunehmend nervös, je weiter die Zeit fortschritt. Schließlich beschlossen sie, den Rat eines Facharztes einzuholen.

„Aber Sie sind doch gerade einmal ein Jahr verheiratet", meinte der Frauenarzt. „Da sollten Sie sich mal noch keine Gedanken machen über eine Sterilität, die möglicherweise Ihren Kinderwunsch hindert. Bleiben Sie dran und seien Sie ganz entspannt. Das wird schon werden."

„Sie haben gut reden, Herr Doktor", gab Angela deutlich bekümmert zurück. „Und wenn nun doch so etwas besteht wie das, was Sie Sterilität nennen?"

Der Facharzt atmete einmal tief ein: „Im Ernst, Ehepaar Olbertz, nach einem Jahr vergeblicher Versuche möchte ich Sie noch nicht hineinnehmen in die Mühle der Untersuchungen, in die Sie sich begeben müssen, um Ihre Frage zu beantworten."

„Und Sie meinen wirklich …?", fragte Horst noch einmal nach.

„Ich meine wirklich, Herr Olbertz", versuchte der Arzt zu beruhigen. „Wenn sich in einem Jahr nichts getan hat bei Ihnen, mögen Sie wiederkommen. Dann sehen wir weiter. Lassen Sie den Mut noch nicht sinken. Wie hatte ich gesagt? Bleiben Sie dran, ohne Druck und einfach lustvoll!"

Den Rat des Doktors nahmen sich die beiden zu Herzen, die sich zu ihrem Glück nichts mehr wünschten als ein Kind. Sie steigerten sich allerdings auch immer mehr in den Gedanken hinein, keine Kinder bekommen zu können. Jede Frau mit Kinderwagen, die irgendwo zu sehen war, ließ die innere Unruhe des Ehepaars stärker werden und schuf schon beinahe so etwas wie Verzweiflung vor diesem besonderen Schicksal. Aber gab es denn nicht andere Wege, diesem Schicksal in die Speichen zu greifen? Es gab sie natürlich. Auch für Angela und Horst. Die beiden mussten sie nur beschreiten. Also erkundigten sie sich beim Jugendamt der Stadt Wiesbaden nach den Möglichkeiten, ein Pflegekind aufzunehmen, das sie möglicherweise später adoptieren könnten. Freilich hinterließ das Gespräch mit der Sachbearbeiterin mehr Frust als Lust: Welch eine Fülle von Papieren wäre da auszufüllen, unendlich viele Gespräche zu führen, um ihre Tauglichkeit nachzuweisen, Pflegeeltern sein zu können! Warum musste eine solche Prozedur so verzwickt sein? Einen solch komplizierten Weg wollten die beiden aber dann doch nicht auf sich nehmen, und sie ließen den Plan enttäuscht und frustriert fallen.

Dass sich in dieser Phase der Überlegungen für Angela plötzlich eine Tür auftat, ein Kind ins Haus zu bekommen, kam wie aus heiterem Himmel: Eine Frau in der näheren Nachbarschaft suchte eine Tagesmutter für ihren Jungen, weil für sie selbst der Mutterschaftsurlaub zu Ende ging und sie ihren Arbeitsplatz nicht verlieren wollte. Die Kinderlose meldete sich also bei der Kindesmutter, und bald war Roland mehrere Tage in der Woche unter der Obhut von Angela Olbertz. Die hatte zuvor ihre Arbeitszeit im Ministerium reduzieren und so organisieren können, dass sie die Aufgabe als „Ersatzmutter" auch leisten konnte, wie es gewünscht war.

Angela war seitdem nur noch glücklich! So glücklich, dass der Wunsch nach dem eigenen Kind die Dominanz in ihrem Denken und im gemeinsamen „Probieren“ verlor.

Das wiederum hatte Folgen, von denen die beiden Eheleute schon irgendwo etwas gelesen hatten: Es sei leichter, Kinder zu zeugen oder zu empfangen, wenn dahinter kein psychischer Druck stünde und wenn es keine emotionalen Belastungen gäbe. Eine solche Belastung hatten sich Angela und Horst selbst geschaffen mit ihrem unbedingten Kinderwunsch und ihrem zuletzt krampfhaften Bemühen. Diese Belastung war nun weg, seit Roland mehrmals in der Woche für mehrere Stunden bei seiner glücklichen und dankbaren Tagesmutter in der Wohnung war zum Spielen, Vorlesen und anderen Beschäftigungen. Bei gutem Wetter gingen sie auch draußen spazieren oder sie suchten Spielplätze auf. – Es war dann wohl der Urlaub im Juli 1979, der ihre Umstände auf besondere Weise veränderte.

Angela und Horst flogen nach Girona in Spanien, um von dort an die Costa Brava in das Küstenstädtchen Blanes weiterzureisen. Hier machten sie für zwei Wochen Ferien im „Hostal Regina“, quasi als spät nachgeholte Flitterwochen. Ein herrliches Fleckchen Erde mit viel Wasser und viel Strand, eine interessante Ortschaft mit guten Lokalen und auch mit einem Hinterland, das sich mit einem geliehenen Pkw zu bereisen anbot. Ein lohnendes Ziel für einen Tagesausflug war Barcelona, die Hauptstadt Kataloniens; ein anderes war das Gebirge Les Guilleries, das mit seinen Bergen und Tälern, Wäldern und Talsperren und vielen idyllischen Ortschaften einen starken Kontrast zur Küstenregion bildete. Es wurde den beiden Urlaubern nicht langweilig, auch wenn das mit dem Baden im Meer immer ein wenig kritisch war: Angela konnte nämlich nicht schwimmen. Deshalb hätte ihre Rettungsaktion für Horsts Badeschlappen durchaus übel ausgehen können, wenn der Mann seine Liebste nicht noch rechtzeitig am Arm erwischt hätte ...

Eine schöne Überraschung war dann die Tatsache, dass Angelas Regelblutung im August ausblieb. Sie blieb auch im September aus. Der Frauenarzt, den die dadurch irritierte Frau voller innerer Spannung aufsuchte, stellte nach seiner ersten Untersuchung lapidar fest: „Hatte ich es Ihnen nicht gesagt, Frau Olbertz, bleiben Sie dran ohne Druck und lustvoll. Das Ergebnis ist offenkundig. Und jetzt machen Sie Ihren Bauch frei. Ich mache noch eine Ultraschalluntersuchung."

„Was ist das?", fragte die werdende Mutter ein wenig ängstlich. Sie hatte davon zwar schon gehört und gelesen. Jetzt sollte sie das selbst erleben? Wozu sollte das gut sein?

„Das ist eine relativ neue Untersuchungsmethode, die seit diesem Jahr auch von den Krankenkassen akzeptiert und bezahlt wird", erklärte der Arzt. „Ich schaue in Ihren Bauch rein und mache sozusagen ein Foto von Ihrem Embryo. Das Foto gibt mir Aufschluss darüber, wie sich der Fötus entwickelt hat und ob mit dem kleinen Menschen alles in Ordnung ist. Das Bild von dem wachsenden Fötus bekommen Sie jeweils mit nach Hause, zum Rumzeigen für die, die sich mitfreuen. Wenn Sie wollen, können Sie später sogar schon sehen, ob es ein Junge wird oder ein Mädchen."

Angela kam aus dem Staunen nicht heraus über den Befund an sich und über die Art, wie das medizinische Gerät den Befund bestätigte. Das war ja fantastisch! Alles wunderbar! Sie war schwanger! Der Urlaub in Spanien hatte es gebracht! Wie waren sie da so glücklich gewesen! Und jetzt diese Folgen!

Nachdem der Arzt die Untersuchung abgeschlossen und

das Gerät das Bild „ausgespuckt" hatte, forderte er die Frau auf, ihr zurzeit noch kaum gewölbtes Bäuchlein wieder einzupacken. Dann reichte er ihr das kleine Schwarz-Weiß-Bild: „Schauen Sie, hier sehen Sie den Menschen, der in Ihnen heranwächst. Haben Sie ihn lieb, Ihren Nasciturus. Pardon, Ihr Ungeborenes. Und dann danken Sie Gott für das Wunder, an dem er Sie als Frau und Mutter, aber auch Ihren Mann als Vater beteiligt! Und wenn alles gut verläuft, kommen Sie in acht Wochen wieder. Wenn es Probleme geben sollte, kommen Sie früher."

Das Glück, das Angela Olbertz erfüllte, konnte sie selbst nicht fassen, und sie konnte es kaum erwarten, es mit ihrem Horst zu teilen. Sie trug ein Kind unter ihrem Herzen! Horst wurde Vater! Sie beide wurden richtige Eltern! Wie hatte der Arzt gesagt? „Danken Sie Gott!" Es musste also doch etwas dran sein an dem Spruch: „Der alde Gott lebt noch." Ja, er lebte wohl tatsächlich, und wartete vielleicht darauf, dass sie beide ihm wirklich einmal dankten für das, was er ihnen als besondere Freundlichkeit entgegenbrachte.

Die freudige Nachricht machte natürlich die Runde durch die Verwandtschaft und den Freundeskreis. Die Mitfreude war bei allen groß, nur nicht bei Mama Marie, die demnächst Oma werden sollte. Die traute ihrer ältesten Tochter eine Mutterschaft nämlich nicht zu.

Aber noch traf dieser Gedanke nur die Oberfläche des Gemüts der Eheleute und werdenden Eltern. Wichtig wurde zunächst für sie, ein Kinderzimmer einzurichten mit der richtigen Tapete und den passenden Möbeln. Dabei achteten sie schon darauf, dass die Zimmergestaltung und Textilauswahl farblich neutral blieb: bloß nicht rosa für ein Mädchen oder blau für einen Jungen, wussten die beiden doch nicht, was es denn würde. Sie wollten es auch gar nicht wissen, sondern sich überraschen lassen. Die Biene Maja mit ihren

Freunden Willi, Flip, Kurt, Alexander und all den anderen war ein gutes neutrales Motiv. Das musste ihrem Kind doch gefallen, sobald es die Figuren richtig wahrnehmen konnte.

Wichtig wurde für die angehenden Eltern auch, gemeinsam an einem Geburtsvorbereitungskurs teilzunehmen. Sie mussten doch wissen, wie man mit einem so zerbrechlichen kleinen Wesen richtig umging, wie man es trug und bettete, badete und wickelte, anlegte und fütterte. Spannend das Ganze, voller Abwechslung und voller aufregender Vorfreude! Die letzten Sitzungen des Kurses fielen dann schon in die Zeit des Schwangerschaftsurlaubs, der für Angela Anfang März begann. Bis dahin behielt sie ihre Arbeit und die Betreuung von Roland bei. In der anschließenden Zeit bereitete sie sich auf die kommenden Veränderungen vor ohne Berufsarbeit im Ministerium und ohne Roland. – Der fand eine neue Tagesmutter.

Mitte April 1980 brachte Horst Olbertz seine Frau zur Entbindung in die Abteilung für Gynäkologie und Geburtshilfe des katholischen St.-Josefs-Hospitals in der Beethovenstraße. Noch kündigte sich die Geburt des kleinen Menschen nicht unmittelbar an. Aber die ersten leichten Wehen hatten die werdende Mutter doch bereits in Unruhe versetzt. Angela wollte jedes Risiko vermeiden, nicht rechtzeitig zur Geburt ihres ersten Kindes in der Klinik zu sein. Deshalb ließ sie sich ein paar Tage vor dem errechneten Geburtstermin einweisen, um sich ganz in Ruhe in ihrem Zimmer einrichten, ihre Vorfreude weiter pflegen und sich auf die kommenden Ereignisse und Lebensveränderungen einstellen zu können.

Da alle bisherigen gynäkologischen Untersuchungen auf einen normalen Verlauf der Geburt hindeuteten, hielt sich die Nervosität der werdenden Mutter in Grenzen. Sie stieg auch noch nicht an, als sie am 17. April nach den ersten wirklichen Wehen in den Kreißsaal gebracht wurde, um zunächst noch einmal untersucht zu werden. Dann ging alles plötzlich sehr schnell. Die leitende Hebamme stellte fest, dass der Muttermund sich bereits geöffnet, der Fötus aber für eine normale Geburt eine sehr ungünstige Lage habe und er auch nicht im Leib der Mutter in eine günstigere Lage gedreht werden könne. Sie ließ den Chefgynäkologen rufen und bemühte sich zugleich, der Gebärenden auf ihrem Bett die Geburtsangst zu nehmen, die jetzt deutlich Besitz von ihr ergriff. Jetzt bloß keine panische Reaktion! Die Schwester auf der anderen Bettseite hielt Angela die zitternde Hand, streichelte ihr die Wange, wischte ihr den Schweiß von der Stirn und sprach beruhigend auf sie ein: „Es wird alles gut, Frau Olbertz. Wir haben die Sache im Griff. Der Chef ist schon unterwegs."

Momente später war der Facharzt selbst am Bett, bestätigte die Angaben seiner Mitarbeiterin und gab einige Anweisungen, die Angela Olbertz in weitere Unruhe versetzten. Sie verstand etwas von einer „Einstellungsanomalie", die eine „Schnittentbindung unter Narkose" notwendig mache.

„Ich will aber keine Narkose, und ich will auch keinen Kaiserschnitt!", brach es aus ihr heraus.

„Es wird nicht anders gehen, Frau Olbertz", antwortete der Arzt und blieb dabei sehr besonnen. „Es wird bereits alles vorbereitet. Seien Sie ganz ruhig. Eine Schnittentbindung ist für Sie und das Kind die bessere Methode, und sie ist völlig ohne Risiko."

Ehe Angela es recht bemerken konnte, hatte der Arzt die Vorbereitungsspritze bereits gesetzt, die die Frau auf ihrem Bett rasch in einen Dämmerzustand versetzte. Was anschließend weiter mit ihr geschah, bekam sie schon nicht mehr mit.

Als Angela später aus der Narkose erwachte, wusste sie in den ersten Momenten nicht, wo sie sich denn eigentlich befand und was zwischenzeitlich mit ihr geschehen war. Dann spürte sie etwas Warmes auf ihrem Leib, was ihr fremd vorkam. „Was ist das? Was habt ihr mit mir gemacht?“, fragte sie mit merkwürdig gebrochener Stimme. Dabei schien sie das Kind, das da auf ihr lag, noch gar nicht wahrgenommen zu haben. Sie schaute vielmehr die Hebamme und die Schwester an, die lächelnd auf beiden Seiten neben ihrem Bett standen.

„Wir gratulieren zu einem gesunden Stammhalter, Frau Olbertz. Sie halten Ihren Jungen auf dem Körper und in den Armen“, antworteten die beiden Frauen gleichzeitig mit vor Freude strahlenden Gesichtern.

„Aber ich habe doch mein Kind noch gar nicht gekriegt“, widersprach Angela.

„Doch, mein Liebes“, hörte sie Horst sagen, der am Fußende ihres Bettes stand, wo sie ihn bisher nicht registriert hatte, „du hältst unseren Björn doch im Arm, unsern kleinen Bären. Schau doch einmal hin, Schatz. Wir haben einen Jungen!“

„Unseren Björn?“, klang es sehr ungläubig. Erst jetzt spürte die Mutter wohl, dass sie einen Säugling auf ihrem Körper liegen hatte. „Unsern Björn? Unsern Bär? Aber ich weiß doch gar nichts von seiner Geburt. Habe ich denn doch noch Wehen gehabt? Wie habe ich den denn gekriegt? Kann mir mal jemand erklären, was hier abgelaufen ist?“

Diese Frage von Björns Mama war für die Hebamme das Signal, den Verlauf der letzten Stunden mit einigen Sätzen zu schildern: Es habe sich bei der letzten Untersuchung des Arztes bestätigt, dass eine normale Geburt wegen der Kindslage nicht möglich gewesen sei; deshalb der Kaiserschnitt unter Narkose. Der Eingriff sei problemlos verlaufen und der kleine Kerl habe die Welt auch gleich mit einem herzhaften

Geschrei begrüßt. Er schlafe jetzt und das sei normal. Dass er jetzt auf dem Leib seiner Mutter liege, sei eine Maßnahme, die sich „Bonding" nenne und die wichtig sei für den ersten Kontakt zwischen Mutter und Neugeborenem, damit zwischen den beiden eine gute Bindung entstehen könne. Die Operationsnarbe werde rasch verheilen. „Das reicht als Erklärung", meinte die Hebamme schließlich. „Wir lassen Sie drei jetzt erst einmal eine Weile allein. Freuen Sie sich, junge Mama und junger Papa! Gott schenkt Ihnen Ihren Björn, den Sie sich so sehr ersehnt haben, wie ich weiß. Danken Sie dem Schöpfer für dieses Menschlein und befehlen Sie es seiner Fürsorge an. – Wir kommen später zurück und kümmern uns weiter."

Es dauerte ein paar Tage, bis Angela Olbertz das Ereignis vom 17. April wirklich begriffen hatte und die Freude über die Geburt ihres Björn ihr Herz wirklich erreicht hatte und es füllen konnte. Der junge Vater – und ebenso das Klinikpersonal – brauchte einiges an Energie und gutem Zuspruch, bis der Knoten endlich geplatzt und Björn auch im Bewusstsein und im Herzen seiner Mutter angekommen war.

Bald war er dann auch in der heimischen Wohnung angekommen, wo ihm die denkbar beste Fürsorge entgegengebracht wurde. Dabei gaben sich die Eltern alle Mühe, dem kleinen Kerl so zu begegnen, wie es für ihn richtig war im gedeihlichen Wechsel von Nähe und Abstand, in der Reaktion auf die vielen unterschiedlichen Signale, die ein Säugling und dann auch das spätere Kleinkind mit seinen Mitteln und Möglichkeiten aussandte. Es war nicht gerade leicht, den richtigen Mittelweg zu finden zwischen notwendigem Versorgen und schädlichem Verwöhnen, zwischen Führen und Wachsenlassen, zwischen erforderlicher Enge und zumutbarer Weite, oder wie solche Begriffsgegensätze im Bereich der Kindererziehung auch immer genannt wurden.

Auf jeden Fall konnte der heranwachsende „Bär“ sich in der Regel in der Familienatmosphäre wohlfühlen, die seine Eltern ihm boten. Björn hatte keine Probleme, allein und mit Hilfe zu lernen und zu üben, wie er mit seinen geistigen und körperlichen Möglichkeiten umzugehen hatte, und seine ersten Lebenswochen und -monate zu meistern. Der Junge entwickelte sich in allen Bereichen seines kleinen Lebens bestens zu einem freundlichen und lebensfrohen Kerlchen ganz zur Freude seiner Eltern und der Erwachsenen um sie herum.

Auch die Kinderärztin, die die regelmäßig angesagten Untersuchungen durchführte und dabei selten etwas Auffälliges festzustellen hatte, hatte ihre Freude an Björn. Mit dem war zumeist alles in guter Ordnung. Die bei Kleinkindern üblichen Krankheiten wie Masern, Mumps oder Röteln gab es zwar auch, aber sie verliefen bei dem Jungen eher harmlos. Dank dem lange anhaltenden Nestschutz oder auch der natürlichen Grundimmunisierung, vielleicht auch dank der durchgeführten Grund- bzw. Schutzimpfungen.

Als kurz vor Weihnachten 1982 Björns Schwesterchen Svenja nach einer Bilderbuchgeburt in die Familie Olbertz einzog – das Würmchen musste allerdings wenige Tage nach seiner Geburt wegen einer Gelbsucht vorübergehend noch einmal in die Klinik zurückkehren –, wohnte die bereits im eigenen Haus. Das hatten Horst und Angela inzwischen auf der anderen Rheinseite im rhein-hessischen Nieder-Olm gekauft. – Von der Oma Marie wurde es allerdings nur geringschätzig „Hasenstall“ genannt. – Die jungen Leute waren jedenfalls begeistert von ihrem Eigentum mit dem Luxus eines großen Hobbykellers und mit Balkonen in jeder Etage des Reihenhauses.

Angela und Horst Olbertz glaubten, auf dem Gipfelpunkt ihres persönlichen Glücks angekommen zu sein. Das Elend ihrer eigenen Kindheit und Jugendzeit lag endlich hinter ihnen, entfernte sich mehr und mehr und tauchte auch in ihren Erinnerungen kaum noch auf. So, wie jetzt alles war, mochte es gerne bleiben, denn weiter nach oben konnte es doch kaum noch gehen. Und doch hatte Angela zunehmend den Eindruck, dass es etwas geben müsse, das noch wertvoller und höher einzuschätzen war als alles irdische Glück. Was war das nur, das ihr zunehmend vor die Seele kam und ihren inneren Frieden störte?

Angela wollte nach der Übersiedlung der Familie nach Nieder-Olm natürlich neue Menschen kennenlernen, am besten Mütter mit Kindern. Sie erkundigte sich also, wo sie die Möglichkeit dazu hätte. Jemand machte sie auf eine Krabbelgruppe für Mütter mit Kleinkindern aufmerksam, die sich in den Räumen der evangelischen Kirche in der Pariser Straße traf. Ob sie als Katholikin mit zwei katholisch getauften Kindern denn dahin gehen könne, fragte sie zurück. Ihr wurde gesagt, dass die Konfession für die Teilnahme an dieser Mutter-Kind-Gruppe keine Rolle spiele. Das Programm sei sehr locker und offen für jedermann.

Also machte sich die junge Mutter mit ihren beiden Kindern auf den Weg in die Räume der evangelischen Kirche und wurde von den anwesenden Müttern auch sofort herzlich empfangen und ins Gespräch genommen. Björn, inzwischen drei Jahre alt, mischte sich sofort unter die „größeren“

Kinder, während die sechs Monate alte Svenja sich von ihrem Kinderwagenoberteil aus die Dinge anschaute.

Eine der Frauen kam besonders auf Angela zu: Sie heiße Helga und habe hier so ein wenig die Leitung übernommen. Sie habe zwei Kinder im Alter von zwei und drei Jahren und sei alleinerziehend. Ihr Mann habe sie verlassen, aber darüber wolle und müsse sie jetzt auch nicht gleich reden. Sie beide sollten sich wohl zunächst ein wenig näher kennenlernen.

Gegen Ende der gemeinsamen Zeit der Krabbelgruppen-Kinder und -Eltern rief Helga – sie mochte in etwa demselben Alter sein wie Angela – die Frauen und die Kinder für einen kurzen Tagesimpuls zusammen, wie sie das nannte. Der Tagesimpuls bestand darin, dass die Frau ihre Gitarre griff und mehrfach den Refrain „Ja Gott hat alle Kinder lieb" sang und zwei kurze Strophen dazwischen, die ein paar der Frauen mitsangen. Angela konnte leider nicht mitsingen, weil sie Text und Melodie noch nie gehört hatte. Dann las Helga zwei Verse aus dem zehnten Kapitel des Johannesevangeliums vor: „Jesus sagt: Ich bin der gute Hirte und kenne die Meinen und die Meinen kennen mich, wie mich mein Vater kennt, und ich kenne den Vater. Und ich lasse mein Leben für die Schafe."

Danach sprach sie noch ein paar eigene Worte: „Das ist eine bekannte Aussage des Heilandes Jesus Christus. Mein Wunsch für uns Mütter ist, dass wir diese Worte für uns selbst so in Anspruch nehmen können, dass wir sie unseren Kindern weitergeben können: Der Heiland kennt uns und er kennt auch sie; er liebt sie, und auch sie müssen ihn kennenlernen. Denn Jesus Christus hat sein Leben für uns alle gelassen, indem er am Kreuz für uns gestorben ist; und nicht nur für uns, sondern auch für unsere Kinder."

Angela Olbertz war ganz begeistert von der Begegnung in dieser Krabbelgruppe. Und sie war bewegt und erfüllt von dem kurzen geistlichen Abschluss des Treffens: Eine Frau, der es als alleinerziehende Mutter eigentlich doch gar nicht gut gehen konnte, sagte solche Worte! Woher nahm sie die Kraft dafür? Was hatte sie in sich, was ihrem Leben Aufschwung gab?

Bei der nächsten Begegnung wollte Angela von Helga wissen, woher sie die Kraft für ihr Leben nahm und ob es etwas gab, das ihr, Angela fehle. Helga gab eine sehr schlichte Antwort: „Ich lebe mit Jesus, Angela. Er bestimmt meinen Tag, der nicht immer einfach ist. Von Jesus hole ich mir Weisung und Kraft."

„Und deine Kinder?", fragte Angela nach.

„Denen erzähle ich Geschichten von Jesus, lese ihnen aus der Kinderbibel vor, zeige ihnen Bilder und singe einfache Lieder mit ihnen, wie die, die wir hier in der Gruppe zusammen singen."

„Und wo nimmst du die Texte und Lieder her?", war Angela neugierig geworden.

Helga blieb die Antwort natürlich nicht schuldig: „Wir haben zu Hause die Kinderbibel von Anne de Vries, einem holländischen Schriftsteller. Seine Kinderbibel gibt es auch als Hörbuch. Die Lieder habe ich von christlichen Kassetten. Ich leih dir gern welche aus. Vielleicht magst du sie dir anhören und mir später zurückgeben; oder sie dir selbst kaufen für Björn und Svenja – und auch für dich selbst."

Als Angela Olbertz das nächste Mal in die Krabbelgruppe kam, hatte sie alle Lieder der beiden Tonträger bereits im

Kopf. Tolle Lieder – und so einfach nachzusingen nach Text und Melodie! Und herrliche schlichte Texte in der Kinderbibel! Da musste einem doch das Herz aufgehen!

„Wofür geht dir dabei das Herz auf, Angela?", fragte Helga, als sich die beiden Frauen anschließend noch unterhielten.

„Für Gott natürlich", gab Angela zurück. „Ich glaube an Gott. Vielleicht nicht mehr so wie als Kind, aber dennoch."

„Das reicht nur nicht, meine Liebe", wandte Helga ein. „An Gott glauben viele und sagen ‚O Gott!', ‚Ach Gott!' oder ‚Mein Gott!'. Und wen meinen sie damit? Sie wissen es nicht! Dabei nennen sie Gott nicht einmal Vater oder nur dann, wenn sie das Vaterunser beten. Aber an Gott zu glauben reicht nicht, wenn man nicht weiß, wer er ist. Es geht um den Sohn, es geht um Jesus. Der sagt uns, wer Gott ist."

Angela blickte ihr Gegenüber fragend an und forderte damit Helgas Hinweis heraus, dass niemand zum Vater käme außer durch Jesus, den Sohn Gottes. „Wer an den Sohn glaubt, der hat das ewige Leben. Wer aber dem Sohn nicht glaubt, der hat das Leben nicht und bleibt im Gericht. – Das steht so ähnlich in Johannes 3 Vers 36."

Weil Angela noch immer ein sehr fragendes Gesicht machte und wohl eine verständlichere Antwort brauchte, schlug Helga ihrer neuen Freundin vor, doch in der kommenden Woche mit zu einer Evangelisation im Nachbarort zu gehen. Dort predige ein Evangelist vom Westerwald, „Gottes Sonnenschein", wie dieser Anton Schulte liebevoll genannt werde. Dem zuzuhören zum Thema „Gewissheit macht froh!" lohne sich allemal. „Also, Einladung angenommen?", fragte Helga abschließend.

Angela zierte sich zunächst ein wenig: „Am Montag kann ich nicht. Der Abend ist verplant. Ich hab schon was anderes vor."

„Also am Dienstag?!", blieb Helga hartnäckig und schaute ihr Gegenüber auffordernd an.

„Gut, am Dienstag!", kam es ein wenig zögerlich von Angela zurück. „Horst hat Frühschicht. Wenn er mich dann abends gehen lässt, sind die Kinder nicht allein."

„Er lässt dich gehen. Ich weiß es!" Helga gab sich sehr sicher und hängte an: „Sag ihm, dass ich kein Auto habe und mitgenommen werden möchte."

„Na, na, na! Du bist mir die Richtige! Setzt mich auch noch unter Druck", gab Angela ein wenig mokiert zurück.

„Magst recht haben, Angela", gestand Helga zu. „Verzeih! Aber manchmal muss man die Leute zu ihrem Glück zwingen."

Damit war für die Krabbelgruppen-Leiterin das Thema beendet. Angela dagegen hatte zu kämpfen, ob es richtig sei, sich auf diese Einladung einzulassen und zu der Veranstaltung hinzugehen. Sie fragte sich, ob sie es überhaupt nötig habe, Gott und Jesus in ihr Leben hineinschnüffeln zu lassen. Sie befürchtete ein wenig, dass sie damit ihre gerade gewonnene große Freiheit wieder aufgeben müsse. – Dies und manches andere ging Angela durch den Kopf, aber sie konnte ja keinen Rückzieher machen, weil Helga sie wegen der Mitfahrgelegenheit in Zugzwang gebracht und sie der neuen Freundin die Mitfahrzusage gegeben hatte.

An den Abenden der folgenden Woche hörte Angela Olbertz aus dem Mund dieses fröhlichen Evangelisten Dinge, die sie noch nie in ihrem Leben gehört hatte, weder im Kindergarten bei Tante Annemarie noch bei Fräulein Sabbath oder Herrn Marschke im Religionsunterricht. Auch nicht in der kirchlichen Vorbereitung zur Erstkommunion oder in einer

Andacht im Kirchenchor. An einer Firmung – vergleichbar mit der Konfirmation in der evangelischen Kirche – hatte Angela nie teilgenommen. Was hatte sie da alles versäumt, was ihr jetzt als Frau knapp über dreißig fehlte!? Was war ihr da alles vorenthalten worden, sodass auf dem derzeitigen Höhepunkt ihres Lebens das Herz letztlich doch leer war. War die katholische Kirche da nicht sogar schuldig geworden an ihren Leuten, indem sie ihnen die Frohe Botschaft, das Evangelium von der Liebe Gottes in Jesus Christus vorenthalten hatte? Mit jedem Vortrag des Evangelisten wuchs in Angela der Groll auf ihre kirchliche und glaubensmäßige Vergangenheit, in der sie so viel von der biblischen Botschaft nicht erfahren hatte. Das war nicht zu fassen!

Zu fassen waren dagegen für Angela besonders die guten Auslegungen des Evangelisten zu zwei biblischen Aussagen, die ihr die Augen und das Herz öffneten. Da ging es einmal um den Brief des erhöhten Christus an die Gemeinde Laodizea nach Offenbarung 3,20. Jesus sagt den Empfängern: „Siehe, ich stehe vor der Tür und klopfe an. Wenn jemand meine Stimme hören wird und die Tür auftun, zu dem werde ich hineingehen und das Abendmahl mit ihm halten und er mit mir." Dazu zeigte er ein eindrückliches Bild: Jesus klopft an eine Tür, die auf seiner Seite keine Klinke hat, die also nur von der anderen Seite geöffnet werden kann.

Dann gab es den sogenannten Heilandsruf Jesu in Matthäus 11,28: „Kommt her zu mir alle, die ihr mühselig und beladen seid; ich will euch erquicken." Das war es doch, was Angela bisher nie gemacht hatte: die Tür von innen öffnen, um die Erquickung für ihr Herz und ihre Seele bei Jesus zu gewinnen, der sie einlud zu kommen. Der alte Kirchenvater

Augustinus von Hippo, den der Evangelist ein paarmal zitierte, hatte recht mit seiner Feststellung: „Unruhig ist unser Herz, bis es ruht in dir." Ja, unruhig war ihr Herz bei allem Glück des Alltags, das sie mit ihrem Horst und mit Björn und Svenja und mit allem irdischen Drumherum gewonnen hatte. Aber die Ruhe des Herzens fehlte ihr; die musste Angela auf jeden Fall gewinnen und haben. Dazu musste sie unbedingt das Angebot von Anton Schulte nutzen, nach seiner Predigt für interessierte Menschen im persönlichen Gespräch den Weg dahin noch einmal aufzuzeigen.

Angela Olbertz vereinbarte also einen Gesprächstermin mit dem Evangelisten, um von ihm Wegweisung zu erhalten; um ihm ihr Herz auszuschütten und sich von ihm noch einmal bestätigen zu lassen, dass Gott Sünde vergibt und sie ins Meer wirft, wo es am tiefsten ist, mit dem Schild an der Kante des 9810 Meter tiefen „Japangrabens" mit der Aufschrift: „Fischen verboten!". Ein schönes Bild, das der Frau sehr gut tat und das sie empfand wie den Sonnenaufgang ihrer Seele.

Nach dem Gespräch mit Anton Schulte und dem Übergabegebet, das Angela nach der Vorgabe des Mannes sprach, erfüllte die Frau ein spürbarer innerer Friede und die tiefe Gewissheit, dass sie nach Johannes 1,12 von jetzt an und für alle Zukunft ein Kind Gottes war! Halleluja! Gott allein die Ehre! Ab jetzt galt es auch für sie, was in den Veranstaltungen als „Nachfolgelied" allabendlich gesungen worden war: „Jesu, geh voran auf der Lebensbahn! Und wir wollen nicht verweilen, dir getreulich nachzueilen; führ uns an der Hand bis ins Vaterland."

Tränen eines ganz neuen Glücks liefen Angela über das Gesicht, als sie aus dem Gesprächszimmer kam und als Erster Helga um den Hals fiel: „Ich hab's! Jesus ist ab heute mein Herr! Danke, Helga, dass du mich mit hierher genommen hast. Das lag wohl in Gottes Lebensplan für mich."

Auch Helga vergoss ein paar Glückstränen und gratulierte ihrer Freundin herzlich zu ihrer „neuen Geburt“ nach Johannes 3,3 und fügte an: „Jetzt müssen wir beide dafür beten, dass es dein Horst genauso macht. Auch er braucht Jesus für sein Leben. Und wenn ihr beide ihn im Leben habt, wird euer Glück vollkommen. Es darf dir nicht gehen wie mir, dass dein Mann dich verlässt, weil du an Jesus glaubst.“

„Das wird Jesus verhindern“, gab sich Angela sicher. Und die Freundin ergänzte: „Er wird nicht zulassen, dass sich Glaube und Unglaube in eurer Familie gegenseitig bekriegen. Nein, ich bin sogar sicher, Jesus wird auch Horst auf seine Seite holen. Das ist nur eine Frage der Zeit und unserer Gebete. Dein Mann ist empfänglich für geistliche Dinge. Mein Mann war es leider nicht.“

Dass Horst nach diesem Ereignis tatsächlich offener wurde für das Evangelium und sich mehr und mehr an die Glaubensinhalte erinnerte, denen er als junger Mann an der Seite seiner Geschwister Herrmann und Ilona bereits einmal gefolgt war, war wohl die Antwort auf die intensiven Gebete der beiden Frauen – und vielleicht auch anderer eingeweihter Personen im Hintergrund wie zum Beispiel Ilona, der ihr Bruder nach wie vor ein Gebetsanliegen war.

Der Jesusglaube, der in Angelas Leben seinen Platz gefunden hatte, gab dem Familienleben im Haus Olbertz eine neue Qualität. Die Bibel – zumeist in der Übersetzung Martin Luthers –, verschiedene Andachtsbücher und eine Menge geistlicher Lieder bekamen einen hohen Stellenwert. Dass der Lausbub Björn nicht genug hören konnte von dem, was in dem bunten Buch stand, das er von Tante Ilona geschenkt bekommen hatte, und dass er viele Texte der Kinderbibel schon beim Zuhören auswendig lernte, steigerte das Glücksempfinden in der Familie Olbertz noch einmal. Dass der Junge die meisten Lieder der Kinderkassetten sehr rasch mitsingen konnte, war bemerkenswert. Björn, der Bär, entwickelte in seinem kleinen Alter bereits eine Jesusliebe, die seine Eltern immer wieder in Staunen versetzte. Wie konnte das sein, dass ein Junge von nicht einmal fünf Jahren manchem Erwachsenen im Glauben etwas vormachte? Das war einfach sehr eindrucksvoll und nötigte zum Danken.

Deswegen wurde auch Helga mit ihren Kindern immer wieder einmal eingeladen, die Neuorientierung der Olbertz-Familie mitzufeiern, hatte sie doch einen hohen Anteil an dieser Geschichte. Auch Ilona war jetzt häufiger im Haus. Auf ihrem Gebetszettel hatten Bruder und Schwägerin und auch die beiden Kinder seit ihrer Geburt ihren festen Platz – Bruder Horst in besonderer Weise mit der Bitte, dass er nicht nur auf der frommen Schiene mitfahre, sondern auch eine ganz verbindliche persönliche Entscheidung für Jesus treffe.

10. Dunkle Schatten

Es war Montag, der 28.01.1985, ein kühler, aber trockener Wintertag, an dem die Sonne immer wieder einmal durch kleinere und größere Wolkenlöcher schien. Björn, der Bär, kam aus dem Kindergarten und sprudelte sofort los von den neuesten Erlebnissen und Erfahrungen mit seinen Spielkameraden und den Kindergartentanten. Es hätte Streit gegeben wegen eines neuen Baukastens; nachher sei aber wieder Frieden gewesen. Dann hätten sie ein neues Lied gesungen, das er natürlich sofort gelernt habe. „Du kennst das Lied aber noch nicht, Mama. Du hast das noch nie gesungen."

„Und welches Lied war das?", fragte die Mama.

Björn antwortete, indem er das neue Lied gleich anstimmte: „Jesus sagt: Lass die Kinder zu mir kommen, denn ihnen gehört das Himmelreich."

„Hört sich gut an", bestätigte die Mami und wollte wissen: „Hat das Lied auch noch Strophen?"

„Drei", erinnerte sich der Junge. „Die hab ich aber noch nicht behalten. Vorne war was mit ‚Ich bin froh' und hinten mit ‚Darum dank ich dir und ich singe dir, meinem Heiland, meinem Herrn' oder so ähnlich. Ich lern das bestimmt später noch. Mami …"

„Scheint ein schönes Lied zu sein. Pass gut auf, wenn ihr es wieder singt", unterbrach Angela zunächst ihren Sohn, fragte aber sofort nach: „Was wolltest du noch sagen?"

„Mami, kann ich nachher Rollschuh fahren? Biiitte! Die Wintersonne scheint sooo schön! Du kannst ja mit Svenja auch rausgehen. Dann könnt ihr beide auf mich aufpassen."

„Das ist kein schlechter Vorschlag, mein Großer", griff die

Mutter die Bitte und den Vorschlag auf. „Wer weiß, wie lange das schöne Wetter anhält."

„Schade, dass Papa arbeiten muss. Der würde bestimmt gerne mit rausgehen", bedauerte Björn und kramte auch schon seine Rollschuhe aus dem Flurschrank.

Wenig später war Angela Olbertz mit ihren beiden Kindern draußen auf dem Wendehammer am Ende ihrer Straße. Während die gerade zweijährige Svenja an der Hand ihrer Mutter über den Bürgersteig trippelte, drehte Björn – vierdreiviertel Jahre alt – seine Runden auf dem Straßenasphalt. Das konnte er bereits einigermaßen sicher, und er konnte das hier auch gefahrlos tun. Um diese Tageszeit war dieser Teil der Straße kaum genutzt. Zudem war die Mama dabei, die auf ihre Kinder aufpasste. Also war dem fröhlichen Spiel kein Hindernis im Weg.

Dann gab es für Björn plötzlich aber doch ein Hindernis: Aus unerfindlichen Gründen bekam er die Kurve nicht wie sonst, blieb mit seinen Rollschuhen an der Bordsteinkante hängen und stürzte der Länge nach auf den Bürgersteig. Dort blieb er für ein paar Momente liegen. Sofort schnappte seine Mutter sich Töchterchen Svenja unter den Arm und eilte auf die andere Straßenseite, um nach ihrem Jungen zu schauen. Der rappelte sich inzwischen aber wieder hoch. „Das war Mist!", stellte er ärgerlich fest.

„Hast du dir wehgetan?", sorgte sich Angela.

„Vielleicht ein bisschen am Rücken", antwortete Björn.

„Wieso am Rücken?", wunderte sich die Mama. „Du bist doch nach vorne gefallen, auf deine Knie und die Hände."

„Meine Knie sind aber ganz und die Hände auch. Schau, Mama, nichts kaputt", stellte der Junge fest, streckte seine

Hände vor und schaute sich dabei selbst auf die Knie. „Nur hier am Rücken tut es ein bisschen weh.“ Dabei zeigte er mit seiner Hand auf den Bereich über dem Steißbein.

Komisch: Der Junge fällt nach vorne und verletzt sich irgendwie am Rücken, ging es Angela durch den Kopf. Die Sache musste sie wohl beobachten und ihr nachgehen, wenn es nötig wurde. Für diesen Nachmittag beendete sie zunächst einmal die Spielaktion an der frischen Luft und ging mit ihren beiden nach Hause.

In den Tagen nach diesem Ereignis beobachtete Angela ihren Jungen immer wieder, ob vielleicht mit seinem Rücken doch etwas nicht in Ordnung sei. Als Björn sich dann tatsächlich wiederholt über Schmerzen beklagte, wobei äußerlich an seinem Rücken nichts zu sehen war, ging sie mit ihm zum Kinderarzt, damit der die Sache untersuche. Der Arzt fand aber nichts, was zur Sorge Anlass geben würde. „Das mögen Wachstumsstörungen sein“, vermutete er und gab den Rat, den Bereich über dem Steißbein mit einer Schmerzsalbe einzureiben. Das würde guttun. Kurzfristig war das auch so, aber es änderte nichts an der Gesamtlage. Als Björn sich dann zunehmend über Schmerzattacken in der Nacht beklagte und er sich zum Essen, zum Malen oder zum Spielen nicht mehr auf seinen Hintern setzte, sondern das alles nur noch auf den Knien bewerkstelligte, ließ Angela ihren Jungen zu einem Spezialisten in die Mainzer Uniklinik überweisen. Ihr örtlicher Kinderarzt schüttelte zwar den Kopf über die Hysterie dieser Mutter, stellte aber dann doch das Papier aus.

In der Mainzer Fachklinik für Kinderheilkunde ließ Angela Olbertz ihren Sohn gründlich untersuchen und ließ zugleich ihren Gebetskreis, den sie inzwischen mit Helga und ein paar anderen Müttern aus dem Kindergarten gelegentlich veranstaltete, die Hände dafür falten, dass die Fachleute doch irgendetwas fänden, damit dem Jungen geholfen würde. Manchmal war das nämlich nicht mitanzusehen, wie der inzwischen fünfjährige Junge sich quälte und vor Schmerzen krümmte. Aber auch die Experten der Klinik standen vor einem Rätsel. Auch sie fanden keine Ursache für die Beschwerden von Björn. Kein Abtasten, kein Ultraschall, kein Röntgen, kein Blutbild und auch keine Urinuntersuchung brachten irgendeinen erklärenden Befund für die Beschwerden des kleinen Patienten. Das sollte dann doch eigentlich alle Beteiligten beruhigen, ob sie nun allein oder gemeinsam beteten, sich weiterhin sorgten und die schmerzenden Körperregionen mit Salben einrieben oder mit ihrem menschlichen Verstand einfach glaubten und hofften, dass die Ärzte richtiglagen mit dem, was sie erzählt hatten: Da war nichts Bedeutsames, und wenn da doch etwas war, würde es bald wieder vergehen. Wachstum hatte eben seine notwendigen Begleiterscheinungen.

Einem jungen Arzt der Klinik ließ die ganze Geschichte dennoch keine Ruhe. Er nahm sich noch einmal alle Bilder und Untersuchungsergebnisse vor und studierte sie so gründlich, als sei er bei dem Prozedere selbst gar nicht dabei gewesen. Dabei entdeckte der Mann etwas zwischen Steißbein und Enddarm, das ihm dann doch merkwürdig vorkam. Er zog einen Fachkollegen hinzu, besprach mit ihm seine Entdeckung und rief dann den überweisenden Kinderarzt an. Der wiederum informierte umgehend die Eltern Olbertz – und das sogar am Samstag vor Pfingsten –, sie möchten sich bitte mit ihrem Jungen möglichst umgehend in der Fachklinik für

Kinderheilkunde der Uniklinik melden. Die Kollegen dort hätten einen vagen Verdacht, dem sie nachgehen wollten. Sie sollten für den Fall, dass Björn in der Klinik bleiben müsse, eine Tasche mit den notwendigen Dingen für einen stationären Aufenthalt mitbringen. Mehr sagte der Arzt nicht, obwohl er vielleicht mehr hätte sagen können.

Angela und Horst informierten umgehend ihre Gebetsfreunde, brachten Svenja zu Helga und machten sich mit Björn auf den Weg in die Klinik. „Was machen die mit mir, Mama?", fragte der Junge, der hinten in seinem Kindersitz saß.

Der Papa gab die Antwort: „Ich weiß es auch nicht. Die Ärzte haben vielleicht entdeckt, wie sie dir deine Schmerzen nehmen können."

„Ob die was Böses entdeckt haben?", fragte Björn weiter.

Bei dieser Frage des Jungen zuckten beide Eltern zusammen. Etwas Böses? Doch wohl nicht! Wie kam Björn denn darauf, so zu fragen? Und seine weitere Frage ließ die Eltern noch einmal zusammenzucken: „Ist der Herr Jesus auch mit im Krankenhaus?"

Diese Frage konnten Angela und Horst Olbertz freilich beantworten, weshalb sie die erste Frage einfach übergingen: „Natürlich ist Jesus mit im Krankenhaus, Bärchen", bestätigte die Mutter. „Der sorgt dafür, dass alles gut wird."

Damit gab sich Björn zufrieden und der Rest der Fahrt verlief in Schweigen. Die beiden Erwachsenen und ihr Kleiner gingen einfach ihren Gedanken nach. Vielleicht beteten sie ja auch darum, dass alles gut würde.

Nach einer langen und wohl sehr intensiven Untersuchung rief der Arzt Björns Eltern ins Gesprächszimmer. Während eine Krankenschwester sich im Vorraum mit dem Jungen beschäftigte, erläuterte er den Eltern seine Entdeckung, die er freilich nicht verbindlich deuten konnte: „Wir müssen operieren, Ehepaar Olbertz. Erst danach können wir sehen und sagen, was mit Ihrem Björn los ist."

Die Eltern erschraken natürlich zutiefst. Wenngleich das schlimme Wort „Krebs" nicht gefallen war, so schwirrte es doch in diesen Minuten unsichtbar durch den Raum.

„Können wir Björn noch einmal mitnehmen?", fragte die Mutter mit beinahe erstickter Stimme und griff dabei nach der Hand ihres Mannes.

„Natürlich", antwortete der Arzt. „Machen Sie sich mit dem Jungen ein schönes Wochenende und bringen Sie ihn am Montag, am zweiten Pfingsttag, um die Mittagszeit her. Sie, Frau Olbertz, können dann hier bei Björn bleiben. Wir handhaben schon lange das Prinzip des ‚Rooming-in'. Bringen Sie also auch für sich ein paar Sachen mit, die Sie hier brauchen. Und jetzt leben Sie wohl. Verzeihen Sie, wenn es vielleicht ein wenig zynisch klingt: Ich wünsche Ihnen ein schönes Wochenende. Machen Sie für den Jungen und sich selbst das Beste draus."

Angela und Horst bemühten sich – freilich mit innerem Bangen –, den Rat des Arztes umzusetzen und mit ihrem Björn ein Wochenende zu verbringen, das ihm Freude machte. Nach draußen zu gehen, war nicht möglich. Dafür war das Wetter zu schlecht. Der Sturm, der über Rheinhessen fegte, hatte es in sich und spiegelte nach außen die inneren Befindlichkeiten wider, die von Björns Eltern und auch von manchen ihrer Freunde Besitz ergriffen hatten. Björn war dabei noch der Ruhigste von allen. Er hörte seine Kassetten und spielte gemeinsam mit Svenja mit dem neuen Baukasten, den er zu seinem Geburtstag bekommen hatte.

Dann registrierte die Mutter plötzlich, dass ihr Sohn die Geschichte von Jesus und der Kindersegnung nach Markus 10,13-16 hörte. Als das kurze Hörspiel zu Ende war, schaltete Björn den Rekorder aus und schlug vor, jetzt das Lied zu singen „Jesus sagt, lass die Kinder zu mir kommen". Sofort griff Angela ihre Gitarre – dies Instrument zu spielen hatte sie inzwischen gelernt – und stimmte auch schon an. Innerlich staunte sie über ihren Fünfjährigen, der zwei Tage vor seiner Operation dieses Lied singen wollte. Ob ihr Großer eine innere Ahnung hatte, dass in ihm tatsächlich etwas Böses steckte und dass er irgendwann demnächst zu Jesus gehen würde? Die Operation am Dienstag würde es erweisen und Gott wäre dabei und Jesus würde helfen und sie trösten, wie er nach Lukas 7,11-17 die Mutter des Jünglings zu Nain getröstet hatte. Ihr hatte er gesagt: „Weine nicht!" Das würde er sicher zu ihnen auch sagen. Aber ob er auch zu dem Jungen auf der Bahre sagen würde: „Steh auf!", daran hatten Björns Eltern dann doch ihre Zweifel. Wer waren sie denn, dass der Vater im Himmel und der Sohn, der Heiland ihres Leibes und ihrer Seele, sie so etwas erleben ließ?!

Immerhin waren die Eltern Olbertz und ihr Björn es Gott wert, dass er eine Stunde vor der OP am Dienstagvormittag einen wunderschönen Regenbogen an den Mainzer Himmel malte. Zumindest hatten die drei im Krankenzimmer bei ihrem Blick aus dem Fenster den starken Eindruck, dass Gott dieses besondere Zeichen seiner Gegenwart und seines Segens in dieser Situation nur für sie hatte entstehen lassen: „Meinen Bogen habe ich in die Wolken gesetzt; der soll das Zeichen sein des Bundes zwischen mir und der Erde …" (1. Mose 9,13). Besonders Björn hatte eine Riesenfreude an diesem unerwarteten himmlischen Signal. Er konnte es deuten, weil er die Noah-Geschichte kannte und das Zeichen, das der himmlische Vater am Ende der Sintflut gesetzt hatte.

Björn lag noch in der Narkose, als der Operateur blass wie ein Leintuch zu den Eltern ins Wartezimmer kam. Beim Anblick des Arztes wussten die natürlich sofort, dass die OP nichts Gutes ergeben hatte. Angela Olbertz schossen die Tränen in die Augen. Horst nahm sie fest in seine Arme und fragte den Arzt mit einer ebenso erstickten Stimme: „Wie viel Zeit hat der Junge noch?"

Die Antwort fiel dem Arzt sichtlich schwer und er brachte sie kaum über die Lippen: „Ich weiß es nicht. Vielleicht noch ein Jahr? Vielleicht weniger? Vielleicht mehr?" Nach ein paar tiefen Atemzügen ergänzte er: „Björn hat einen Tumor zwischen Steißbein und Enddarm, so groß wie eine Apfelsine. Der Tumor ist mit dem umliegenden Nervengeflecht bereits so verwachsen, dass wir ihn nicht mehr entfernen können, ohne größeren Schaden anzurichten. Deshalb haben wir ihn auch bei den Untersuchungen nicht sehen können."

„Und was wird jetzt?", fragte die Mutter durch ihren Tränenschleier hindurch.

„Wir werden in ein paar Tagen noch einmal operieren und versuchen, den Tumor durch Abschälen zu verkleinern. Dann werden wir nicht ohne starke Chemotherapie und Bestrahlungen auskommen. Mit diesen Maßnahmen dürfen wir nicht mehr warten. Wir wollen Björns Leben erhalten, solange es geht; und wir wollen Bedingungen schaffen, die dem Jungen das Leben erträglich machen. Und auch Ihnen als Eltern. Gott gebe Ihnen die Kraft und die Zuversicht, die Sie jetzt brauchen." Nach diesen Worten ließ er die Eltern im Wartezimmer mit sich selbst und mit der schlimmen Nachricht allein.

Die lag jetzt wie eine Zentnerlast auf den Schultern und der Seele der beiden Menschen, und sie litten Not, große Not: „Gott, was machst du mit uns? Damals haben wir so lange auf den Jungen gewartet und ihn mit allen Fasern unseres Daseins herbeigesehnt und jetzt nimmst du ihn uns wieder!? Wie kannst du das machen? Warum muss das sein? Warum? Warum? Herr, erbarme dich!"

Angelas und Horsts Glaube wurde auf eine harte Probe gestellt, wie sie das in ihrem jungen Leben als Christen nie zuvor erlebt hatten. Die beiden kamen sich vor wie Abraham, der nach 1. Mose 22,2 mit seinem Sohn auf einen Berg im Land Morija gehen sollte, um den Knaben dort zu opfern und ihn auf diese grausame Weise an Gott zurückzugeben. Wie musste Abraham zumute gewesen sein?! Aber hatte Gott ihm nicht einen Widder als Ersatzopfer geschickt und Abraham für die Bereitschaft gelobt, seinen Sohn hinzugeben. Nein, auf dieses Lob konnten sie beide gerne verzichten; und den Segen, der Abraham für seine Gehorsamstat zugesprochen wurde und den er dann auch weitergeben sollte, den mochten andere empfangen, aber doch nicht sie!

In diesen Tagen fiel Angela immer wieder das Lied ein, das damals während der Lebensübergabe bei der Evangelisation gesungen worden war. Vor allem die zweite Strophe hatte es ja in sich: „Soll's uns hart ergehn, lass uns feste stehn und auch in den schwersten.Tagen niemals über Lasten klagen; denn durch Trübsal hier geht der Weg zu Dir." War ihre derzeitige unerwartete Situation nicht die absolute Härte? Größer als ihre derzeitige Trübsal konnte ja wohl keine Trübsal sein! Und dann über diese Last nicht klagen sollen oder dürfen? Das wäre wohl zu viel von ihnen verlangt, und so bedrängten Angela und Horst ihren Gott, er möge helfen, retten und bewahren.

Für die beiden Eltern Olbertz begann mit Pfingsten 1985 eine äußerst turbulente Zeit. Horst musste seiner Arbeit nachgehen und das auch weiterhin im Schichtbetrieb. Angela konnte natürlich nicht von dem Angebot des „Rooming-in“ Gebrauch machen. Sie hatte ja auch noch Svenja, um die sie sich kümmern musste. Die Kleine wollte nicht auf die Mami verzichten und musste doch allmorgendlich bei einer der Freundinnen abgegeben werden. Dass die Mami jetzt bei Björn sein musste, ging in den kleinen Kopf des Mädchens nicht rein. Das Klammern der Kleinen und ihr Geschrei beim Abschied waren heftig und taten Angela in der Seele weh.

Das Weinen und Jammern des kleinen Patienten auf der Krebsstation der Uniklinik allerdings auch. Die vielen Untersuchungen, denen Björn sich unterziehen musste, waren zum Teil sehr schmerzhaft. Nicht immer entfalteten die verabreichten Betäubungsmittel ihre gewünschte Wirkung. Für die Blutabnahme fanden die Schwestern bald keine Venen mehr, sodass Björn sich gegen erneutes Stechen heftig wehrte. Die Suche nach der Einstichstelle tat einfach zu weh. Angela musste mit Engelszungen reden und immer wieder einmal mit kleinen Überraschungen aus der Tasche nachhelfen, um Björns Bereitschaft zum Weitermachen zu wecken.

Das Ganze war ein äußerst elender Zustand, der für Angela und Horst Olbertz nur dadurch zu ertragen war, dass Helga und andere Mütter aus der Krabbelgruppe sich jeden Morgen um sechs Uhr zum Gebet trafen, um Gottes Gnade und seine Kraft zum Aus- und Durchhalten für Björn und seine Eltern zu erflehen.

Für Horst war die Situation um die Krebserkrankung seines Sohnes bald nur noch dadurch zu ertragen, dass er seine Beziehung mit Jesus endlich festmachte. Bisher hatte er sie doch eher oberflächlich gelebt und war im familiären Glaubensgewässer mehr oder weniger mitgeschwommen. Nein, so locker zu glauben wie bisher würde ihn durch die kommende Zeit mit dem Jungen nicht über Wasser halten können. Und so könnte er seiner Frau auch nicht die Stütze sein, die Angela jetzt brauchte. Seine Ehe in Gefahr bringen, das wollte er schon gar nicht. Solche Dinge hatten sie auf der Krebsstation bereits erlebt, dass an der Krankheit des Kindes die Ehe der Eltern zerbrochen war.

Horst suchte einen Seelsorger auf, klärte mit ihm die Dinge seines Lebens, von denen er meinte, dass sie geklärt werden müssten, und legte sein Leben, das nun schon zweiunddreißig Jahr währte, in die Hände Jesu. Als er sich nach dem Übergabegebet und dem Segen des Predigers erhob, wusste auch Horst Olbertz sicher, dass sein Name im himmlischen Buch des Lebens eingetragen war und die Engel im Himmel nach Lukas 15,7 einen Grund zum Feiern hatten.

Seine Frau und selbst Björn hatten diesen Grund auch. Als Horst nach seiner Schicht und dem Besuch bei seinem Seelsorger das Krankenzimmer betrat, schien es, als sei das Licht im Raum um einiges heller. „Du hast eine Entscheidung für Jesus getroffen?!“, mutmaßte Angela sofort. Horst hatte die Vermutung noch gar nicht bestätigt, da fiel sie ihm auch schon um den Hals: „Wie ist das schön, Horst! Wunderbar!

Gott ist so gut zu uns! Jetzt können wir unseren schweren Weg gemeinsam gehen. Geteiltes Leid ist halbes Leid."

Hier hakte sich Björn ein und ergänzte die zweite Satzhälfte: „Und geteilte Freude ist doppelte Freude, Mami, Papi! – Das hab ich schon im Kindergarten gelernt."

„Hast du denn überhaupt noch Freude?", wollte Horst von seinem Sohn wissen und strich dem Jungen dabei über seinen etwas schütter gewordenen Haarschopf.

„Natürlich, Papa, hab ich noch Freude", antwortete der Junge mit leicht schmerzverzerrtem Gesicht. Da hatte es ihn wohl gerade wieder gestochen. „Ich freue mich, dass Jesus jetzt auch immer bei dir ist und dass wir die Freude und die Schmerzen jetzt richtig miteinander teilen können. Jetzt kennt Gott nämlich auch deinen Namen, weil du jetzt auch ein Kind Gottes bist." Mit dieser Feststellung fing der Junge an, den Refrain des Kinderliedes zu singen, das er bereits aus der Krabbelgruppe kannte: „Ja, Gott hat alle Kinder lieb, jedes Kind in jedem Land. Er kennt alle unsre Namen, alle unsre Namen. Er hält uns alle, alle in der Hand."

Etliche Wochen waren inzwischen ins Land gegangen. Björn lag weiterhin auf der Kinder-Krebsstation und musste diverse Behandlungen über sich ergehen lassen wie Chemotherapie und Bestrahlungen, die dem Jungen sehr zusetzten. Ausgerechnet in dieser Zeit bekam Angela Olbertz eine schwere Sommergrippe, die ihr den täglichen Besuch bei ihrem Sohn unmöglich machte. Horst musste seine Frau vertreten, so gut er das von seiner Arbeit her konnte. Aber das schaffte er leider nur selten. Als die Mutter später so weit wieder gesund war, dass sie Björn besuchen durfte, wähnte sie sich beim Eintritt in das bekannte Zimmer im falschen Raum.

Wo war Björn? War er verlegt worden? War er zu einer Behandlung irgendwo im Haus? Der Patient am Fenster, der mit geschlossenen Augen mehr auf als unter seiner Decke lag, konnte doch nicht ihr Björn sein.

„Fassen Sie sich, Frau Olbertz", riet ihr die Schwester, bei der sie sich nach dem Jungen erkundigte. „Er liegt wie immer in seinem Bett und schläft vielleicht gerade. Er hat sich allerdings sehr verändert. Wie gesagt, erschrecken Sie nicht!"

Wieder zurück im Zimmer bekam Angela dann aber doch einen Schrecken, wie sie ihn in ihrem Leben selten erlebt hatte. Dabei hätte die Bemerkung der Krankenschwester sie doch eigentlich vorwarnen sollen: Björn hatte inzwischen alle seine Haare verloren! Ihr Kind hatte eine Glatze! Eine Vollglatze!

„Das ist nun mal so bei Krebskranken, Mama", versuchte der Junge seine Mutter zu trösten, die weinend an seinem Bett stand. „Der Doktor hat gesagt, die wachsen wieder, wenn die Chemo vorbei ist."

„Und wann ist das?", hatte Angela sich wieder ein wenig gefangen und wischte sich noch die restlichen Tränen vom Gesicht.

„Davon hat der Doktor nichts gesagt, Mama", war Björns Antwort, als wäre gar keine andere möglich. „Und er hat gesagt, deswegen müsste man nicht weinen. Jungen wie ich hätten schon mal Köpfe wie alte Männer. Dann hat der Doktor noch gesagt, dass sich alte Männer einen Hut aufsetzen, wenn die Glatze friert. Junge Männer trügen dann eher eine Wollmütze oder eine Kappe." Dabei musste der Junge sogar lachen. Welch ein tapferer Kerl, der in seiner Situation in der Lage war, den Humor seines Arztes zu übernehmen! Aber ob die Haare jemals wiederkämen, erschien Angela doch mehr als fraglich.

Als die Mutter dann auf die Bitte ihres Sohnes den Kassettenrecorder einschaltete, tönte aus dem Lautsprecher ein fröhlicher ermutigender Chorus:

„Mein Gott ist so groß, so stark und so mächtig,
unmöglich ist nichts meinem Gott.
Die Berge sind sein,
die Flüsse sind sein,
die Sterne schuf alle der Herr.
Mein Gott ist so groß, so stark und so mächtig,
unmöglich ist nichts meinem Gott."

„Hast du gehört, Mama? Das müssen wir glauben, Mama", ergänzte der Junge, „Gott ist stark und mächtig! Der kann auch meine Haare wieder wachsen lassen."

Zwischen Weihnachten und Neujahr 1985/86 durfte Björn für ein paar Tage nach Hause. Nachdem er im Oktober ein weiteres Mal operiert worden war, war das ein besonderes Geschenk – auch für Svenja, die ihren großen Bruder doch monatelang nicht gesehen hatte und die ihn jetzt sogar zu ihrem Geburtstag zu Hause haben durfte. Dass auch sie als jetzt dreijähriges Mädchen immer wieder einen Mundschutz tragen musste, war für die Kleine keine Einschränkung, sondern eher spaßig und interessant. Das galt übrigens auch für die Erwachsenen und für alle Kinder, die zu Besuch kamen. Jeder ertrug diese Maßnahme gern und gab damit ein lustiges Bild in der Olbertz'schen Wohnung ab. Schließlich durfte Björn sich keine Erkältung oder gar Grippe einfangen.

Björn genoss die wenigen Tage zu Hause, wurde ihm doch von der kleinen Schwester, den Eltern und auch von Besuchern alle erdenkliche Freundlichkeit entgegengebracht.

Schade, dass diese Zeit so schnell vorbeiging. Auf der anderen Seite begann der Junge seine Freunde zu vermissen, mit denen er seit ein paar Wochen sein Schicksal und sein Krankenhauszimmer teilte. Björn, Sven und Mathis waren eine echt starke Truppe, die miteinander viel Spaß und an denen Ärzte und Schwestern ihre Freude hatten. Für die drei Schicksalsgenossen gab es immer irgendetwas zu lachen. Damit setzten sie um, was ihre Ärzte ihnen immer wieder sagten: „Lachen ist die beste Medizin!"

11. Lichtblicke

Im Juni 1986 wurde bei Björn eine weitere Operation erforderlich, wobei auch diesmal dem Tumor nur bedingt zu Leibe gerückt werden konnte. Die anschließende Chemotherapie war wieder eine sehr aggressive Aktion mit viel Übelkeit für den Patienten und mit wiederholten Schmerzattacken und den entsprechend heftigen Gegenmaßnahmen. Die anschließende Strahlentherapie verlief dagegen etwas sanfter. Diese Behandlungsfolge stabilisierte Björns Gesundheit und eröffnete für den Jungen die Möglichkeit, mit seiner Mutter und mit seiner Schwester im Familien- und Erholungszentrum Katharinenhöhe in Schönwald im Schwarzwald eine Kur für krebskranke Kinder anzutreten. Vier Wochen kein Krankenzimmer, vier Wochen „Freiheit“ in einer wunderschönen Landschaft, vier Wochen Umgang mit Kindern und ihren Müttern, die alle mit den gleichen Lebensbedingungen und -problemen zu kämpfen hatten.

„Wo fahren wir da hin, Mama? Liegt das Haus in einem schönen Wald?“, wollte Björn wissen.

„Wie schön der Wald in Schönwald ist, weiß ich auch nicht, Junge“, antwortete die Mama. „Ich weiß nur, dass dieser Ort sehr hoch im Schwarzwald liegt. Auf rund eintausend Metern Höhe. So dicht am Himmel warst du noch nie.“

„Und was machen die da mit mir?“, fragte der Junge.

„Das erfahren wir, wenn wir da sind, mein Lieber. Du musst sicher auch Medikamente nehmen. Du machst verschiedene Physiotherapien und auch eine Beschäftigungstherapie. Allein und mit anderen Kindern. Lass dich überraschen“, meinte Angela.

„Wie kommen wir da hin?", war Björns nächste Frage.

„Wir fahren zu dritt mit der Schwarzwald-Bahn bis hinauf nach Triberg, wo es die berühmten Triberger Wasserfälle gibt. Von da fahren wir mit dem Bus nach Schönwald", wusste Angela.

„Was machen wir da vier Wochen lang jeden Tag, wenn ich keine Therapie bekomme?", fragte Björn weiter.

Angela Olbertz seufzte ein wenig auf: „Du fragst mir ja richtige Löcher in den Bauch. Ich weiß es auch noch nicht, nur ein bisschen", machte die Mama es spannend.

„Welches bisschen weißt du schon?" Björn blieb hartnäckig.

„Also, mein Junge", begann die Mutter ihre Antwort, „auch wenn wir nicht blind sind, besuchen wir dort den Blindensee. Das ist ein See mitten in einem Moor, eine dunkle Riesenpfütze ohne Zufluss und ohne Abfluss. Und auch wenn wir nicht fliegen können wie Adler, besuchen wir doch die Adlerschanzen. Das wird sicher aufregend. Vielleicht haben wir ja Glück und können uns ein Sommer-Skispringen anschauen. Die Adlerschanzen sind nämlich Mattenschanzen; die brauchen keinen Schnee."

„Und was noch, Mama? Du sagst oft: Aller guten Dinge sind drei. Du hast aber nur zwei genannt." Björn gab sich immer noch nicht zufrieden.

„Gut, dann sag ich ein Drittes", gab Angela der Bitte des Jungen nach. „Schönwald nennt man den Geburtsort der Kuckucksuhr. Im Dorf steht irgendwo ein Denkmal für den Erfinder der Kuckucksuhr, für den Herrn Ketterer. Das schauen wir uns sicher auch an. Jetzt zufrieden?"

„Ja, Mama, das wird alles sicher interessant. Aber dann höre ich jetzt auf, dich zu nerven, und lasse mich einfach von allem überraschen", gab Björn sich zufrieden.

Schade, dass der Papa nicht dabei sein konnte. Horst Olbertz musste zu Hause die Fahne hochhalten, das eigene Haus versorgen und dazu den Schrebergarten, dessen Bearbeitung er sich seit einiger Zeit zum Ausgleich für den Stress des Alltags an seinem Arbeitsplatz und in der Familie mit einem Arbeitskollegen teilte. Diese Freizeitbeschäftigung tat ihm gut und brachte ihn auch immer wieder auf andere Gedanken. Mit seinen Lieben in der Kur war er täglich telefonisch verbunden und hielt sich so immer auf dem Laufenden.

Es ging Björn in diesen Wochen erstaunlich gut. Manchmal musste seine Mutter ihn ein wenig an die Leine nehmen, damit er nicht über die Stränge schlug. Dabei merkte er meistens selbst, wenn er kräftemäßig an seine Grenzen kam. In einer ganz anderen Frage schoss er allerdings ein wenig über das Ziel hinaus. Nach dem Mittagsschlaf sagte er einmal völlig unvermittelt zu seiner Mutter: „Du, Mama, ich habe zum lieben Gott gebetet, dass er dir noch ein Baby schenkt."

Angela blieb schier die Spucke weg: „Wie kommst du denn auf die Idee? Ich hab doch schon euch zwei und hab euch beide sehr lieb."

„Das weiß ich doch, Mama", antwortete Björn mit ernster Miene. „Aber wenn ich sterben muss, dann hast du nur noch Svenja."

„Da hast du recht, Junge", gab Angela nachdenklich zurück. „Aber du weißt doch, dass wir alle in Gottes Hand sind. Und Gott geht mit uns allen so um, wie es richtig ist."

Björn gab sich zufrieden und stimmte das Kinderlied an: „Gott hält die ganze Welt in seiner Hand … er hält uns alle in seiner Hand."

„Genauso ist es, kleiner Bär! Und jetzt laufen wir über den Holzweg zum Blindensee. Die andern Jungen und ihre Muttis warten schon unten, und Svenja ist auch schon draußen. Bitte pass schön auf deine kleine Schwester auf, damit sie nicht neben den Weg tritt und in den See fällt."

Die vier Wochen auf der Katharinenhöhe vergingen für Angela Olbertz und ihre beiden Kinder wie im Flug. Es gab ja auch täglich Neues zu tun, zu sehen und zu erleben. Zu den drei Dingen, die die Mama aufgezählt hatte, kamen ja noch andere Unternehmungen dazu. Björn war in allem sehr wissbegierig und interessiert und sein Bewegungsdrang war sehr groß. Zuweilen musste ihn die Mutter ein wenig bremsen und um Rücksicht auf Svenja bitten. Und sie musste den Jungen ab und an daran erinnern, dass er als Krebspatient hier in Schönwald sei, der sich doch erholen sollte.

Gegen Ende der Zeit war es dann aber doch zu spüren, dass Björns körperliche und geistige Reserven immer schneller aufgebraucht waren und sein Akku immer länger brauchte, um aufgeladen zu werden. Der Junge brauchte viel Ruhe in der Nacht, und seinen Mittagsschlaf dehnte er von sich aus immer wieder aus.

Am Ende einer Mittagsschlaf-Phase fand Angela Olbertz ihren Sohn mit strahlenden Augen und leuchtendem Gesicht im Bett sitzend vor. „Was ist denn mit dir passiert?", fragte sie voller Erstaunen.

„Ich sag's dir, Mama", begann Björn seine Antwort, und er wurde ganz eifrig dabei. „Also, ich habe ja den Herrn Jesus schon lange lieb, und ich höre sehr gerne seine Geschichten und ich singe so gerne Lieder für ihn. Das weißt du alles, Mama. Aber ich mach das immer nur so mehr von außen, wenn du weißt, was ich meine."

Angela war sehr gespannt, was denn jetzt noch käme.

Der Junge sprach weiter: „Ich habe vorhin zum Herrn Jesus gebetet und habe ihm gesagt: ‚Herr Jesus, ich schenke dir mein Herz.' Und dann habe ich ihm gesagt, er soll in mein Herz einziehen und meinen Namen in sein Lebensbuch schreiben. Da will ich drinstehen, wie meine Mama und mein Papa."

Angela Olbertz blieb für einen Moment schier das Herz stehen. War dieser krebskranke Junge eigentlich noch auf dieser Erde oder war der in seinem Denken bereits in einer anderen Welt? Sie nahm ihren Jungen in die Arme und konnte es dabei nicht verhindern, dass ihr ein paar Tränen über die Wangen liefen: Ihr sechsjähriger Sohn schenkte in einer bewussten Entscheidung Jesus Christus, dem Heiland, sein Herz! Welch ein Ereignis!

„Dann beten wir jetzt zusammen, mein Bärchen", schlug die Mutter vor, dankbar für diese bedeutsamen Momente im Leben des Jungen und in ihrem Leben als Mutter, als Eltern und als ganze Familie.

Diese Frage im Leben des Kindes Björn Olbertz war nun ein für alle Mal geklärt: Er war nicht nur das Kind seiner Eltern, er war auch ein Kind Gottes! Aber trotzdem noch ein Kind dieser Welt. Von daher beschäftigte sich der Junge auch mit der Frage, was denn demnächst mit seiner Einschulung sei. Seine Alterskameraden aus dem Kindergarten kamen nach den Sommerferien in die Schule und er wollte das auch. Er, der Kahlkopf Björn Olbertz, sei mit seiner Krankheit zwar ein besonderer Junge, aber er sei doch nichts Besonderes. Er müsse doch wenigstens das Schreiben und das Lesen lernen, auch wenn er in seinem Leben vielleicht nicht viel davon haben würde. Sollten denn nur immer andere ihm vorlesen, was er gerne selbst gelesen, zumindest aber gerne gewusst hätte? Nein, Björn brannte darauf, die Kinderbibel, die Tante Ilona ihm geschenkt hatte, und auch noch ein paar andere Bücher selbst lesen zu können: „Also, Mama und Papa, meldet mich an!"

Die Eltern ließen sich auf Björns Wunsch ein und meldeten ihn zur Einschulung in der Burgschule von Nieder-Olm an. Dass sie die Schulleitung und die Klassenlehrerin der künftigen Klasse 1 zuvor über den Gesundheitszustand ihres Sohnes ausführlich in Kenntnis setzten, verstand sich dabei von selbst. Frau Thierfelder hatte bereits von dem Jungen und seiner Krankheit gehört und sagte zu, ein besonderes Augenmerk auf Björn zu haben. Allerdings auch auf die Mitschülerinnen und Mitschüler, damit sie besonders im Blick auf Björns Krankheit vernünftig und rücksichtsvoll miteinander umgingen.

Am 6. August 1986, dem Tag seiner Einschulung, der dazu noch ein recht sonniger Tag war, gestalteten Angela und Horst Olbertz ihrem Sohn ein richtig schönes Fest, das den Jungen für einige Stunden seine Krankheit vergessen ließ. Zu Hause gab es sein Lieblingsessen: Spaghetti mit Tomatensoße. Und nachmittags machte die Familie einen Ausflug in den Wildpark Mainz-Gonsenheim. Dort hatten es die kranken Vögel in der Vogel-Auffang-Station, diese armen Tiere, dem neuen Erstklässler besonders angetan. Abends gab es zum Tagesabschluss noch eine Runde Spiel und Spaß, Vorlesen und Singen im heimischen Wohnzimmer, bis das Nachtgebet den Tag beendete:

„Nun neigt der Tag sich seinem Ende,
es legt zur Ruh sich Leib und Geist.
Wir falten dankbar unsre Hände
dem, der ein jeden Tages Ziel und Wege weist.

Er gab auch heute Trank und Speise,
gab Kleidung uns und Weggeleit;
gab Freude uns nach seiner Weise.
So wie er heute tat, tut er uns allezeit.

Wir blicken dankbar auf die Stunden,
die voll des Segens heut, zurück.
Den Kranken und auch den Gesunden
verheißt sein Wort von neuem Beistand, Fried und Glück.

Nun neigt der Tag sich seinem Ende,
wir geben uns in seine Hut
und bitten, dass er von uns wende
all Ungemach und Not, denn er, der Herr, ist gut.“[8]

Am Tag darauf begann dann für Björn die eigentliche Schulzeit, wobei für die Eltern jeder einzelne Tag mit der Sorge verbunden war, der Junge könnte sich überschätzen in seinen Aktivitäten mit den anderen. Angela war jeden Mittag froh und dankbar, ihren Sohn nach dem Vormittag auf dem Pausenhof, im Klassenraum und nach dem Schulweg hin und her wieder heil zu Hause zu haben. Erstklässler sind wie alle Kinder nun einmal unberechenbar und manchmal schwer zu zügeln.

---

8 Text: Lothar von Seltmann, 1975, Rechte beim Autor.

Das mutige Projekt Schule für den krebskranken Jungen von sechs Jahren funktionierte zur Freude und zum Dank aller Beteiligten bestens. Björn lernte gerne und er lernte gut und leicht. Das Schreiben ging ihm flott von der Hand und das Lesen kam ihm leicht über die Lippen. Schon um die Weihnachtszeit war er so gut, dass er niemanden mehr darum bitten musste, ihm etwas vorzulesen. Und was er aufschreiben wollte, schrieb er jetzt selbst auf.

Björn hatte den Eindruck, dass es Gott war, der ihm die Leichtigkeit in diesen Dingen geschenkt hatte, weil anderes eben nicht so gut ging, zum Beispiel beim Sport mitzumachen. Das ging wegen seiner Krankheit nicht. Oder das Rechnen. Das ging dem Jungen nicht so leicht von der Hand wie Lesen und Schreiben. Dazu fehlte ihm das notwendige abstrakte Denkvermögen. Aber störte das jemanden? Ihn jedenfalls nicht – oder wenigstens kaum. Am liebsten war ihm das Fach Religion. Hier konnte er glänzen, weil er jedes andere Kind seiner Klasse in die Tasche steckte. Was Björn aus der Bibel bereits alles kannte und wusste und wie er manche Geschichten und Texte in Zusammenhang brachte, war schon bemerkenswert.

Sehr bemerkenswert war auch, wie er die besondere Aufgabe seiner Religionslehrerin umsetzte, sich selbst als jungen Menschen in seiner Freizeitgestaltung zu malen. Björn malte sich nicht etwa mit einem Fußball vor den Füßen oder einem Recorder neben den Ohren. Nein, er malte sich selbst, wie er im offenen Grab lag, umgeben von viel Grün und bunten Blumen und einem Kranz roter Herzen.

Seiner Religionslehrerin versetzte dieses Bild schier einen Schock: Wie kam ein Junge wie Björn dazu, sich selbst bildlich ins Grab zu legen? War der Junge denn krank? Dass dies so war, musste Björns Klassenlehrerin ihrer Kollegin tatsächlich erst erklären. Ob ihr der Glatzkopf unter der Mütze des

Jungen, die Björn ständig trug und auch im Unterricht nicht absetzte, etwa nicht aufgefallen sei? Dieser lebensfrohe Kleine sei ein ganz Großer! Der lebe schon eine Weile mit seinem Sterben, das er nur noch ein wenig vor sich herschöbe. Der Junge wisse heut schon genau, wo es für ihn einmal hingehe, wenn er auf dieser Erde seinen letzten Atemzug tun würde.

Die Religionslehrerin kam aus dem Staunen nicht heraus. Sie hatte der Mütze keine besondere Bedeutung beigemessen. Und so nahm sie sich vor, auf dieses Denken ihres Schülers für sich selbst und für ihren Unterricht mehr zu achten und es für ihren Unterricht zu nutzen, wenn es sich ergab. Da hatte Björns Bild offenkundig Gutes bewirkt!

Björn Olbertz' erstes Schuljahr war eine gute Zeit in seinem jungen Leben, die er selbst, seine Eltern, seine Lehrer und Mitschüler und auch seine medizinischen Betreuer gerne verlängert hätten. Dem Jungen ging es die meiste Zeit erstaunlich gut, sodass sich ganz leise Gedanken in das Bewusstsein der Beteiligten einschlichen, die Krankheit könne vielleicht besiegt sein. Nur leider war sie es nicht! Gegen Ende des Schuljahres brach sie wieder aus, mehr oder weniger plötzlich und in einer vorher nicht geahnten Heftigkeit. Eine erneute Operation auf der Kinder-Krebsstation der Uniklinik Mainz ließ sich nicht vermeiden und auch nicht länger aufschieben. Die innere Not bei Angela und Horst Olbertz war plötzlich wieder ganz groß. War der Zeitpunkt jetzt gekommen, den Jungen endgültig abgeben zu müssen? Oder gab ihm Gott durch die OP noch eine weitere Chance? Bangen, Hoffen und Beten waren wieder ganz neu angesagt!

Der Mensch mit der größten Zuversicht in dieser Situation war wohl Björn selbst: „Tschüss, Mami! Ich hab keine

Angst!", waren seine Worte, als man ihn in den Operationssaal brachte. Für seine Mutter war das ein Grund, auf dem Flur zunächst einen Weinkrampf zu bekommen, dann aber doch zu einem Gebet zu finden: „Herr Jesus, du bist der Chefarzt. Danke, dass du im OP jetzt dabei bist. Alles liegt in deinen Händen!"

Viele Stunden später war der Junge in der Gegenwart zurück und fand sich erneut in seinem gewohnten Zimmer unter seinen bekannten Freunden Sven und Mathis, die ihrer Krankheit bisher ebenso getrotzt hatten wie er und zurzeit auch wieder einmal hier sein mussten. Beide Jungen hatten Besuch so wie er selbst. Seine Mutter war dankbar, dass sie ihren Jungen dieses Mal noch nicht hatte loslassen müssen. Noch war er ihr erhalten geblieben! Ob der Arzt, der in diesem Moment das Zimmer betrat, dazu etwas sagen wollte?

Es war aber Björn, der jetzt etwas in die Unruhe des Zimmers hinein sagte, zwar mit sehr müder Stimme, aber doch klar und verständlich: „Wisst ihr, was ich heute im OP erlebt habe? Ihr könnt es euch nicht vorstellen, weil ihr nicht dabei wart. Ich sag's euch." Sofort war es im Raum still. Groß und Klein waren gespannt, was Björn jetzt erzählen würde.

Und dann sprach der Junge: „Also, ich habe ein ganz großes helles Licht gesehen. Ich meine nicht die Riesenlampe über dem OP-Tisch! Nein, ich wusste sofort: Das helle Licht ist Jesus. Und dann hat Jesus zu mir gesagt: ‚Björn, du brauchst keine Angst zu haben. Fürchte dich nicht, ich bin bei dir!' Und dann hatte ich auch gar keine Angst." Bei diesen Worten strahlten Björns Augen, und er begann leise den Refrain des bekannten Liedes von Peter Strauch zu singen:

„Meine Zeit steht in deinen Händen. Nun kann ich ruhig sein, ruhig sein in dir.“

Nachdem das Lied verklungen war, wagte offenbar niemand, ein Wort zu sagen. Eine ganze Weile blieb es still im Zimmer. Erst als sich die Besucher von ihren Kindern verabschiedeten, wurde es wieder ein wenig unruhig, wobei alle Geräusche sehr gedämpft blieben. Das Zeugnis des Schwerstkranken hatte offenbar einen tiefen Eindruck hinterlassen und der durfte nicht gestört werden. Seine Mutter betete in diesen Momenten innerlich sehr darum, dass Jesus die Herzen der anderen Jungen und die ihrer Angehörigen und auch das des Arztes anrühren möge. Auch der Mann im weißen Kittel verließ erst jetzt wieder das Zimmer, freilich ohne mit jemandem gesprochen zu haben. Die Frage, was er eigentlich gewollt hatte, blieb offen. Mit Björn hätte er ohnehin nicht mehr reden können. Der Junge war nach seinem Lied wieder eingeschlafen.

Die folgenden Tage und Wochen wurden für Björn sehr schwierig. Sein Körper steckte voller Metastasen, derer man trotz einiger Nachfolge-OPs und den jeweiligen onkologischen Nachbehandlungen nicht mehr Herr wurde. Dennoch blieb der Junge fröhlich und getrost, auch wenn er es leid war, in der Klinik sein zu müssen. Er wollte nach Hause und lieber dort sterben, als immer wieder im Krankenhaus sein zu müssen. Aber noch war für ihn das Sterben offenbar nicht dran. Also füllte er seine Zeit mit dem, wofür er die Kraft hatte: Besuch empfangen von seinen Freunden und von Kindern seiner Schulklasse und von Frau Thierfelder, seiner Lehrerin, Briefe empfangen und Briefe schreiben, lesen und Kassetten hören, staunen darüber, wer alles an seinem Schicksal

Anteil nahm und wer alles die Eltern besuchte, um ihnen Mut zuzusprechen. „Das macht alles der Herr Jesus“, sagte er gelegentlich und er freute sich darüber, dass der 6-Uhr-Vormittags-Gebetskreis, den die Mama einmal mit Helga ins Leben gerufen hatte, längst so gewachsen war, dass er selbst im großen Hobbyraum des Hauses keinen Platz mehr hatte und sich inzwischen zu einer richtigen Gemeinde entwickelt hatte. Die wurde von Monat zu Monat größer und brauchte dringend einen Ort, wo alle Leute Platz fanden, die sich zum Singen, Beten, Predigthören und zum weiteren Zusammensein treffen wollten.

„Das macht alles der Herr Jesus! Er gebraucht uns, dass sich viele Leute darum kümmern, dass ihre Namen in das Buch des Lebens eingetragen werden.“ Das war Björns Sicht der Dinge, und er hatte wohl auch recht damit.

Die Tatsache, dass sich viele darum kümmerten, wie es dem jungen Patienten ging und wie seine Eltern und die kleine Svenja die ganze Geschichte erlebten und verarbeiteten, brachte Angela Olbertz auch immer wieder einmal an die Grenzen ihrer Kraft. Vor allem in den Wochen, in denen Horst Tagschicht hatte und von morgens bis abends seine Hilfe nicht zur Verfügung stand.

Er hatte inzwischen sein Schichtsystem von Früh- und Spätschicht auf Tag- und Nachtschicht umstellen müssen, weil er sich mit wenigen anderen auf besondere Tätigkeiten im Betrieb spezialisiert hatte. Das bedeutete für ihn, dass er jeweils mehrere Tage hintereinander von frühmorgens bis spätabends nicht zu Hause war, während er an anderen Tagen abends aus dem Haus ging und morgens von der Arbeit zurückkam und dann zunächst einmal ein paar Stunden

Schlaf brauchte. In dieser Zeit durfte Horst dann auch nicht gestört werden.

Für seine Frau war das alles nicht leicht zu bewältigen, zumal auch Svenja mit der Situation nicht immer zurechtkam. Die inzwischen Viereinhalbjährige rebellierte dagegen, nach dem Kindergarten immer wieder in einer Pflegefamilie sein zu müssen. Sie probte den Aufstand und „wehrte" sich durch Schreien, Einnässen und Rumzicken. Und wenn Björn für längere Zeit zu Hause war, spielte sie häufig die gekränkte Eifersüchtige, weil ihr kranker Bruder die größere Aufmerksamkeit genoss. Wer konnte dem Mädchen das verdenken?

Für ihre Mama war das alles zuweilen zum Davonlaufen und Verzweifeln. Manchmal war es auch Anlass für sie zu fragen, warum Gott ihr das alles in einer solchen Intensität zumutete. Hatte sie als Kind und Jugendliche nicht schon genug zu leiden gehabt? Musste sie als erwachsene Frau und Mutter unbedingt weiterleiden? – Nein, Jesus den Herrn zu nennen und mit ihm im Gespräch zu bleiben, war nicht immer leicht. In solchen Momenten stand Angela Olbertz zuweilen der Sänger des 13. Psalms vor der Seele: „Herr, wie lange willst du mich so ganz vergessen? Wie lange verbirgst du dein Antlitz vor mir? Wie lange soll ich sorgen in meiner Seele und mich ängsten in meinem Herzen täglich?" Dann schämte sie sich wieder wegen ihres Kleinglaubens und Zweifelns und erinnerte sich daran, dass der Psalmist sich trotz seiner schwierigen Lage an Gott wandte: „Schau doch und höre mein Gebet!" Am Ende ging es ihr dann aber auch wie diesem Sänger aus uralter Zeit und sie erfuhr jeweils wieder die Gnade der Erhörung: „... mein Herz freut sich, dass du so gerne hilfst. Ich will dem Herrn singen, dass er so wohl an mir tut."

Glück empfinden kann der Mensch auch in leidvollen Stunden. Beten und singen, das hatte Angela gelernt, kann man auch unter Tränen bei harter Arbeit.

Denn nebenbei musste ja auch noch der Haushalt bewältigt werden. Viele Leute aus dem Ort meinten es wirklich gut mit ihnen und ihrer Situation. Wenn sie niemanden antrafen, stellten Besucher gerne irgendwelche Obstgaben, Süßigkeiten und andere Geschenke vor die Haustür. Solche Dinge mussten dann verarbeitet und aufgeräumt werden. Dass es Telefon gab, erwies sich auch nicht nur als Segen. Zuweilen war es einfach schlimm, wie viel Zeit dieses technische Gerät verschlang: für gewünschte Rückrufe, für das Sichbedanken und das Antworten auf Nachfragen; Zeit, die an anderer Stelle dringend gebraucht wurde. Wer mochte es der Frau verdenken, dass sie ab und an als Selbstschutzmaßnahme den Hörer einfach für eine Weile neben die Gabel legte. Mochten Anrufer doch denken, sie spräche bereits mit jemandem …

Zu alldem gab es noch eine Sache, die Angela Olbertz immer wieder besondere Kräfte kostete: die Beziehung zu ihrer eigenen Mutter. Marie Sperling hatte ihre Tochter lange Zeit in Ruhe gelassen, seit sie damals aus dem Haus gegangen war und diesen bärtigen Mann geheiratet hatte. Seitdem sie wusste, dass ihr Enkel Björn krank war, glaubte die Siegerländer Oma sich in der Pflicht, sich kümmern zu müssen. Wenn sie es dann wenigstens einfühlsam und wirklich anteilnehmend getan und echte Hilfe angeboten hätte! Das konnte sie aber offenbar nicht. In ihren Telefongesprächen und bei meist unangemeldeten Besuchen ging es nach wie vor rau zu. Vorwürfe an die missratene und unfähige Tochter kamen immer zuerst vor Anfragen nach dem Befinden des Enkels oder der anderen Familienangehörigen. Enkelin Svenja kam bei der Großmutter aus Eckertshofen beinahe gar nicht vor.

Die Kleine war ja „leider“ auch ein Mädchen, mit denen sie es noch nie gekonnt hatte.

Der „Höhepunkt“ war erreicht, als Angelas Eltern einmal plötzlich vor der Tür standen, mit umfangreichem Reisegepäck in den Händen und dem Ansinnen, am folgenden Morgen gemeinsam mit ihnen und Horsts Eltern, vor allem aber mit Björn nach Bayern zu reisen. Dort gebe es einen Heilpraktiker, so einen vorzüglichen Tee-Onkel, der ein Mittel gegen Krebs gefunden habe. Die Zeitungen und die Nachrichten seien voll von den Erfolgen dieses Wunderheilers. Der werde mit hoher Sicherheit auch Björn helfen können. Diesem Mann müsse man unbedingt Vertrauen entgegenbringen. Also: Sachen gepackt und gleich morgen früh mit dem Auto auf die Reise!

Als Marie Sperling ihren Vortrag beim Abendessen beendet hatte, waren Angela und Horst bereits aufs Äußerste geladen – kurz vor der Explosion. Sie hatten ihren Protest gegen dieses Unterfangen zwar nicht absprechen können, dennoch handelten sie beide im Gleichklang: Sie sprangen von ihren Stühlen auf und holten beide gleichzeitig Luft für ihre Antwort. Horst überließ dann aber doch seiner Frau das Wort, die ihrer Mutter deutlich in die Parade fuhr: „Mama, über diese Sache fällt hier kein Wort mehr! Eine solche Aktion kommt für uns nicht infrage! Nie und nimmer! Wir geben Björn nicht in die Hände eines solchen Scharlatans, Kurpfuschers und Wundermanns! Wir verlassen uns einzig auf Gottes Hilfe durch die Hände der Ärzte! Und wenn ihr uns etwas Gutes tun wollt, dann nehmt umgehend euer Gepäck und fahrt dahin, wo ihr hergekommen seid.“

Das war eine deutliche Ansage. Horst ergänzte nur noch in ebenso deutlichem Ton: „Bitte, tut uns den Gefallen und lasst uns künftig allein!“ Den beiden alten Sperlings blieb nichts anderes übrig, als ihre Sachen zu nehmen und unverrichteter Dinge, dafür grollend und schimpfend, das Haus zu verlassen und zurück an den Dreisbach zu fahren. Ihre Nieder-Olmer Kinder und Enkel konnten aufatmen und hatten zunächst wieder für eine ganze Weile Ruhe vor den beiden. Nur Vater und Opa Henner tat ihnen schon leid, zum einen wegen der Frau, mit der er leben musste, und zum anderen wegen der Krebserkrankung, die auch nach ihm gegriffen hatte. Er hatte seinen Prostatakrebs nur leise am Rande erwähnt, gerade noch so beim Hinausgehen.

12. Die Sonne, die mir lachet …

Im August 1987 wurde Björn erneut ein Kuraufenthalt in Schönwald genehmigt. Er wollte gern noch einmal dorthin und fühlte sich inzwischen auch wieder stark genug, die Reise in den Schwarzwald und die Zeit dort auf sich zu nehmen. Dafür nahm er in Kauf, dass das neue Schuljahr wahrscheinlich zunächst ohne ihn beginnen würde. Das war aber deshalb nicht schlimm, weil die Katharinenhöhe eine eigene Schule mit Lehrerinnen und Lehrern hatte. Während die Jungen und Mädchen der Klasse 2 am 3. September also wieder in die Burgschule gingen, besuchte ihr kranker Mitschüler die Heimschule des Kurhauses und lernte dort, was der Lehrplan für einen Zweitklässler vorsah.

In Schönwald zu sein, war auch für Svenja wieder einmal gut. Hier war sie doch in der Nähe ihrer Mutter und musste nicht ständig bei anderen Leuten herumgereicht werden, weil die Mama sich um den großen Bruder kümmern musste.

Angela und ihre zwei Kinder hatten dann auch viel Freude miteinander. Es ging Björn einigermaßen gut. Der Junge vertrug seine Behandlungen und Therapien, ging gerne zum Hausunterricht und nahm an allen möglichen sonstigen Kreativangeboten teil. Dass er dabei ein zwanzig Zentimeter großes Wachskreuz für sich selbst auswählte und es mit verschiedenen Werkzeugen und Hilfsmitteln bearbeitete, sodass es antik wirkte, war dann schon wieder bemerkenswert: Er wolle dieses Kreuz später zu Hause an seine Zimmerwand hängen. Seine Begründung für diese Wahl war ebenso beeindruckend. Sie bestand in einer Liedstrophe mit einem sprachlich für einen Zweitklässler schwierigen Text. Der hatte dafür einen vielsagenden Inhalt, den der Junge für sich selbst offenbar als Antwort auf die entsprechende Frage begriffen hatte. Deshalb stimmte er die Strophe wohl jetzt an:

„Am Kreuze meines Heilands, da ist mein sichrer Stand,
da labt der Allmacht Schatten mich im dürren Wüstenland.
Hier beut sich mir ein süßes Heim, der Seele Ruhestatt,
wenn Trübsalshitze ringsum brennt,
wenn ich werd müd und matt.“ [9]

In diesen Tagen auf der Katharinenhöhe wurde Björn auch Zeuge des plötzlichen Krebstodes des fünfjährigen Benjamin, der mit seiner Mutter zur Kur im Haus war und mit dem er in diesen Tagen noch gespielt hatte. Ein sehr beeindruckendes Erlebnis, das Björn sehr traurig stimmte und die Mama und Svenja ebenso.

Dennoch war er es, der seine Mutter zu trösten verstand: Angela Olbertz ließ beim Gedanken an Benjamin und seine leidende Mutter – vielleicht auch im Vorausblick darauf, dass sie über kurz oder lang dasselbe Schicksal treffen würde – in der Nacht ihren Tränen freien Lauf. Björn wurde von ihrem Schluchzen wach, kroch zu ihr ins Bett und sagte: „Mama, du musst nicht um Benjamin weinen. Der hat es jetzt gut. Der ist doch jetzt im Himmel beim Herrn Jesus. Da tut ihm nichts mehr weh und da braucht er auch nicht mehr zu weinen.“

Angela Olbertz drückte ihren Jungen fest an sich: „Hast ja recht, mein Junge. Im Himmel gibt es keine Tränen mehr und kein Leid und kein Weinen. Aber wir sollen auch mitweinen, wenn jemand weint, hat der Apostel Paulus den Rö-

---

9 Aus „Gemeinschaftsliederbuch“ Nr. 283,1, Brunnen, Gießen 1983.

mern geschrieben. Vielleicht tut es Benjamins Mutter ja gut, wenn sie weiß, dass jemand mit ihr weint. Und sie weiß, dass wir mit ihr trauern. Ich habe ihr vor der Abreise geholfen, das Zimmer zu räumen und das Auto zu packen. Da haben wir miteinander geweint."

Björn gab sich mit dieser Antwort zufrieden und kuschelte sich an seine Mama, froh, bei ihr im Bett liegen und ihre Nähe spüren zu können.

Gegen Ende der mehrwöchigen Kur bekam Björn wieder häufiger Schmerzattacken, die ausgerechnet an dem Tag ihren Höhepunkt erreichten, als Papa Horst nach Schönwald gekommen war, um ein paar Tage Urlaub zu machen und mit seinen drei Lieben fröhlich zusammen zu sein. Später wollte er sie mit dem Auto wieder mit nach Hause nehmen.

Björn hatte plötzlich einen furchtbaren Stuhldrang, konnte aber nicht zur Toilette gehen. Sein schmerzverzerrtes Schreien war weithin zu hören. Die Ärztin der Katharinenhöhe, die sofort herbeieilte, vermutete Darmverschluss durch einen neuen Tumor, der den Enddarm blockierte.

Wenige Minuten nach diesem Befund lag Björn bereits im Krankenwagen, der ihn mit Blaulicht und Sirene auf schnellstem Weg nach Freiburg brachte. In der dortigen Universitätsklinik bestätigte man in einer Blitzuntersuchung die Diagnose, verpasste dem Patienten eine neue Dosis Morphium und schickte ihn sofort weiter in seine „Heimatklinik" in Mainz. Die Ärzte wurden über Björns Zustand umgehend informiert, sodass in Mainz bei der Ankunft des Patienten bereits alles für einen erneuten Eingriff vorbereitet war. Der Junge kam sofort auf den Tisch, um notoperiert zu werden. Welch eine Dramatik für alle Beteiligten!

Zum Erstaunen, zur Erleichterung und zur Freude seiner Eltern, die inzwischen ebenfalls in Mainz angekommen waren, überstand Björn die komplizierte OP. Als Angela und Horst ihren Jungen dann wieder in die Arme nehmen konnten – Svenja hatten sie zwischenzeitlich von Freunden abholen lassen –, waren sie von dem Anblick des leichenblassen Körpers erschüttert. Björn war durch viele Schläuche an ebenso viele Geräte angeschlossen, die ihn auf allen Seiten umgaben und blinkten, summten und tickten. Die beiden Eltern wussten nicht, wie sie darauf jetzt reagieren sollten. Sollten sie sich wirklich freuen, dass Björn lebte? Sollten sie beten, dass der Junge ihnen noch eine Weile erhalten bliebe? Sollten sie sich damit abfinden, dass der Zeitpunkt, den Jungen loszulassen, jetzt offenbar gekommen war und deshalb darum beten, dass Gott den Leidensweg des Kranken gnädig abkürze? Ja, was sollten sie nur beten?

Björn selbst wollte in diesen Stunden nicht mehr leben. Er war mit seiner Kraft wohl endgültig am Ende: „Bitte, holt mich hier raus, Papa, Mama. Ich will sterben. Ich will nicht mehr leben. Ich will zum Herrn Jesus."

Und doch war der Zeitpunkt des Abschieds noch nicht gekommen. Björn erholte sich in kleinsten Schritten auch von dieser bisher wohl schwersten Operation, die er über sich hatte ergehen lassen müssen: Der Körper war von vorne und hinten geöffnet worden, um ihn von faustgroßen Tumoren und etlichen Metastasen zu befreien, die sich breitgemacht und an den unmöglichsten Orten angesiedelt hatten. Es stand schlimm um den Jungen!

Auch wenn er am liebsten sterben wollte, kämpfte der Junge mit einer kaum beschreibbaren Energie und Widerstandsfähigkeit um jeden noch so kleinen Fortschritt und gegen den kalten Griff des Todes. Nach Wochen schaffte er es mit größter Mühe und Engelsgeduld, noch einmal aus dem Bett und auf seine Beine zu kommen. Es gelang ihm sogar, ein paar Schritte zu laufen, aus dem Zimmer hinauszugehen und einen Blick aus dem Flurfenster zu werfen in die herbstlich angehauchte Weite der Klinik-Umgebung. Herrlich! Großartig! Von Gott sehr gnädig geführt und gemacht! Wie strahlten Björns Augen bei dieser Schönheit der Natur. Dem Jungen kam das Lied „Bunt sind schon die Wälder“ in den Sinn, das er bei Frau Thierfelder in der ersten Klasse seiner Burgschule gelernt hatte. Leise sang er es.

„Bunt sind schon die Wälder, gelb die Stoppelfelder,
und der Herbst beginnt.
Rote Blätter fallen, graue Nebel wallen,
kühler weht der Wind.

Mutter und Sohn standen noch auf dem Flur, als der Chirurg vorbeikam, der neulich den schwierigen Eingriff an dem Jungen durchgeführt hatte. Angela Olbertz hielt den Mann auf, bedankte sich noch einmal für seine gute Arbeit während der OP und fragte ihn dann, wie groß denn Björns weitere Lebenschancen seien. Die Antwort des Arztes fiel nicht sehr gnädig und schon gar nicht einfühlsam aus. Der Mann schaute ihr ins Gesicht, blickte dann auf Björn, der gegen die Flurwand gelehnt immer noch auf seinen dürren Beinen stand, und sagte: „Gute Frau, machen Sie sich und dem Jungen doch keine Hoffnung. Das wird nichts mehr! Die einzigen Garantien, die ich Ihnen geben kann, sind der Sarg und der Friedhof.“ Der Arzt sprach’s und entfernte sich schnellen

Schrittes, als wollte er jeder Reaktion von Mutter und Sohn aus dem Weg gehen. Dass er damit dem ohnehin wunden Herzen einer Mutter einen zusätzlichen Stich versetzt hatte, kümmerte den Mann offenbar nicht.

Björn nahm die Antwort des Arztes viel gelassener als seine Mutter, der vor Entsetzen die Tränen über das Gesicht liefen. Björn löste sich von der Wand und ergriff die Hände der zitternden Frau: „Mama, reg dich doch nicht auf über den Viehdoktor, wie du ihn genannt hast. Der Doktor hat doch recht. Ich weiß, dass ich nicht mehr lange hierbleiben kann, Mama. Ich werde sterben, und ich will ja auch sterben. Ich will in den Himmel, Mama!"

Angela vermochte nicht zu antworten. Für den Moment hatte es ihr die Stimme verschlagen. Sie brachte ihren Jungen zurück in sein Zimmer, nahm ihn noch einmal vorsichtig in die Arme und half ihm dann in sein Bett. „Du bist ein großartiger Junge, Björn. Du verdienst die goldene Tapferkeitsmedaille erster Klasse, wenn es denn so etwas gibt. So stark wie du kann doch kein Mensch sein."

„Ich kann das doch auch gar nicht von alleine, Mama", legte der Junge ein wenig Widerspruch ein. „Ich kann das nur, weil Jesus mich stark macht und mir hilft. Hast du mal selbst gesagt, Mama, weil es der Paulus gesagt hat. Der war doch auch ein kranker Mann, dem keiner helfen konnte, wie du mir erzählt hast."

„In seinem Brief an die Philipper, mein Junge, da steht, was der kranke Mann Paulus gesagt hat: Ich vermag alles durch den, der mich stark macht: Jesus Christus."

„Siehst du, Mama, so gilt das", bestätigte Björn und ergänzte: „Und jetzt bin ich müde und will schlafen. Tschüss, Mama!" Das hieß: Du kannst jetzt gerne gehen, Mama, und mich allein lassen.

☙

In den folgenden Wochen erholte sich Björn noch einmal auf einen Stand, der es ihm ermöglichte, im November 1987 eine weitere Zeit auf der Katharinenhöhe zu verbringen. „Das ist für mich fast wie zu Hause“, stellte er fest, als er mit Svenja und seiner Mutter das gemeinsame Zimmer bezog. Alle wichtigen Räume kannte er ja bereits und er suchte sie auch nach und nach auf. Dass er – wie bei den früheren Aufenthalten auch – diverse Untersuchungen über sich ergehen lassen musste, war ihm auch nichts Neues. Die Ärztin und anderes Personal kannte er bereits. Dass er sich regelmäßig zum Heimunterricht im Schulzimmer einfand, war für ihn selbstverständlich. Er wollte doch lernen, noch besser zu lesen, zu schreiben, vor allem zu rechnen.

Mit Svenja gemeinsam bastelte er in einem Kreativkurs Laternen, die bei dem bevorstehenden Martinsfest zum Einsatz kommen sollten. Schöne Teile zu seiner eigenen Freude und zur Begeisterung von Klein und Groß, die die Kunstwerke bewunderten. Seine Bilder, die er malte, gaben ein bewegendes Zeugnis von einer sehr positiven Grundhaltung in seinem Leben. Neutrale Betrachter mochten gar nicht glauben, dass diese fröhlichen Bilder von einem siebeneinhalbjährigen Jungen gemalt worden waren, der seinen sicheren und möglicherweise baldigen Tod vor Augen hatte. Für einige der Bilder erbat sich die Hausleitung die Erlaubnis, sie für ihre Korrespondenz ins Land und auch sonst zum Weitergeben verwenden zu dürfen. Darauf war Björn dann sogar ein wenig stolz, und seine Mama und seine Schwester und der Papa zu Hause waren es ebenso.

Neu war für Angela Olbertz beim Verhalten ihres Jungen, dass er beinahe an jedem Abend die Weihnachtsgeschichte aus seiner Kinderbibel vorgelesen haben wollte und dass er in seinem Abendgebet den abgelaufenen Tag immer deutlich an Gott zurückgab: „Danke für heute, Vater im Himmel und lieber Herr Jesus. Mach du was Gutes aus dem Tag und lass uns alle gut schlafen bis zum neuen Morgen. Und dann bist du auch da! Amen!" Ob Björn wohl in seinem Kopf hatte, es könne einmal auf der Erde keinen neuen Morgen für ihn geben?

Die für diesen Aufenthalt wieder vorgesehenen vier Wochen konnte Björn dann aber doch nicht durchhalten. Die Wirkung der palliativ-medizinischen Behandlung, die der Junge in diesem Haus bekam, verlor zunehmend an Wirkung, sodass seiner Mutter keine andere Wahl blieb, als sich mit ihm und Svenja von den lieb gewordenen Menschen der Katharinenhöhe zu verabschieden und sich mit ihren Kindern nach Mainz fahren zu lassen. Von dort würde Horst sie abholen. Die onkologische Kinderstation der Mainzer Uniklinik erwartete ihren jungen besonderen Patienten bereits.

War es nach dem letzten Schwarzwald-Aufenthalt der Enddarm gewesen, der die Probleme gemacht hatte, war es diesmal der Blasenausgang, der wohl durch einen neuen Tumor versperrt war. Björn konnte kein Wasser mehr lassen. Auf der Fahrt nach Mainz wuchs und wuchs seine kleine Blase auf die Größe eines Handballs. Das bereitete ihm unsagbare Schmerzen, gegen die der Patient nur herzerweichend anschreien konnte. Da half offenbar auch kein Morphium mehr. Schlimm!

Warum musste der arme Junge auch noch diese Strapaze erleiden? Das hielt ein gestandener Mann nicht aus, was dieser schmächtige Knabe alles ertragen musste: Die Blase musste von einem Urologen durch einen kleinen Bauchschnitt geöffnet werden, damit die Flüssigkeit entweichen konnte. Angela Olbertz, die ihrem Sohn bei dieser Prozedur beistand, weil es hierfür nur eine örtliche Betäubung gab, schrie innerlich: „Kyrie eleison! Herr, erbarme dich!"

Zwei Tage vor Weihnachten 1987 wurde Björn Olbertz dann zum letzten Mal auf seiner „Heimat-Station" verabschiedet. Der Junge sei austherapiert, wurde gesagt. Man sehe keinerlei Möglichkeiten mehr, ihm irgendwie zu helfen. Ihn unter Morphium zu halten, sei die einzige Möglichkeit, dem Todgeweihten den Weg zum Sterben zu erleichtern. Welch eine Botschaft und welch eine Perspektive für den Jungen und für seine Familie – ausgerechnet an Svenjas fünftem Geburtstag! Und welch ein bewegender Abschied von den Mitarbeitern der Station, die Björn inzwischen seit langer Zeit kannten. Da ging es nicht ohne Tränen ab …

Seiner Mutter brach das alles wieder schier das Herz. „Loslassen – die große Lektion des Lebens!" Bisher hatte Angela Olbertz die Bearbeitung dieses Themas für einen Vortrag vor einer Frauengruppe einer benachbarten Gemeinde vor sich hergeschoben. Jetzt war es wohl endgültig für sie an der Zeit, sich tatsächlich damit zu befassen, was sie denn zu diesem Thema sagen sollte …

Aber heute war erst einmal Svenjas Geburtstag. Gut, dass Horst mit dem Mädchen und ein paar Freundinnen und deren Müttern bis zum Nachmittag auf der Eisbahn war. So hatte Angela Zeit, mit Björn nach Hause zu kommen, ihm seinen Platz herzurichten und doch auch ein gemeinsames Geburtstags-Abendessen vorzubereiten mit Hirsebrei „Schlaraffenland" und Vanille- und Schokoladenpudding mit Schlagsahne. Dass ihr Bruder zu ihrem Ehrentag daheim war, war für Svenja ein Riesengeschenk. Dass dieser Geburtstag wohl der letzte war, den Björn mitfeiern konnte, darüber musste heute nicht gesprochen werden.

Auch die folgenden Weihnachtstage waren überschattet von der Tatsache, dass sie die letzten waren, die Björn erlebte. Dennoch war die Weihnachtsbotschaft ja dieselbe, die sie in der Vergangenheit gewesen war und die sie auch in Zukunft immer sein würde. So war es den Hirten auf dem Feld ein für alle Mal gesagt worden: „Ehre sei Gott in der Höhe und Friede auf Erden bei den Menschen seines Wohlgefallens!" Deshalb durfte und sollte auch zu diesem besonderen Weihnachtsfest im Haus Olbertz ein hübsch gestalteter Christbaum stehen und deshalb mussten auch die Weihnachtsbotschaft gelesen und viele Lieder vom „Kindlein im Stall" gesungen werden.

Björn hatte in diesen Tagen nur einen einzigen Wunsch: diesem Kindlein im Stall zu gehören, für die letzten Lebenswochen und danach für die Ewigkeit. Diesen Wunsch konnte er auch singen, und er tat es mehrfach mit dem Text des großen Liederdichters Paul Gerhard:

„Eins aber, hoff ich, wirst du mir,
mein Heiland, nicht versagen:
Dass ich dich möge für und für
in, bei und an mir tragen.
So lass mich doch dein Kripplein sein;
komm, komm und lege bei mir ein
dich und all deine Freuden."[10]

Ende Januar erlebte Björn ein letztes Aufflackern seines Lebensfeuers: Björn wurde noch einmal richtig agil, sodass er in seinem Bewegungsdrang sogar gebremst werden musste. Wer Björns Geschichte nicht kannte, wäre in diesen Wochen nicht auf die Idee gekommen, in ihm einen schwer krebskranken Jungen vor sich zu haben. Der hätte wohl eher gedacht, da trainiere einer für das nächste Kettcar-Rennen; da

10 Aus „Jesus unsre Freude" Nr. 59,9, Brunnen, Gießen 1995.

plane einer mit seinen Kameraden das nächste Sport-Turnier; da veranstalte einer mit seinen Freunden eine Party. Der Junge sprühte schier vor Lebensfreude. Er trug ja auch wieder Haare auf seinem Kopf. Und es sah niemand die vielen Narben an seinem Körper und seine künstlichen Ausgänge von Darm und Blase. Die verstand er sogar zur großen Entlastung seiner Mama selbst zu versorgen.

Björn war kräftemäßig sogar in der Lage, an einigen Tagen am Unterricht seiner Klasse in der Burgschule teilzunehmen. War das eine Freude für alle Mädchen und Jungen einschließlich seiner Klassenlehrerin Frau Thierfelder: miteinander lernen, lesen, schreiben, rechnen, erzählen, singen, herumalbern. Wie herrlich! Im Religionsunterricht behandelten sie viele Jesus-Geschichten: „Jesus sitzt mit im Lebensboot und stillt den Sturm"; „Jesus macht sie alle satt"; „Jesus kümmert sich um die Ärmsten"; „Jesus besiegt den Tod". Björn war so richtig in seinem Element. Diese Geschichten kannte er alle und zu jeder Geschichte wusste er seinen Beitrag zu leisten.

Und dann das tolle Singen im „Klassenchor":

„Ja, Gott hat alle Kinder lieb."
„Gott hält die ganze Welt in seiner Hand …
er hält auch dich und mich in seiner Hand."
„Komm, geh mit mir in das Land, wohin ich geh …"
„Fried und Freude in dem Land, wohin ich geh …"
„Viele Freunde sind schon dort, wohin ich geh …"
„Jesus Christus wartet dort, wohin ich geh …"
„Keine Tränen in dem Land, wohin ich geh."[11]

11 Aus „Jesu Name nie verklinget", 2; Hänssler 1973; Nr 394.

Das letzte Lied war neu für Björn, aber er hatte es sofort intus nach Melodie und Text, passte es doch in ganz besonderer Weise zu seiner eigenen Lebenssituation.

Das Ende dieser letzten positiven Phase in Björns Leben war natürlich abzusehen, und es gab eine Menge bewegender Abschiede von kleinen und großen Menschen, denen dieser besondere Junge mit seiner Familie am Herzen lag. Seine Eltern – besonders seine Mutter – erfuhren manche herzliche und anteilnehmende Umarmung. Jeder wusste, dass Angela und Horst Olbertz den Weg, der jetzt unwiderruflich sichtbar vor ihnen lag, letztlich völlig allein gehen mussten. Das endgültige Loslassen ihres Kindes konnte ihnen niemand mit noch so guten Worten und herzlich gezeigtem Mitgefühl abnehmen.

Am 17. April 1988, einem ungemütlichen, regnerischen Sonntag, an dem sich die Sonne nicht blicken ließ, konnte Björn noch seinen achten Geburtstag miterleben. Dabei gab es nicht viel zu feiern. Björn war zu schwach, um wirklich an den Tagesereignissen Anteil nehmen zu können, die ein Stück weit von den beiden Großelternpaaren mitbestimmt waren. Für das Singen und Beten hatten sie nicht viel übrig. Wie die jungen Leute mit dieser schwierigen Situation umgingen, konnten sie aus ihrer Position als Katholiken auch kaum nachvollziehen. Deshalb blieben sie auch nicht lange im Haus.

Der Geburtstagsbesuch von einigen Freunden und Schulkameraden am folgenden Tag war da schon angenehmer. Die kannten Björn und wussten, wie sie sich ihm gegenüber zu verhalten hatten. Wie das Geburtstagskind selbst diesen Tag erlebt hatte, wurde in seinem Abendgebet deutlich: „Lieber Herr Jesus, ich habe meine Eltern lieb, ich habe meine Schwester lieb, ich habe auch alle meine Freunde lieb und alle meine Spielsachen. Aber am allerliebsten habe ich dich. Amen!“

Für Angela und Horst Olbertz war es wie ein besonderes Geschenk, dass Björn auch noch ihren zehnten Hochzeitstag am 28.04. erleben konnte und dass er seiner Mama – natürlich vom Papa zuvor zugesteckt – eine Rosenhochzeitsgabe überreichen konnte. Angela bedankte sich bei ihrem Jungen mit einer vorsichtigen, aber herzlichen Umarmung. Nur dem Jungen nicht wehtun! Für sich selbst brauchte die Mutter danach ein paar Momente der Stille. Björn sollte ihre Tränen nicht sehen, die ein Gemisch aus Freude und Schmerz waren: „Herr Jesus Christus, dreh den Segenshahn zu; ich ertrinke!“, musste sie beten. „Du bist so gut zu mir. Womit habe ich das verdient? Aber du machst keine Fehler. Es ist alles recht so! Weiß ich den Weg auch nicht, du weißt ihn wohl. Das macht die Seele still und friedevoll! Danke, Herr! Amen!“

Dass Björn gegen alle Erwartungen auch den gemeinsamen 35ten Geburtstag seiner Eltern noch erlebte, schien den beiden erneut wie etwas ganz Besonderes. Sie feierten ihn am Sonntag, dem 8. Mai, da an diesem Tag auch Muttertag war. Deshalb waren Angelas Eltern auch wieder einmal im Haus. Die Tochter war ja nicht in der Lage, ihre Mutter an diesem Tag zu besuchen! Welch ein makabres Denken von Marie Sperling. Dass es ihrem Enkel nun aber auch gar nicht mehr gut ging, hatte sie dann wohl doch wahrgenommen. Sie fragte Björn nämlich, wann sie und der Opa denn noch einmal zu Besuch kommen sollten. Björn antwortete, ohne lange nachzudenken: „Kommt am nächsten Donnerstag!“ Hatte der Junge eine Ahnung von dem Gebet seiner Mutter, das sie vor wenigen Minuten im Schlafzimmer gesprochen hatte? Angela hatte darum gebetet, dass Björn, wenn er denn seine Reise in die himmlische Heimat antreten müsse, das doch bitte an dem Tag tun könne, an dem Jesus zu seinem Vater gegangen war, nämlich an Himmelfahrt, und das war der kommende Donnerstag.

Erstaunlich diese Harmonie ihrer Seelen und das geistliche Empfinden zwischen Mutter und Sohn.

Wie erbeten, so kam es: Am Donnerstag, dem 12. Mai 1988, ging Björn Olbertz ganz bewusst im Glauben an seinen Herrn Jesus Christus und im festen Vertrauen auf die Auferstehung der Toten heim in die Ewigkeit. Vor seinem letzten Atemzug ließ er durch seine kleine Schwester noch die Gemeinde grüßen und betete noch einmal mit dem Pastor. Dann legte er sich ruhig hin, um zu hören, was seine Eltern noch zu sagen und zu singen hatten. Die beiden knieten an Björns Sterbebett und beteten gemeinsam den 23. Psalm: „Der Herr ist mein Hirte …", sangen die Strophe „Fürchte dich nicht, denn du bist mein: Ich habe dich erlöst!" und dazu das Lied : „Komm, geh mit mir in das Land, wohin ich geh", das Björn vor wenigen Wochen noch im Religionsunterricht gelernt hatte.

Danach sprach der Sterbende seine letzten Worte: „Mama, jetzt sterbe ich!" Seine Mutter legte ihm das Wachskreuz von der Katharinenhöhe in die Hände und begleitete diese Geste mit den Worten: „So wie Jesus gestorben und auferstanden ist, so werden alle, deren Namen im Buch des Lebens stehen, auferstehen. Wir werden uns bei Jesus im Himmel wiedersehen!" Angela war, als huschte bei diesen Worten ein Lächeln über Björns bleiches Gesicht.

Am Nachmittag hielt der Gemeindepastor noch eine kurze Aussegnung mit Versen aus dem 21. Kapitel der Offenbarung des Johannes und mit der Liedstrophe: „Meine Zeit steht in deinen Händen, nun kann ich ruhig sein, ruhig sein in dir. Du schenkst Geborgenheit, du kannst alles wenden. Gib mir ein festes Herz, mach es fest in dir!"

Svenja brauchte eine ganze Weile, bis sie sich nach Björns Sterben beruhigt hatte. Die Kleine weinte bitterlich und wollte sich kaum trösten lassen, weil sie nun keinen Bruder mehr hatte. Oma Marie Sperling hätte wohl am liebsten laut losgeschimpft, weil sie bei ihrer zu späten Ankunft den Enkel nur noch im weißen Sarg vorgefunden hatte, während ihr Mann sehr betroffen reagierte und unter Tränen schluchzte: „Warum der Junge und nicht ich? Ich hab mein Leben doch gelebt, und er war noch so jung."

Am folgenden Dienstag fand Björns Beerdigung statt, eine Feierstunde mit ungezählten kleinen und großen Trauergästen aus Kindergarten, Schule, Gemeinde, Nachbarschaft. Alle hatten sie Bilder und Blumen in den Händen. Sie standen in der Friedhofshalle und davor und am Grab und zwischen den anderen Gräbern. Eine Feierstunde, die nach Texten, Liedern und anderer Musik eher einer Jubelfeier glich als einer Trauerveranstaltung. Selbst das Wetter spielte eine besondere Rolle: Den ganzen Vormittag über hatte es geregnet. Während der eigentlichen Grablegung aber schien die Sonne, als wollte Gott sagen: „Schaut, ihr Menschen, die ihr diese Stunde erlebt: Björn ist bei mir, und er will euch sagen: ‚Die Sonne, die mir lachet, ist mein Herr Jesus Christ, und was mich fröhlich machet, ist, was im Himmel ist!' Nehmt euch ein Beispiel!" Nach dem Segen am offenen Grab begann es wieder zu regnen, als müsse sich der Himmel daran erinnern, dass es hier auf dem Friedhof um eine tief traurige Angelegenheit ging.

Seinen Eltern, vor allem seiner Mutter, hinterließ Björn mit seinem besonderen Leben und Sterben eine Aufgabe, die Angela und Horst Olbertz sich freiwillig sicher nicht gesucht hätten. In der kommenden und nunmehr sehr veränderten Zeit gaben sie mit eigenen Worten und jeder auf seine ihm eigene Weise vor den Menschen ihrer jeweiligen Umgebung Zeugnis davon, wie der allmächtige Gott, der Vater im Himmel und der Vater Jesu Christi, das Leben ihres Sohnes vollendet hatte. Es war menschlich gesehen nicht zu verstehen, dass Gott ihren Sohn so früh zu sich holte, aber weil Björn zu Lebzeiten die Hand Jesu ergriffen hatte, erlangte sein Leben Ewigkeitswert.

Nachwort des Autors

Seit Björns Tod und seinem „Umzug" zu seinem Herrn Jesus in den Himmel sind inzwischen dreißig Jahre ins Land gegangen. Damit hat auch die Ruhe- bzw. Liegezeit des kleinen Leichnams in seiner Grabstätte ihr Ende gefunden. Die Grabstätte des Jungen ist eingeebnet, wie es die Friedhofsordnung vorsieht, und der Ort des Gedenkens ist nicht mehr. Das bedeutet aber nicht, dass es damit auch keinen Ort der Erinnerung mehr gäbe. Orte der Erinnerung gibt es immer, solange der Verstorbene seinen Platz im Bewusstsein der Zurückgebliebenen behält: durch deren eigene innere Bilder und die anderer Menschen, durch Lieder und Texte, durch Fotos und Filme, durch Erinnerungsstücke und Kalenderdaten …

Auch für Angela und Hans Olbertz gibt es immer wieder Orte der Erinnerung und auch für Björns Schwester Svenja, die als damals fünfjähriges Mädchen in dieses Andenken an ihren Bruder hineinwachsen musste und von ihren Eltern in dieses Andenken hineingeführt worden ist, sodass sie später auch ihre eigene Familie in die Erinnerung an ihren „großen Bruder" von damals einbezogen hat. Björn ist immer wieder „gegenwärtig" und mit seinem Leben und Sterben ein lebendiges Zeugnis der Liebe Gottes für die Nachwelt.

Von daher lohnt sich ein kurzer zusammenfassender Rückblick in die vergangenen drei Jahrzehnte, und der scheint auch geboten, um die Lebensgeschichte der Angela Olbertz in die Gegenwart „abzurunden".

Dass Björns Tod am 12. Mai 1988 seine Mutter zunächst einmal in ein „Loch fallen“ ließ und dass die bohrende Frage nach dem „Warum?“ eine Zeit lang den veränderten Alltag bestimmte, versteht sich wohl von selbst. Angela Olbertz’ Leben glich über viele Wochen einer Berg- und Talfahrt. Es gab Stunden und Tage, da war die Frau obenauf. Da ging ihr das Lied „Welch Glück ist’s, erlöst zu sein, Herr, durch dein Blut“ leicht über die Lippen und sie konnte Gott danken, dass auch ihr Junge dieses Lied hatte singen können. Dann wieder gab es Phasen, in denen Angela um sich herum nur Dunkelheit und Nacht, Trostlosigkeit und Angst empfand. Dann klebte sie förmlich an der neunten Strophe des Paul-Gerhard-Liedes „Befiel du deine Wege“, das sie schätzen gelernt und gerne gesungen hatte. Dort heißt es: „Er wird zwar eine Weile mit seinem Trost verziehn und tun an seinem Teile, als hätt’ in seinem Sinn er deiner sich begeben, und sollt’st du für und für in Angst und Nöten schweben, als frag er nichts nach dir.“ Ja, dann schien Gott ihr sehr ferne zu sein und mit ihren Tränen davonzuschwimmen, die sie häufig weinte, wenn sie allein war.

Gut und hilfreich war es dann, wenn sich jemand aus der Verwandtschaft, der Nachbarschaft oder aus der Gemeinde am Telefon oder auch bei einem Besuch erkundigte, wie es den Eheleuten nach ihrem Verlust des Kindes ging. Solche Nachfragen vermochten Angela Olbertz immer wieder aus ihrem Loch der großen Traurigkeit herauszuholen. Dann atmete sie tief durch und konnte darauf hinweisen, dass sie als Eltern sehr wohl nach 2. Timotheus 1,10 getröstet seien vom auferstandenen Christus, der „dem Tode die Macht genommen und das Leben und unvergängliches Wesen ans Licht gebracht hat durch das Evangelium“.

Viele Echos auf dieses Zeugnis machten Angela Olbertz Mut, das Leben und Sterben ihres Jungen noch mehr zum

Thema ihres Zeugnisses zu machen. Vor der eigenen Gemeinde und vor Gruppen und Kreisen, die sie dazu einluden. Dabei erwähnte sie dann auch immer wieder ein Lied, das sie einmal ohne Verfasserangabe, aber mit dem Hinweis „Text aus dem Dänischen nach Joh 17,24" auf einem Kalenderblatt gelesen und für sich selbst verwahrt hatte:

„Wie wird es sein, wenn einst die Nebel weichen,
die uns den Blick hienieden oft verhüllt,
wenn wir die große Ewigkeit erreichen
und Licht die ganze Seele uns erfüllt?

Wie wird es sein, wenn jede Rätselfrage,
wenn alles, was wir schmerzlich nicht verstehn,
sich lösen wird an jenem großen Tage,
da wir die Welt in seinem Lichte sehn?

Das lass von ferne, Jesu, mich erblicken,
wenn mir der Weg so lang, so trüb die Zeit!
Dann tröst ich mich, ob auch die Lasten drücken,
als dein Erlöster deiner Ewigkeit."

Diese Ewigkeit hatte Björn als „Erlöster" erreicht! Diese Ewigkeit werde jeder als „Erlöster" erreichen, der dem Heiland Jesus Christus sein Leben ausliefere und es mit ihm gestalte.

Viele Männer und Frauen und auch Kinder aus dem nahen und weiteren Umfeld der Familie Olbertz kamen im Laufe der Zeit durch Angelas Zeugnis und ihrem Umgang mit Björns Schicksal zum lebendigen Glauben an den Erlöser und wurden Christen. Manche von ihnen schlossen sich der Gemeinde an, die ihren Anfang in jenem Gebetskreis genommen hatte, den Angela nach Björns Erkrankung zusammen mit Helga seinerzeit ins Leben gerufen hatte, sodass die Gemeinde nach außen deutlich wuchs und nach innen an geistlicher Orientierung gewann.

Das Zeugnis seiner Tochter beeindruckte auch Angelas Vater Henner Sperling mehr und mehr, sodass der Mann schließlich auch durch seliges Sterben von seiner Krebserkrankung erlöst wurde und als Christ „heimgehen“ durfte. Dagegen sperrte sich Marie Sperling, ihre Mutter, entschieden gegen das „fromme Gedöns“ und verweigerte sich bis zu ihrem Lebensende der Botschaft des Evangeliums und dem Beispiel der Tochter und ihrer Familie. Dem Vater von Horst Olbertz erging es ähnlich. Auch er mochte von der Frohen Botschaft der Bibel für Zeit und Ewigkeit nichts hören und annehmen, während seine Frau, Horsts Mutter, noch auf dem Sterbebett ihr Leben an den Heiland Jesus Christus übergab und quasi gemäß Lukas 23,42-43 mit der sogenannten „Schächersgnade“ in die Ewigkeit ging. Das Zeugnis ihrer Schwiegertochter und das des Sohnes hatten ihren Anteil daran.

Horst Olbertz freilich verarbeitete in der ersten Zeit nach Björns Tod seine Trauer völlig anders als seine Frau. Er zog sich mehr oder weniger auf sich selbst zurück, organisierte seine berufliche Tätigkeit überwiegend auf Nachtschichten und zog sich tagsüber immer wieder in seinen Schrebergarten zurück. Sein Ziel war es dabei auch, seine Frau durch die reichhaltige Ernte, die natürlich verarbeitet werden musste, mit immer neuer Hausarbeit zu versorgen, die sie von ihrem Kummer ablenkte. Oder er kümmerte sich um Svenja und ihre schulischen und außerschulischen Belange und verbrachte so viele Stunden mit dem Mädchen, was seiner Frau in dieser Zeit sehr viel mehr Mühe bereitete als ihm.

Diese unterschiedliche Art der Trauerbewältigung führte beinahe zwangsläufig dazu, dass sich die Eheleute innerlich voneinander entfernten. Ihr gemeinsamer Christusglaube verlor an Tiefgang und Kraft, was dem inneren Leiden eine neue Nuance hinzufügte. Nach außen und für die Menschen ihres Umfeldes erschienen die beiden weiter als ein „Vorzeigepaar", das seine schicksalhafte Lebenssituation geistlich zu deuten verstand und vorbildlich meisterte, innerlich aber erlebten sie eine schleichend wachsende Entfremdung, und sie begannen, zunehmend darunter zu leiden.

Als Angela und Horst Olbertz sich dieser Tatsache endlich bewusst wurden, erschraken sie heftig und zogen die Reißleine. Sie vertrauten sich dem Pastor ihrer Gemeinde an und wagten in intensiver seelsorgerlicher Arbeit mit seiner Hilfe und auch mit der Unterstützung befreundeter Glaubensgeschwister einen gründlichen Neuanfang miteinander.

Der fand seinen Ausdruck in der von beiden Eheleuten endlich wieder oder auch neu entdeckten Gewissheit, wie sie in dem alten Lied von Philipp Friedrich Hiller ausgedrückt ist:

Mir ist Erbarmung widerfahren,
Erbarmung, deren ich nicht wert;
das zähl ich zu dem Wunderbaren,
mein stolzes Herz hat's nie begehrt.
Nun weiß ich das und bin erfreut
und rühme die Barmherzigkeit."

Während einer gemeinsamen Israel-Reise im Jahr 1996, als ihre innere Beziehung und auch die zu ihrem Gott und Herrn wieder in Ordnung war, schworen sich die beiden Eheleute nach einem Spaziergang durch die Altstadt von Jerusalem: „So wie wir durch das irdische Jerusalem Hand in

Hand gewandert sind, so wollen wir gemeinsam alt werden und mit Gottes Segen am Ende unserer Zeit auch durch die ‚Goldenen Gassen' des himmlischen Jerusalem gehen."

Inzwischen leben die Eltern und Großeltern Olbertz in Südbaden, dort, wo „andere Urlaub machen", während Tochter Svenja mit ihrer Familie in der Region Stuttgart heimisch geworden ist. Die beiden Mittsechziger genießen ihren Ruhestand und engagieren sich in einer christlichen Gemeinde, die ihnen bald nach ihrem Umzug ins Markgräfler Land zur geistlichen Heimat geworden war. Hier sind sie seitdem zu Hause und können all die Liebe Gottes, die ihnen widerfahren ist, aber auch ihr Zeugnis zur Ehre Gottes weitergeben. Ein Vers auf einer Karte, die ihnen in die Hände fiel, begleitet sie seitdem: „Der Durchmesser einer Baumkrone entspricht oft dem Durchmesser der Wurzeln. Die Liebe eines Menschen entspricht dem Schmerz, den er erlitten und in Liebe umgewandelt hat."[12]

Diese Liebe kann nur Gott allein schenken, das ist Angela zur Gewissheit geworden, ebenso den Frieden, den die Welt nicht geben, aber auch nicht nehmen kann. Sie schreibt selbst: „Alles in allem sehen wir uns ohne Übertreibung als von Gott geführte, getröstete und mit seinem Shalom bis auf den heutigen Tag zutiefst gesegnete Menschen gemäß der Liedaussage von Sr. Ursula Jankowiak aus dem Diakonissenmutterhaus Aidlingen: ‚Wir bekümmern uns nicht, denn die Freude am Herrn ist unsere Stärke. Wir bekümmern uns nicht, denn die Freude am Herrn ist unsre Kraft.' – Möge Gott alle segnen, die dieses Buch lesen."

---

12 Verfasser unbekannt.